Copyright © 2023 Pandorga

All rights reserved.
Todos os direitos reservados.
Editora Pandorga
3ª Edição | 2023

Título original: *Le Fantôme de L'Opéra*
Autor: Gaston Leroux (1869-1972)

Diretora Editorial
Silvia Vasconcelos

Editora Assistente
Jéssica Gasparini Martins

Projeto Gráfico
Rafaela Villela
Lilian Guimarães

Capa e Ilustrações
Rafaela Villela

Diagramação
Lilian Guimarães

Tradução
Ana Paula Doherty

Revisão
Fernanda S. Ohosaku
Flávio Alfonso Jr.
Vitor Coelho

Dados Internacionais de Catalogação na Publicação (CIP) de acordo com ISBD

L618f	Leroux, Gaston
	O fantasma da Ópera / Gaston Leroux ; traduzido por Ana Paula Doherty ; ilustrado por Rafaela Vilela. - 2.ed. - Cotia : Pandorga, 2022.
	304 p. : il. ; 16cm x 23cm.
	Tradução de: Le Fantôme de l'Opéra
	Inclui índice.
	ISBN: 978-65-5579-085-6
	1. Literatura francesa. 2. Romance. I. Doherty, Ana Paula. II. Villela, Rafaela. III. Título.
2022-333	CDD 843.7
	CDU 821.133.1-31

Elaborado por Odilio Hilario Moreira Junior - CRB-8/9949

Índice para catálogo sistemático:
1. Literatura francesa : Romance 843.7
2. Literatura francesa : Romance 821.133.1-31

Ao meu irmão mais velho, Jo, que nada sabendo de fantasma, nem por isso deixa de ser, como Erik, um Anjo da Música. Com toda a afeição.

Gaston Leroux

SUMÁRIO

APRESENTAÇÃO [9]

PRÓLOGO [15]

PARTE I

I.	Será o fantasma?	23
II.	A nova Margarida	33
III.	O misterioso motivo	42
IV.	Camarote Cinco	50
V.	O violino encantado	63
VI.	Uma visita ao Camarote Cinco	79
VII.	Fausto e o que aconteceu em seguida	82
VIII.	A misteriosa carruagem	97
IX.	No baile de máscaras	105
X.	Esqueça o nome da voz masculina	115
XI.	Acima dos alçapões	121
XII.	A lira de Apolo	129
XIII.	Um golpe de mestre do amante de alçapões	147

PARTE II

I.	A singular atitude sobre um alfinete de segurança	161
II.	"Christine! Christine!"	168
III.	Revelações estarrecedoras da Sra. Giry quanto a suas relações pessoais com o Fantasma da Ópera	173
IV.	O alfinete de segurança de novo	184
V.	O comissário, o visconde e o Persa	191
VI.	O visconde e o Persa	197
VII.	Nos subterrâneos da Ópera	204
VIII.	Interessantes e instrutivas vicissitudes de um persa nos subterrâneos da Ópera	219
IX.	Na câmara de tortura	231
X.	As torturas começam	238
XI.	"Tonéis! Tonéis! Algum tonel para vender?"	244
XII.	O escorpião ou o gafanhoto: qual deles?	254
XIII.	O fim da história de amor do Fantasma	262

EPÍLOGO [271]

NOS BASTIDORES DA ÓPERA [281]

APRESENTAÇÃO

O FANTASMA DA ÓPERA é uma lenda que assombra o imaginário coletivo há mais de um século e já foi tema de muitos filmes, balés e musicais, sendo que o principal deles é exibido em Londres e na Broadway — ininterruptamente, desde 1986. E é Gaston Leroux quem está por trás dessa história.

Jornalista e romancista brilhante, Leroux foi fascinado pelo extraordinário edifício inventado por Charles Garnier algumas décadas antes, o Palais Garnier, e encontrou ali a fonte inesgotável que deu origem ao seu fantasma. O prédio está repleto de inovações técnicas que, para a época, eram quase mágicas. A beleza do lugar, seu ambiente e as obras que abriga são pontos de ancoragem para sua criação. Depois de uma aparição em série no jornal *Le Gaulois*, Leroux publicou seu romance em 1910.

O autor se inspirou em diversos fatos históricos. A lenda do fantasma da ópera nasceu muito antes dele: já se dizia que um pianista, ex-aluno da ópera Le Pelletier que sobreviveu ao incêndio de 28 de outubro de 1873, teria se refugiado no andar de baixo do Garnier, então em construção, para esconder os horríveis vestígios de suas queimaduras.

A descoberta de um cadáver na parte inferior da Ópera, mencionada no início do livro, é um acontecimento muito real: em 24 de dezembro de 1907, os escavadores desenterram os restos mortais de um homem ali. Também a icônica cena do lustre não é inteiramente da imaginação de Leroux: em 20 de maio de 1896, a ruptura de um contrapeso levou o lustre à queda, causando um grave acidente. Essas e outras passagens são baseadas em acontecimentos verdadeiros e também em características do local.

Na época em que Leroux publicou *O Fantasma da Ópera*, ele já era considerado um grande autor de mistério policial em países de língua francesa e inglesa. Escreveu seis romances antes, dois dos quais ganharam relativa popularidade no primeiro ano de publicação, chamados *O mistério do quarto amarelo* e *O perfume da senhora de preto*.

Embora críticos anteriores tenham afirmado que *O Fantasma da Ópera* não obteve tanto sucesso quanto esses dois romances, sendo particularmente impopular na França, pesquisas recentes sobre a recepção e vendas iniciais do romance indicaram o contrário. Uma resenha do *New York Times* expressou desapontamento com a forma como o fantasma foi retratado, dizendo que o sentimento de suspense e horror se perde assim que se descobre que o fantasma é apenas um homem e não um fantasma real.

A maior parte da notabilidade que o romance adquiriu logo no início foi devido à sua publicação em uma série de episódios em jornais franceses, americanos e ingleses. Esta versão serializada da história tornou-se importante quando foi lida e procurada pela Universal Pictures para ser adaptada para um filme em 1925. Leroux não viveu para ver todo o sucesso de seu romance; ele morreu em abril de 1927.

Aquarela de André Castaigne, ilustração da folha de rosto da primeira edição americana do romance, 1911.

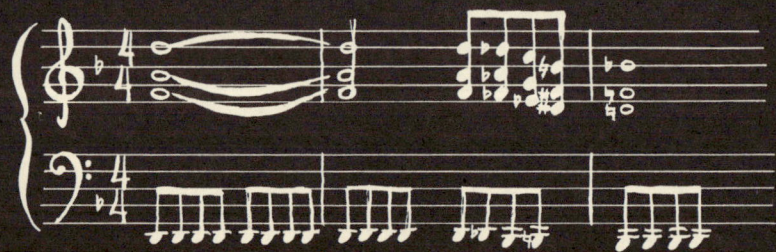

Você será a mais feliz das mulheres.
E nós cantaremos, sozinhos, até desmaiar de
deleite. Você está chorando! Você está com
medo de mim! É só me amar, e você verá!...
Se você me amar, serei gentil como
um cordeiro, e você poderia fazer comigo
qualquer coisa que quisesse.

PRÓLOGO

Em que o autor desta obra singular informa ao leitor como teve certeza de que o Fantasma da Ópera realmente existiu.

O FANTASMA DA ÓPERA REALMENTE EXISTIU. Ele não era, como por muito tempo se acreditou, fruto da imaginação dos artistas, da superstição dos diretores, nem um produto das mentes absurdas e impressionáveis das jovens damas do balé, de suas mães, de lanterninhas, dos organizadores de guarda-volumes ou dos porteiros. Sim, ele existiu em carne e osso, embora assumisse a aparência completa de um verdadeiro fantasma; quer dizer, de uma nuança espectral.

Quando comecei a esquadrinhar os arquivos da Academia Nacional de Música, fiquei imediatamente impressionado com as surpreendentes coincidências entre os fenômenos atribuídos ao "fantasma" e a mais extraordinária e fantástica tragédia que já abalou a elite econômica de Paris; e logo concebi a ideia de que essa tragédia poderia ser razoavelmente explicada pelos fenômenos em questão. Os eventos não datam de mais de trinta anos atrás, e não seria difícil encontrar, nos dias atuais, no saguão do balé, velhinhos da mais alta respeitabilidade, homens em cuja palavra se pode confiar por completo, que se lembram como se fosse ontem das misteriosas e dramáticas condições que envolveram o sequestro de Christine Daaé, o desaparecimento do Visconde de Chagny e a morte de seu irmão mais velho, o Conde Philippe, cujo corpo foi encontrado às margens do lago que se estende nos subterrâneos mais profundos da Ópera, no lado da Rua Scribe. No entanto, nenhuma daquelas testemunhas tinha, até aquele dia, pensado que haveria algum motivo para conectar a mais ou menos lendária figura do Fantasma da Ópera à tal terrível história.

A verdade tardou a entrar em minha mente, confusa com uma investigação que, em todos os momentos, tornava-se complicada por eventos que, à primeira vista, poderiam ser vistos como sobre-humanos; e, mais de uma vez, eu estive a ponto de abandonar uma tarefa na qual eu estava me exaurindo na desesperançosa busca de uma vã imagem. Por fim, recebi a prova de que meus pressentimentos não haviam me enganado e fui recompensado por todos os meus esforços no dia em que tive a certeza de que o Fantasma da Ópera era mais do que uma mera sombra.

Naquele dia, eu havia passado horas me debruçando sobre *As memórias de um diretor*, o leve e frívolo trabalho do demasiadamente cético Moncharmin, que, durante seu tempo de trabalho na Ópera, nada entendia do misterioso comportamento do fantasma e estava fazendo pilhéria do assunto, no exato momento em que ele se tornou a primeira vítima da curiosa operação financeira que se sucedeu dentro do "envelope mágico". Eu havia acabado de deixar a biblioteca, desesperado, quando me deparei com o encantador administrador de nossa Academia Nacional conversando em um patamar de uma escada com um animado, chique e pequeno velho homem, a quem me apresentou com júbilo. O administrador estava totalmente a par de minhas investigações e sabia o quão avidamente e sem sucesso eu vinha tentando descobrir o paradeiro do magistrado que examinava o famoso caso de Chagny, o Sr. Faure. Ninguém sabia o que havia acontecido com ele, se estava vivo ou morto; e aqui estava ele, de volta do Canadá, onde havia passado quinze anos, e a primeira coisa que fizera, em seu retorno a Paris, fora ir até os escritórios do secretário na Ópera e pedir por um assento gratuito. O velhinho era o próprio Sr. Faure.

Nós passamos uma boa parte da noite juntos, e ele me contou sobre todo o caso de Chagny conforme havia entendido na época. Ele viu-se forçado a concluir em favor da loucura do visconde e da morte acidental do irmão mais velho, por falta de evidências do contrário; mas ele, não obstante, foi persuadido de que uma terrível tragédia havia acontecido entre os dois, ligada a Christine Daaé. Ele não sabia me dizer o que acontecera nem com Christine, nem com o visconde. Quando mencionei o fantasma, ele apenas riu. Também haviam contado a ele sobre as curiosas manifestações que pareciam apontar para a existência de um ser incomum que residia em um dos mais misteriosos cantos da Ópera, e ele conhecia a história do envelope; no entanto, nunca tinha visto nada nisso que fosse digno de sua atenção como magistrado encarregado do caso de Chagny, e o máximo que fizera foi dar ouvidos às evidências de uma testemunha que aparecera de livre e espontânea vontade declarando ter se encontrado com o fantasma com frequência. Essa testemunha era ninguém mais, ninguém menos do que o homem que toda Paris chamava de "Persa", bem conhecido de todos os assinantes da Ópera. O magistrado tomava-o por um lunático.

Fiquei imensamente interessado nesta história do Persa. Eu queria, se ainda houvesse tempo, encontrar essa valorosa e excêntrica testemunha. Minha sorte começou a melhorar, e o descobri em seu pequeno apartamento na Rua de Rivoli, onde havia morado desde então e onde morreria cinco meses depois da minha visita. A princípio, senti-me inclinado a suspeitar dele; porém, quando o Persa me disse, com um candor infantil, tudo que sabia sobre o fantasma e me entregou as provas de sua existência — incluindo a estranha correspondência de Christine Daaé — para que com elas eu fizesse o que desejasse, não mais fui capaz de nutrir dúvidas. Não, o fantasma não era um mito!

Disseram-me, eu sei, que a correspondência poderia ter sido forjada, do começo ao fim, por um homem cuja imaginação havia certamente sido alimentada pelos mais sedutores relatos; no entanto, felizmente, descobri algumas outras coisas escritas por Christine, além do famoso pacote de cartas, e, ao compará-las, todas as minhas dúvidas foram extirpadas. Eu também pesquisei a história do passado do Persa e descobri que ele era um homem honrado, incapaz de inventar uma história que pudesse frustrar os propósitos da justiça.

Essa, além do mais, era a opinião das mais sérias pessoas que, em um momento ou outro, estiveram envolvidas no caso, as quais eram amigas da família Chagny e a quem mostrei todos os meus documentos e contei todas as minhas inferências. Em relação a isso, eu deveria reproduzir aqui umas poucas linhas que recebi do General D:

> *Senhor,*
>
> *Eu não posso encorajá-lo muito fortemente que publique os resultados de sua investigação. Lembro-me perfeitamente de que, umas poucas semanas antes do desaparecimento daquela grande cantora, Christine Daaé, e da tragédia que lançou toda Faubourg Saint-Germain em luto, havia muita conversa, no saguão do balé, sobre o assunto do "fantasma"; e eu acredito que isso só tenha parado de ser discutido em consequência do caso posterior que nos deixou a todas tão grandemente abaladas. No entanto, se for possível – como, depois de ouvi-lo, eu acredito que seja – explicar a tragédia por meio do fantasma, então eu imploro ao senhor que fale novamente conosco sobre ele.*
>
> *Por mais misterioso que o fantasma possa parecer a princípio, ele sempre haverá de ser mais facilmente explicado do que a história lúgubre que pessoas malevolentes tentaram retratar de que dois irmãos que se idolatravam mutuamente a vida toda haviam se matado.*
>
> *Queira aceitar, etc.*

Por fim, com meu maço de papéis em mãos, mais uma vez passei pelo vasto domínio do fantasma, o imenso edifício que ele fizera seu reino. Tudo que meus olhos viram, tudo que minha mente percebeu, corroborava os documentos do Persa com precisão, e uma maravilhosa descoberta veio coroar definitivamente meus trabalhos. Será lembrado que, posteriormente, ao escavar a subestrutura da Ópera, antes de enterrar os registros fonográficos dos artistas, os operários descobriram um cadáver. Fui de imediato capaz de provar que se tratava do cadáver do Fantasma da Ópera. Fiz com que o administrador colocasse isso à prova por sua própria mão; e, agora, é uma questão de suprema indiferença para mim se os jornais fingem que o corpo era o de uma vítima da Comuna.

Os infelizes que foram massacrados sob a Comuna nos subterrâneos da Ópera não foram enterrados naquele lado; falarei onde os esqueletos deles podem ser encontrados, em um lugar não muito longe daquela imensa cripta onde todos os tipos de provisões foram estocadas durante o cerco. Deparei-me com essa trilha justamente quando procurava pelos restos mortais do Fantasma da Ópera, o que eu nunca teria descoberto se não fosse pela oportunidade fantástica e sem precedentes anteriormente descrita.

No entanto, voltaremos ao cadáver e o que deveria ser feito com ele. Pelo presente momento, eu devo concluir esta muito necessária introdução agradecendo ao Sr. Mifroid (que foi o comissário de polícia chamado para as primeiras investigações depois do desaparecimento de Christine Daaé), ao Sr. Remy, o falecido secretário, ao Sr. Mercier, o falecido administrador, ao Sr. Gabriel, o falecido mestre do coro, e mais particularmente à Sra. Baronesa de Castelot-Barbezac, que foi uma vez a "pequena Meg" da história (e que não tem vergonha disso), a mais charmosa estrela de nosso admirável corpo de baile, a filha mais velha da valorosa Sra. Giry, agora falecida, que cuidava do camarote particular do fantasma. Todos foram de grande ajuda para mim, e, graças a eles, serei capaz de reproduzir em pormenores aquelas horas de puro amor e terror diante dos olhos do leitor.

E eu seria de fato um ingrato se omitisse, no limiar desta história apavorante e legítima, o agradecimento ao diretor atual da Ópera, que tão bondosamente me ajudou em todas as minhas investigações, e ao Sr. Messager em particular, juntamente com o Sr. Gabion, o administrador, e o mais amigável dos homens, ao arquiteto a quem foi confiada a preservação do edifício, que não hesitou em me emprestar os trabalhos de Charles Garnier, embora estivesse quase certo de que eu nunca os devolveria. Por fim, devo prestar um tributo público à generosidade do meu amigo e antigo colaborador, Sr. J. Le Croze, que me permitiu mergulhar em sua esplêndida biblioteca teatral e pegar emprestadas as mais raras edições de livros que ele tanto valorizava.

Gaston Leroux

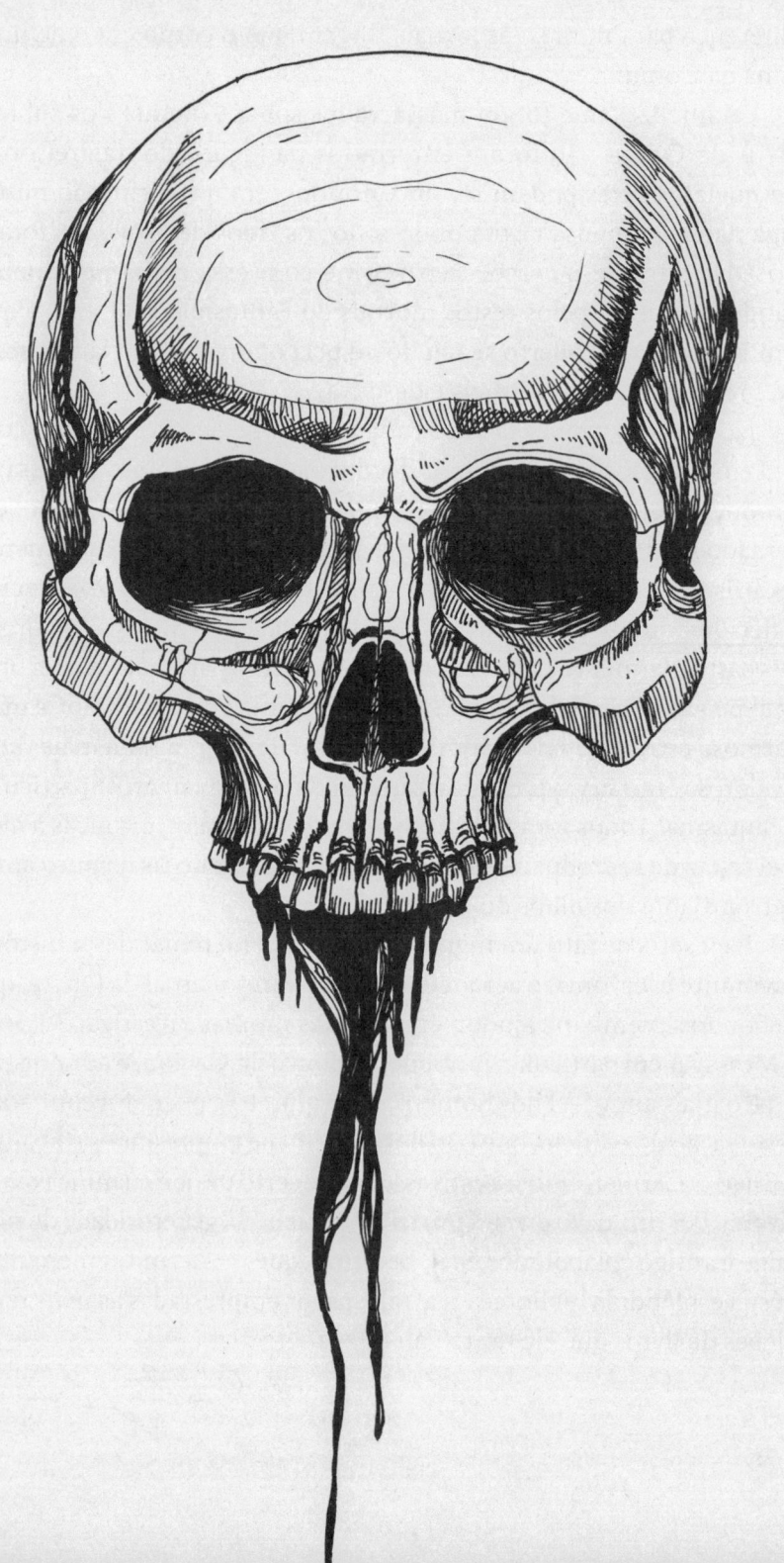

PARTE I

CAPÍTULO I
SERÁ O FANTASMA?

Era a noite em que os Srs. Debienne e Poligny, os diretores da Ópera, deram uma última apresentação de gala para marcar sua aposentadoria. De repente, o camarim de La Sorelli, uma das principais dançarinas da casa, foi invadido por meia dúzia de jovens damas do balé, que haviam ascendido ao palco depois de "dançarem" Polyeucte. Elas entraram correndo em meio a uma grande confusão, algumas dando vazão a risadas forçadas e anormais, outras, a gritos de terror. Sorelli, que desejava ficar sozinha por um momento para "repassar" o discurso que estava prestes a proferir para os diretores que haveriam de se aposentar, olhou enraivecida a seu redor para a ensandecida e tumultuosa multidão. Foi a pequena Jammes — a menina de nariz arrebitado, olhos de miosótis, bochechas da cor de uma rosa vermelha, pescoço e ombros brancos como um lírio — que apresentou a explicação, com uma voz trêmula:

— É o fantasma! — e trancou a porta.

O camarim da Sorelli era decorado com uma elegância banal. Uma penteadeira, um sofá, um toucador e um armário ou dois proviam os móveis necessários. Nas paredes pendiam umas poucas pinturas, relíquias de sua mãe, que havia conhecido as glórias da antiga Ópera na Rua le Peletier; retratos de Vestris, Gardel, Dupont, Bigottini. Mas o recinto parecia um palácio para as pirralhas do corpo de baile, que ficavam alojadas em camarins comuns onde passavam seu tempo cantando, querelando, brigando com as figurinistas e com os cabeleireiros e comprando umas para as outras copos de cassis, cerveja ou até mesmo rum, até o soar do sino de sua entrada em cena.

A Sorelli era muito supersticiosa, e estremeceu quando ouviu a pequena Jammes falar do fantasma, chamou-a de "bobinha e tolinha", e, então, visto que era a primeira a acreditar em fantasmas de modo geral, e no Fantasma da Ópera em particular, imediatamente lhe pediu detalhes:

— Vocês o viram?

— Tão claramente quanto a vejo agora! — disse a pequena Jammes, que, não se segurando mais nas pernas, afundou em uma cadeira.

Em seguida, a pequena Giry — a menina com olhos pretos como ameixeiras bravas, cabelos negros como nanquim, uma compleição de tez escura e uma pobre pelezinha estirada por sobre pobres ossinhos —, acrescentou:

— Se aquele é o fantasma, ele é muito feio!

— Ah, sim! — gritou o coro das bailarinas.

E todas começaram a falar juntas. O fantasma havia aparecido para elas na forma de um cavalheiro vestindo um traje a rigor, que repentinamente estava parado, em pé, diante delas, no corredor, sem que elas soubessem de onde viera. Ele parecia ter saído direto da parede.

— Basta! — disse uma delas, que havia mais ou menos mantido a cabeça no lugar. — Vocês veem o fantasma por toda parte!

E era verdade. Durante vários meses não se falava de outra coisa na Ópera que não sobre o fantasma de traje a rigor que se aproximava silenciosamente ao longo do edifício, de cima a baixo, como uma sombra, não falava com ninguém, com o qual ninguém se atrevia a falar e que desaparecia tão logo fosse visto, sem que se soubesse como, nem para onde. Como convém a um verdadeiro fantasma, ele não fazia barulho ao andar. As pessoas começavam a rir e a zombar deste espectro vestido como um homem da moda ou como um coveiro, mas a lenda do fantasma logo cresceu e chegou a imensas proporções entre os membros do corpo de baile. Todas as meninas fingiam ter encontrado este ser sobrenatural com mais ou menos frequência. E as que riam mais alto não eram as que estavam mais à vontade com o assunto. Quando não se mostrava, o fantasma traía sua presença ou sua passagem por meio de um acidente, cômico ou sério, pelo qual a crendice geral o responsabilizava. Se alguém sofresse uma queda ou caísse em uma peça pregada por uma das outras meninas, ou, se perdesse um pó de arroz, era imediatamente culpa do fantasma, do Fantasma da Ópera.

Afinal de contas, quem o tinha visto? Encontravam-se tantos homens em trajes a rigor na Ópera que não eram fantasmas. Mas o traje dele tinha uma peculiaridade própria. Cobria um esqueleto. Pelo menos, era o que diziam as bailarinas. E, é claro, a cabeça dele era uma caveira.

Será que tudo isso era sério? A verdade é que a ideia do esqueleto viera da descrição do fantasma dada por Joseph Buquet, o chefe dos operadores de cenários, que realmente o tinha visto. Ele havia se deparado com o fantasma na pequena escadaria, perto das luzes da ribalta, que dava para "os subterrâneos". Ele o tinha visto por um segundo, pois o fantasma fugira, e, para qualquer um que quisesse ouvir, ele dizia:

— Ele é extraordinariamente magro, e seu fraque fica pendendo em uma estrutura esquelética. Seus olhos são tão fundos que mal se consegue ver suas pupilas. Só dá para ver dois grandes buracos negros, como na caveira de um homem morto. Sua pele, estirada sobre seus ossos como o couro de um tambor, não é branca, mas de um amarelo nojento. Seu nariz... Bem, vale tão pouco a pena falar sobre ele que não se consegue vê-lo de lado... E *a ausência* daquele nariz é algo tão horrível *de se ver*! Todo o cabelo que ele tem se resume a três ou quatro longos cachos escuros sobre sua testa e atrás de suas orelhas.

O chefe dos operadores de cenários era um homem sério, contido, resoluto, muito lento para imaginar coisas. Suas palavras foram recebidas com interesse e deslumbramento, e logo havia outras pessoas a dizer que também tinham encontrado um homem vestido a rigor com uma caveira sobre os ombros. Homens sensatos que ficaram sabendo da história começaram a dizer que Joseph Buquet tinha sido vítima de uma peça pregada por um de seus assistentes. E então, um após outro, veio uma série de incidentes tão curiosos e inexplicáveis que fizeram com que as pessoas mais argutas começassem a sentir-se inquietas.

Por exemplo, um bombeiro é um camarada valente! Ele nada teme, menos ainda o fogo! Bem, o bombeiro em questão tinha ido para um turno de inspeção nos subterrâneos e, ao que parece, havia se aventurado um pouco além do costumeiro, e de repente reapareceu no palco, pálido, assustado, tremendo, com os olhos saltando das órbitas, e praticamente desmaiou nos braços da orgulhosa mãe da pequena Jammes.[1] E por quê? Porque ele tinha visto, vindo na direção dele, *uma cabeça de fogo, na altura de seus olhos, mas sem um corpo a ela preso!* E, como eu disse, um bombeiro não teme o fogo.

O nome do bombeiro era Papin.

O corpo de baile ficou altamente consternado. À primeira vista, essa cabeça de fogo de modo algum correspondia à descrição do fantasma feita por Joseph Buquet. No entanto, as jovens damas logo ficaram convencidas de que o fantasma tinha várias cabeças, que mudava a seu bel-prazer. E, é claro, de imediato elas imaginaram que estavam correndo o maior perigo. Uma vez que um bombeiro não hesitou em desmaiar, líderes e coristas da primeira e da última fileira tiveram muitas desculpas para o horror repentino que rapidamente fazia com que acelerassem sua marcha enquanto passavam por algum corredor escuro ou mal iluminado. A própria Sorelli, no dia seguinte ao da aventura do bombeiro, colocou uma ferradura na portaria da administração, na qual todo mundo que não fosse um espectador e entrasse na Ópera deveria tocar antes de colocar os pés no primeiro degrau da escadaria. Esta ferradura não foi por mim inventada — assim como nenhuma outra parte desta história! —, e ainda pode ser vista em cima da mesa no corredor do lado de fora do vestíbulo, na portaria, quando se entra na Ópera, pelo que é conhecido como o Coração da Administração.

Voltando à noite em questão.

— É o fantasma! — gritou a pequena Jammes.

Um silêncio agonizante reinava no camarim. Nada se ouvia além da respiração pesada das meninas. Por fim, Jammes, lançando-se para o mais afastado canto da parede, com todas as marcas de verdadeiro terror em sua face, sussurrou:

— Escutem!

---

[1]. Tenho a anedota, bastante autêntica, do próprio M. Pedro Gailhard, o falecido administrador da Ópera.

Todo mundo pareceu ouvir um farfalhar do lado de fora da porta. Não havia nenhum som de passadas. Era como se seda leve deslizasse por sobre o painel. E então o som parou.

A Sorelli tentou mostrar mais valentia do que as outras. Ela foi até a porta e, com a voz trêmula, perguntou:

— Quem está aí?

Mas ninguém respondeu. Então, sentindo todos os olhares recaindo sobre ela, observando cada movimento seu, ela fez um esforço para demonstrar coragem e disse, muito alto:

— Há alguém atrás da porta?

— Ah, sim, sim! É claro que há! — gritou aquela pequena uva-passa da Meg Giry, heroicamente segurando Sorelli por sua saia de tule. — O que quer que você faça, não abra a porta! Ah, por Deus, não abra a porta!

No entanto, Sorelli, armada com uma adaga que ela carregava sempre consigo, virou a chave e puxou a porta para trás, enquanto as bailarinas recuavam para o toalete do camarim e Meg Giry suspirava:

— Mamãe! Mamãe!

A Sorelli olhou para o interior da passagem com bravura. Ela estava vazia; uma chama de gás, em sua prisão de vidro, lançava uma luz vermelha e suspeita nas trevas circundantes, sem chegar a dissipá-las. E a dançarina bateu a porta com força novamente, soltando um profundo suspiro.

— Não — disse ela —, não há ninguém aqui.

— Ainda assim, nós o vimos! — declarou Jammes, voltando com tímidos passinhos a seu lugar ao lado de Sorelli. — Ele deve estar em algum lugar por aí, rondando. Eu não vou voltar para me vestir. Seria melhor que todas nós descêssemos para o saguão juntas, imediatamente, para ouvirmos o "discurso", e depois subiremos novamente, todas juntas.

E a criança tocou, com reverência, no pequeno anel de coral que usava como amuleto contra a má sorte, enquanto Sorelli, furtivamente, com a ponta de sua unha cor-de-rosa do polegar direito, fez um sinal da cruz de Santo André no anel de madeira que adornava o quarto dedo de sua mão esquerda.

"A Sorelli", escreveu um famoso cronista, "é uma dançarina alta e bela, com um rosto sério e voluptuoso, com uma cintura flexível como um galho de salgueiro; costuma-se dizer que ela é "uma bela criatura".

Seu cabelo loiro, puro como ouro, coroa uma testa opaca abaixo da qual estão colocados dois olhos esmeralda. Sua cabeça balança molemente como uma garça em um pescoço longo, elegante e orgulhoso. Quando ela dança, ela tem um certo movimento indescritível dos quadris, que dá a todo o seu corpo um arrepio de langor indescritível. Quando ela levanta os braços e se abaixa para fazer uma pirueta, acusando assim todo o desenho do corpete, e a inclinação do corpo faz sobressair o quadril desta deliciosa mulher, parece que é uma imagem de dar um nó nos miolos."

Quanto aos miolos, parece provado que ela quase não tinha cérebro. Não era censurada por isso.

Ela disse ainda às pequenas bailarinas:

— Venham, crianças, recomponham-se! Eu me atrevo a dizer que ninguém nunca viu o fantasma.

— Sim, sim, nós o vimos, nós o vimos agora mesmo! — gritaram as meninas. — Ele tinha uma caveira e trajava seu fraque, exatamente como ele apareceu para Joseph Buquet!

— E Gabriel também o viu! — disse Jammes. Ontem mesmo! Ontem à tarde... em plena luz do dia...

— Gabriel, o mestre do coro?

— Oras, sim, você não sabia?

— E ele estava de fraque em plena luz do dia?

— Quem? Gabriel?

— Oras, não, o fantasma!

— Certamente que sim! O próprio Gabriel me contou isso. Foi assim que ele o reconheceu. Gabriel estava no escritório do contrarregra. De súbito, a porta abriu-se e o Persa entrou. Você sabe como o Persa tem mau-olhado...

— Ah, sim! — responderam as pequenas bailarinas em um coro, afastando a má sorte ao fazerem chifrinho com os dedos para o ausente Persa.

— E você sabe o quão supersticioso é o Gabriel — continuou a dizer Jammes. — Contudo, ele sempre é educado. Quando encontra o Persa, ele só coloca a mão no bolso e toca em suas chaves. Bem, no instante em que o Persa apareceu na entrada, Gabriel deu um pulo de sua cadeira até a tranca do armário, de modo a tocar no ferro! Ao fazer isso, ele arrancou um bom pedaço de seu sobretudo em um prego. Apressando-se para sair do recinto, ele bateu a testa em um cabideiro de chapéus, ficando com um enorme galo; em seguida, recuando, esfolou o braço no biombo, perto do piano, onde tentou se apoiar, mas a tampa deste caiu em cima de suas mãos e esmagou seus dedos; ele saiu correndo do escritório como um homem ensandecido, escorregou na escadaria e veio descendo por todo o primeiro lanço de escada de costas. Eu estava passando por lá naquele instante com a minha mãe. Nós o pegamos e o erguemos. Ele estava coberto de machucados e sua face estava toda ensanguentada. Ficamos mortalmente apavoradas, mas, subitamente, ele começou a agradecer à Providência por ter se livrado dessa por tão pouco! Em seguida, nos contou o que o havia deixado apavorado. Ele tinha visto o fantasma atrás do Persa, *o fantasma com a caveira no lugar da cabeça*, exatamente como na descrição de Joseph Buquet!

Jammes havia contado sua história com muita rapidez, como se o fantasma estivesse nos seus calcanhares, e estava sem fôlego ao final do relato. Seguiu-se silêncio, enquanto Sorelli polia suas unhas, altamente agitada. O silêncio foi interrompido pela pequena Giry, que disse:

— Seria melhor que Joseph Buquet ficasse de bico fechado.

— Por que ele deveria fazer isso? — alguém perguntou.

— Minha mãe que acha isso — respondeu Meg, baixando o tom de voz e olhando para todos os lados, como se temesse que outros ouvidos além dos presentes pudessem escutá-la.

— E por que sua mãe acha isso?

— *Shhhhh!* Mamãe disse que o fantasma não gosta que falem dele.

— E por que sua mãe disse isso?

— Porque... porque... nada...

Estas reticências exasperaram as curiosidades das jovens damas, que se reuniram todas em volta da pequena Giry, implorando para que ela se explicasse. Elas estavam ali, lado a lado, inclinando-se para a frente, simultaneamente, em um movimento de súplica e medo, comunicando seu terror umas para as outras, sentindo um intenso prazer com o sangue congelando em suas veias.

— Eu jurei que não ia contar! — disse Meg, ofegante.

Mas elas não a deixaram em paz, e prometeram manter segredo, até que Meg, ardendo para contar tudo o que sabia, começou, com os olhos fixos na porta:

— Bem, é por causa do camarote...

— Que camarote?

— O camarote do fantasma!

— O fantasma tem um camarote? Ah, conte-nos, conte-nos!

— Não tão alto! — disse Meg. — É o Camarote de número Cinco, sabem, aquele no balcão, perto do proscênio, à esquerda.

— Ah, não é possível!

— É, sim, estou dizendo! Minha mãe cuida desse camarote. Mas vocês juram que não contam nada a ninguém?

— É claro que sim, claro.

— Bem, aquele é o camarote do fantasma. Faz um mês que ninguém entra lá, além do fantasma, e foram dadas ordens na bilheteria para esse camarote nunca ser alugado.

— E o fantasma realmente vai lá?

— Sim.

— Então alguém vai lá?

— Oras, não! O fantasma vai, mas não há ninguém lá.

As pequenas bailarinas trocaram olhares de relance. Se o fantasma ia ao camarote, ele deveria ser visto, pois vestia um fraque e tinha uma caveira. Era isso que tentavam fazer com que Meg entendesse, mas ela respondeu:

— É isso! Não se vê o fantasma. E ele não tem nenhum fraque, nem caveira! Toda essa conversa sobre a caveira no lugar da cabeça e sua cabeça de fogo é bobagem! Ele não tem nada disso. A gente só o ouve quando ele está no camarote. Minha mãe nunca o viu, mas ela já o ouviu. Mamãe sabe, porque ela lhe dá a programação da Ópera.

A Sorelli interferiu:

— Giry, menina, você está zombando de nós!

Foi então que a pequena Giry começou a chorar.

— Eu deveria ter segurado minha língua... Se minha mãe souber que falei disso em algum momento! Mas estou bem certa de que Joseph Buquet não tinha de se meter onde não foi chamado, nem falar de coisas que não lhe dizem respeito, isso haverá de trazer-lhe má sorte... Mamãe estava falando disso na noite passada...

Seguiu-se o som de passadas apressadas e pesadas no corredor e uma voz sem fôlego gritou:

— Cecile! Cecile! Você está aí?

— É a voz da minha mãe — disse Jammes. — O que foi que aconteceu?

Ela abriu a porta. Uma senhora respeitável, com a constituição de um granadeiro pomerânio, entrou com arroubo no camarim e caiu, gemendo, em uma poltrona que estava vazia. Seus olhos reviravam-se ensandecidos em seu rosto cor de pó de tijolo.

— Que horror! — disse ela. — Que coisa horrível!

— O que foi? O quê?

— Joseph Buquet!

— O que tem ele?

— Joseph Buquet está morto!

O recinto ficou repleto de exclamações, gritos pasmados e assustados pedidos de explicações.

— Sim, ele foi encontrado enforcado no terceiro subsolo!

— É o fantasma! — disparou-se a dizer Giry, sem pensar, mas corrigiu-se de imediato, pressionando a boca com as mãos. — Não, não! Eu não disse isso... Eu não disse isso...

Ao seu redor, todas suas companheiras, tomadas pelo pânico, repetiram bem baixinho:

— Sim... deve ser o fantasma!

A Sorelli estava muito pálida.

— Eu nunca conseguirei recitar o meu discurso — disse ela.

A mãe de Jammes deu sua opinião, enquanto esvaziava uma taça de licor que por acaso estava em cima de uma mesa: o fantasma deveria ter algo a ver com o acontecido.

A verdade era que ninguém sabia como Joseph Buquet morrera. O veredito na investigação legal formal foi "suicídio natural". Em *As memórias do diretor*, o Sr. Moncharmin, um dos diretores que sucedera os senhores Debienne e Poligny, descreve o incidente da seguinte maneira:

"Um incidente mortificante arruinou a pequena festa que os senhores Debienne e Poligny deram para celebrar sua aposentadoria. Eu estava no escritório do diretor quando Mercier, o administrador, de repente entrou com tudo no recinto. Ele parecia meio ensandecido e disse-me que o corpo de um operador de cenários havia sido encontrado pendurado no terceiro subsolo sob o palco, entre uma casa de fazenda e um cenário de O Rei de Lahore. Gritei:
— *Venham e vamos cortar a corda e colocá-lo no chão!*
Na hora em que eu havia descido correndo a escadaria e a escada de Jacob, o homem não mais estava pendurado em sua corda!"

Então, eis um evento que o Sr. Moncharmin considera natural. Um homem pendurado na ponta de uma corda; eles vão para cortar a corda; a corda havia desaparecido. Oh, o Sr. Moncharmin encontrou uma explicação muito simples para isso! Escutem o que ele disse:

"Isso ocorreu logo depois da apresentação do balé, e as líderes e as dançarinas não perderam tempo e tomaram suas precauções contra o mau-olhado."

Pronto! Imaginem o corpo de baile descendo correndo pela escada de Jacob e dividindo a corda do suicida entre si em menos tempo do que se leva para escrever isso! Quando, por outro lado, eu penso no lugar exato em que o corpo foi descoberto — no terceiro subsolo debaixo do palco —, imagino que *alguém* deve ter ficado interessado que a corda desaparecesse depois que seu propósito tivesse surtido efeito; e o tempo dirá se eu estou errado.

A horrenda notícia espalhou-se por toda a Ópera, onde Joseph Buquet era muito popular. Os camarins ficaram vazios, e as bailarinas, reunidas em torno de Sorelli como se fossem ovelhas tímidas em volta de sua pastora, seguiram em direção ao saguão pelos mal iluminados corredores e escadarias, movendo-se rapidamente, o mais rápido que suas pernas cor-de-rosa conseguiam.

A NOVA MARGARIDA

CAPÍTULO II

No primeiro patamar, Sorelli deparou-se com o Conde de Chagny, que estava subindo as escadas. O conde, que era geralmente tão calmo, parecia altamente agitado.

— Eu estava indo até você — disse ele, tirando o chapéu. — Oh, Sorelli, que noite! E Christine Daaé: que triunfo!

— Impossível — disse Meg Giry. — Seis meses atrás ela cantava como um *prego!* Mas nos deixe passar, meu caro conde — continuou a dizer a garota, com uma cortesia insolente. — Nós vamos investigar o que houve com um pobre homem que foi encontrado enforcado.

Foi quando o administrador veio passando por elas ruidosamente e parou quando ouviu esse comentário.

— O quê? — exclamou ele, com rudeza. — Vocês já ficaram sabendo, meninas? Bem, por favor, esqueçam isso por esta noite... e, acima de tudo, não deixem que o Sr. Debienne e o Sr. Poligny fiquem sabendo; isso haveria de deixá-los muito perturbados em seu último dia aqui.

Todos eles prosseguiram até o saguão do balé, que já estava cheio de gente. O Conde de Chagny estava certo: nenhum espetáculo de gala jamais se igualara àquele. Todos os grandes compositores de então tinham conduzido suas próprias obras em turnos. Faure e Krauss cantaram; e, naquela noite, Christine Daaé revelara seu verdadeiro eu, pela primeira vez na vida, para o pasmo e entusiasmado público. Gounod conduzira a *Marcha fúnebre para uma marionete;* Reyer, sua bela abertura de *Sigurd*; Saint Saens, *a Dança macabra* e uma *Rêverie oriental;* Massenet, uma inédita marcha húngara; Guiraud, seu *Carnaval*; Delibes, a *Valsa lenta de Sylvia e o Pizzicati de Coppelia*. A senhorita Krauss cantara o bolero das *Vésperas sicilianas;* e a senhorita Denise Bloch, o *brindisi* de *Lucrezia Borgia*.

Mas o verdadeiro triunfo foi reservado para Christine Daaé, que começara interpretando algumas passagens de *Romeu e Julieta*. Foi a primeira vez que a jovem artista cantou a obra de Gounod, que não havia sido levada à Ópera, e que fora revivida na *Opera Comique* depois de ter sido produzida no antigo *Theatre Lyrique* pela senhora Carvalho. Aqueles que a ouviram dizem que a voz dela, nessas passagens, era seráfica; mas isso não era nada em comparação com as notas sobre-humanas que ela alcançou na cena da prisão e no trio final em *Fausto*, que ela interpretou no lugar de La Carlotta, que se sentia indisposta. Ninguém nunca tinha ouvido nem visto nada como aquilo.

Daaé revelou uma nova Margarida naquela noite, uma Margarida de um esplendor, de uma intensidade radiante, até então desconhecida. A casa inteira foi à loucura, pondo-se de pé, gritando, saudando, batendo palmas, enquanto Christine soluçava e desmaiava nos braços de seus camaradas cantores e teve de ser carregada até seu camarim. Uns poucos assinantes da Ópera, porém, protestaram. Por que tamanho tesouro havia sido mantido longe deles por tanto tempo? Até então, Christine Daaé havia sido um bom Siebel para a Margarida de Carlotta, em vez de uma Margarida tão esplendidamente substancial. E fora necessária a incompreensível e inescusável ausência de Carlotta naquela noite de gala para que a pequena Daaé, sem preparação nenhuma, em cima da hora, mostrasse tudo o que era capaz de fazer em uma parte do programa reservada para a diva espanhola! Bem, o que os assinantes queriam saber era por que Debienne e Poligny haviam recorrido a Daaé quando Carlotta estava indisposta? Será que eles sabiam da genialidade oculta dela? E, se acaso tinham conhecimento disso, por que a mantinham escondida? E por que ela a havia escondido? Estranhamente o bastante, não se sabia se Daaé tinha um professor de canto no momento. Com frequência ela dizia que pretendia treinar sozinha para o futuro. A coisa como um todo era um mistério.

O Conde de Chagny, levantando-se em seu camarote, ouviu todo esse frenesi e tomou parte nele aplaudindo-a sonoramente. Philippe Georges Marie, Conde de Chagny, tinha apenas quarenta e um anos. Ele era um importante aristocrata e um homem de boa aparência, com a altura acima da média e feições atraentes, apesar de sua dura testa e de seus olhos um tanto quanto frios. Ele era perfeitamente educado com as mulheres e um pouco arrogante com os homens, que nem sempre o perdoavam por seus sucessos na sociedade. Ele tinha um coração excelente e uma consciência impecável. Com a morte do velho Conde Philibert, ele tornou-se o chefe da mais antiga e distinta árvore genealógica da França, cujos ramos remontavam ao século XIV. Os Chagnys eram donos de muitas propriedades, e, quando o velho conde, que era viúvo, faleceu, não foi fácil para Philippe a tarefa de aceitar a administração de tantas propriedades. Suas duas irmãs e seu irmão, Raoul, não quiseram saber de partilha e abriram mão de suas partes, deixando tudo sob a responsabilidade de Philippe, como se o direito da primogenitura nunca tivesse cessado de existir. Quando as duas irmãs se casaram, no mesmo dia receberam suas partes de seu irmão, não como algo que lhes pertencesse por direito, mas na forma de dotes, pelo que elas o agradeceram.

A Condessa de Chagny, nascida como Moerogis de La Martyniere, morrera dando à luz Raoul, que nasceu vinte anos depois de seu irmão mais velho. Por ocasião do falecimento do velho conde, Raoul tinha doze anos de idade. Philippe ocupou-se ativamente com a educação do jovem. Ele foi admiravelmente auxiliado nessa tarefa por suas irmãs e, depois, por uma velha tia, a viúva de um oficial naval, que vivia em Brest e passou ao jovem Raoul seu gosto pelo mar. O rapaz entrou no navio-escola, terminou seu curso com honra e placidamente viajou pelo mundo. Graças à poderosa influência, ele tinha acabado de ser nomeado membro da expedição oficial a bordo do *Requin*, que seria enviado ao Círculo Polar Ártico, em busca dos sobreviventes da expedição de D'Artoi, de quem não se recebia notícias havia três anos. Nesse ínterim, ele estava desfrutando de uma longa licença que só acabaria seis meses depois; e as matronas de Faubourg Saint-Germain já estavam com pena do belo e aparentemente delicado moço pelo trabalho árduo que lhe estava reservado.

A timidez do rapaz marinheiro — eu estava quase a dizer inocência — era notável. Ele parecia ter acabado de sair das fraldas. Para falar a verdade, mimado como era pelas duas irmãs e por sua velha tia, ele retivera, desta puramente feminina educação, modos que eram quase cândidos e marcados por um charme que ainda nada tinha conseguido macular. Ele passava um pouco dos vinte e um anos e parecia ter dezoito. Tinha um bigode pequeno e claro, belos olhos azuis e uma compleição de menina.

Philippe mimou Raoul. Para começo de conversa, sentia muito orgulho dele e ficava satisfeito ao prever uma gloriosa carreira para seu irmão mais novo na marinha, em que um de seus ancestrais, o famoso Chagny de La Roche, ocupara o posto de almirante. Ele aproveitou-se da licença do trabalho do jovem rapaz para mostrar-lhe Paris, com todos seus deleites luxuriosos e artísticos. O conde considerava que, com a idade de Raoul, juízo demais não era bom. O próprio Philippe tinha um caráter muito bem equilibrado tanto no trabalho quanto no prazer, seu comportamento sempre fora impecável, além do que ele era incapaz de dar um mau exemplo ao irmão, que levava consigo aonde quer que fosse. Ele até mesmo o apresentara ao saguão do balé. Sei que se dizia que o conde "se dava muito bem" com Sorelli, mas mal se poderia considerar um crime que esse nobre homem, solteiro, com muito tempo para o lazer, especialmente desde que suas irmãs casaram, viesse a passar uma ou duas horas depois do jantar na companhia de uma dançarina que, embora não fosse lá muito espirituosa, tinha os mais belos olhos do mundo! E, além disso, existem lugares onde um verdadeiro parisiense, quando tem a posição do Conde de Chagny, deve aparecer, e, naquela época, o saguão do balé na Ópera era um destes lugares.

Enfim, talvez Philippe não tivesse levado seu irmão para os bastidores da cena da Ópera se Raoul não tivesse sido o primeiro a pedir-lhe isso, renovando repetidas vezes sua solicitação com uma gentil obstinação da qual o conde se lembraria posteriormente.

Naquela noite, Philippe, depois de aplaudir Daaé, voltou-se para Raoul e viu que ele estava um tanto pálido.

— Você não está vendo — disse Raoul — que a mulher está desmaiando?

— Quem parece que vai desmaiar é você — disse o conde. — O que houve?

Mas Raoul havia se recuperado e estava se levantando.

— Vamos — ele disse, com voz trêmula.

— Para onde você quer ir, Raoul? perguntou o conde, espantado com a emoção com que encontrou no irmão mais novo.

— Mas vamos ver! É a primeira vez que ela canta assim!

O conde olhou com curiosidade para o irmão e um leve sorriso apareceu no canto de seu lábio.

— Bah! — E ele acrescentou imediatamente: — Vamos! Vamos lá! Ele parecia encantado.

Logo chegaram à porta que dava para o palco. Inúmeros assinantes seguiam lentamente por ali. Raoul lacerava suas luvas em um gesto inconsciente, e Philippe tinha um coração muito bondoso para rir da impaciência do irmão. Mas agora ele entendia por que Raoul ficava distraído quando se falava com ele e por que ele sempre tentava voltar todas as conversas para o assunto da Ópera.

Eles chegaram ao palco e abriram caminho, aos empurrões, em meio à multidão de cavalheiros, operadores de cenários, extras e coristas, com Raoul conduzindo o irmão pelo caminho, sentindo que seu coração não mais lhe pertencia, seu rosto marcado com a paixão, enquanto o Conde Philippe o seguia com dificuldade e continuava a sorrir. Nos fundos do palco, Raoul teve de parar antes do fluxo da pequena tropa de bailarinas que bloqueava a passagem em que tentava entrar. Mais de um gracejo lhe veio de lábios pintados, aos quais ele não respondeu, e, por fim, conseguiu passagem. Mergulhou na semiescuridão de um corredor que ressoava com o nome de "Daaé! Daaé!". O conde ficou surpreso ao ver que Raoul conhecia o caminho. O próprio conde nunca o havia levado até Christine e chegou à conclusão de que Raoul deveria ter ido lá sozinho enquanto conversava no saguão com Sorelli, que com frequência lhe pedia que esperasse até que chegasse a hora de ela "entrar em cena", e, às vezes, entregava-lhe as pequenas polainas com as quais descia correndo de seu camarim para preservar a perfeição de suas sapatilhas de dança de cetim e de suas meias-calças cor da pele. Sorelli tinha uma desculpa: ela perdera a mãe.

Adiando sua costumeira visita a Sorelli por uns poucos minutos, o conde acompanhou o irmão, descendo pela passagem que dava para o camarim de Daaé, e viu que nunca estivera tão apinhado de gente quanto naquela noite, quando a casa inteira parecia em polvorosa com seu sucesso e também com seu desmaio. A moça ainda não tinha voltado a si, e o médico do teatro acabara de chegar no momento em que Raoul entrou, logo atrás dele. Christine, portanto, recebeu os primeiros socorros de um, enquanto abria os olhos nos braços de outro. O conde e muitos mais permaneceram em meio ao ajuntamento na entrada do camarim da moça.

— O senhor não acha, doutor, que seria melhor se estes cavalheiros saíssem do aposento? — perguntou-lhe Raoul, com frieza. — Não dá para respirar aqui.

— O senhor tem toda razão — disse o médico.

E o doutor mandou que todos fossem embora, com a exceção de Raoul e da criada, que olhava para ele com olhos cheios do mais indisfarçado espanto. Ela nunca o havia visto antes e, ainda assim, não se atrevia a questioná-lo, e o médico imaginava que o jovem homem estava agindo assim porque tinha o direito de fazê-lo. O visconde, portanto, permaneceu no aposento observando Christine enquanto lentamente esta voltava à vida, enquanto até mesmo os dois diretores, Debienne e Poligny, que haviam ido oferecer sua empatia e congratulações à moça, foram enxotados para o corredor, em meio à multidão de dândis. O Conde de Chagny, que era um dos que ficaram do lado de fora, deu risada:

— Ah, este ladino, este ladino! — E acrescentou, bem baixinho: — Esses jovens com seus ares de meninas colegiais! Então ele é um Chagny, no fim das contas!

Ele voltou-se para ir até o camarim de Sorelli, mas se deparou com ela no meio do caminho, junto com sua pequena tropa de bailarinas, que como vimos, tremiam.

Neste ínterim, Christine Daaé soltou um suspiro profundo, que recebeu um gemido em resposta. Ela virou a cabeça, viu Raoul e ficou alarmada. A moça olhou sorrindo para o médico, depois para a criada e, então, voltou a olhar para Raoul.

— *Monsieur* — disse ela, com uma voz que mal passava de um sussurro —, quem é você?

— *Mademoiselle* — respondeu o jovem, ajoelhado em um só joelho, pressionando um beijo fervente na mão da diva —, sou o garotinho que entrou no mar para recolher sua echarpe.

Christine olhou novamente para o médico e para a criada, e todos os três começaram a rir.

Raoul ficou muito vermelho e levantou-se.

— *Mademoiselle* – disse ele –, visto que lhe apraz não me reconhecer, eu deveria dizer-lhe algo em particular, algo muito importante.

— Quando eu estiver melhor, o senhor se importa? — e a voz dela saiu trêmula. — O senhor foi muito bondoso.

— Sim, o senhor deve ir — disse o médico, com seu mais agradável sorriso. — Deixe-me cuidar da senhorita.

— Não estou me sentindo mal, agora — disse Christine de súbito, com uma estranha e inesperada energia.

Ela ergueu-se e passou a mão por sobre suas pálpebras.

— Obrigada, doutor. Eu gostaria de ficar sozinha. Por favor, vão embora, todos vocês. Deixem-me. Sinto-me inquieta esta noite.

O médico tentou fazer um curto protesto, mas, ao perceber a evidente agitação da moça, achou que o melhor remédio seria não a contrariar. E foi embora, dizendo para Raoul, do lado de fora:

— Ela não é ela mesma esta noite. Geralmente é tão gentil.

Então disse boa-noite e Raoul foi deixado sozinho. Toda aquela parte do teatro estava deserta. A cerimônia de despedida, sem sombra de dúvida, estava sendo celebrada no saguão do balé. Raoul achava que Daaé poderia ir até lá e ficou esperando na solidão silenciosa, até mesmo se escondendo na favorecedora sombra de uma entrada. Ele sentia uma dor terrível em seu coração, e era disso que queria falar sem demora com Daaé.

De súbito, a porta do camarim abriu-se e a criada saiu dali sozinha, carregando trouxas. Ele parou-a e perguntou como estava sua patroa. A mulher riu e disse que ela estava muito bem, mas que ele não a deveria perturbar, pois desejava ser deixada a sós. E continuou seguindo seu caminho. Uma única ideia tomou o cérebro ardente de Raoul: estava claro que Daaé desejava ficar sozinha para ele! Ele não havia dito que queria falar com ela em particular?

Com dificuldade de respirar, ele subiu até o camarim e, com o ouvido junto à porta para captar a resposta dela, preparou-se para bater à porta, mas deixou pender sua mão. Ele ouviu a *voz de um homem* lá dentro, dizendo, em um tom curiosamente autoritário:

— Christine, você deve me amar!

E a voz de Christine, infinitamente triste e trêmula, como se acompanhada de lágrimas, respondeu:

— Como você pode falar comigo assim, quando canto apenas para você?

Raoul inclinou-se junto ao painel para aliviar sua dor. Seu coração, que parecia partido para sempre, voltou a seu peito e batia com força, muito alto. Seus batimentos ecoavam pela passagem inteira, e os ouvidos de Raoul ficaram ensurdecidos. Com certeza, se seu coração continuasse a fazer tamanho barulho, eles haveriam de ouvi-lo lá de dentro do camarim, abririam a porta e o jovem, em desgraça, seria mandado embora. Que situação para um Chagny! Ser pego ouvindo atrás de uma porta! Ele tomou seu coração nas duas mãos para fazer com que parasse.

O homem pronunciou-se mais uma vez:

— Você está muito cansada?

— Ah, nessa noite dei-lhe minha alma e estou morta! — foi a resposta de Christine.

— Sua alma é algo belo, criança — respondeu-lhe a voz grave do homem —, e agradeço-lhe por isso. Nenhum imperador jamais recebeu tão belo presente até hoje. *Nessa noite, os anjos choraram.*

Raoul não ouviu nada depois disso. Não obstante, ele não foi embora dali; no entanto, visto que temia ser pego, retornou a seu canto escuro, determinado a esperar que o homem saísse do recinto. Ao mesmo tempo, havia aprendido o que significava o amor e o ódio. Ele sabia que amava. Queria saber a quem odiava. Para sua grande surpresa, a porta abriu-se e apareceu ali Christine Daaé, envolta em peles, com a face oculta por um véu de renda, sozinha. Ela cerrou a porta atrás de si, mas Raoul notou que ela não a trancara. Ela passou por ele, que nem mesmo a seguiu com os olhos, pois estes estavam fixos na porta, que não se abriu de novo.

Quando a passagem estava novamente deserta, ele cruzou-a, abriu a porta do camarim, entrou e a fechou. Raoul encontrou-se na mais completa escuridão. O querosene tinha acabado.

— Há alguém aqui dentro! — disse Raoul, com as costas contra a porta fechada, em uma voz trêmula. — Por que está se escondendo?

Tudo eram trevas e silêncio. Raoul ouvia apenas o som de sua própria respiração. Ele não via que a indiscrição de sua conduta estava ultrapassando todos os limites.

— Você não sairá daqui até que eu permita! — exclamou ele. — Se você não me responder, é um covarde! Mas haverei de expô-lo!

E ele acendeu um fósforo. A chama iluminou o recinto; não havia ninguém ali! Raoul, primeiro girando a chave na porta, acendeu a lamparina. Ele entrou no armário de roupas do camarim, abriu os armários de louças, caçou pelos arredores, tateou as paredes com suas mãos úmidas. Nada!

— Escuta aqui! — disse ele, em voz alta. — Estou ficando louco?

Ele ficou ali por dez minutos, escutando o querosene que ardia no silêncio do recinto vazio; por mais que estivesse apaixonado, nem mesmo pensou em roubar uma fita, que teria lhe dado o perfume da mulher que amava. Ele saiu dali, sem saber o que estava fazendo nem aonde estaria indo. Em determinado momento em seu progresso excêntrico, foi atingido no rosto por um vento gélido. Raoul viu-se na parte de baixo de uma escadaria, pela qual, atrás dele, descia uma procissão de trabalhadores carregando uma espécie de maca coberta com um lençol branco.

— Qual é o caminho da saída, por favor? — perguntou ele a um dos homens.

— Direto à sua frente, a porta está aberta. Mas nos deixe passar.

Apontando para a maca, ele perguntou, de forma mecânica:

— Quem é ele?

Os trabalhadores responderam:

— Este é Joseph Buquet, que foi encontrado no terceiro subsolo, pendurado entre uma casa de fazenda e um cenário de *Rei de Lahore*.

Ele tirou o chapéu, foi para trás para dar lugar à procissão e retirou-se dali.

CAPÍTULO III
O MISTERIOSO MOTIVO

Durante este tempo, estava sendo realizada a cerimônia de despedida. Eu já havia dito que essa magnífica festividade estava sendo realizada por ocasião da aposentadoria dos senhores Debienne e Poligny, que haviam se determinado a "morrer heroicamente", como dizemos hoje. Eles haviam sido ajudados na realização de seu programa ideal, embora melancólico, por todos que eram importantes no mundo social e artístico de Paris. Todas essas pessoas encontravam-se, depois da performance, no saguão do balé, onde Sorelli aguardava a chegada dos diretores, que se aposentavam com uma taça de champanhe na mão e um pequeno discurso na ponta da língua. Atrás dela, as novas e velhas colegas do corpo de baile discutiam os eventos do dia em sussurros ou trocavam discretos sinais com seus amigos, cuja multidão ruidosa cercava as mesas da ceia, dispostas ao longo do piso inclinado.

Algumas dançarinas já haviam se trocado e trajavam roupas comuns; no entanto, a maioria delas ainda estava com suas saias de tule, e todos achavam que a coisa certa era colocar uma expressão especial no rosto para a ocasião: todos, quer dizer, com exceção da pequena Jammes, cujas quinze primaveras — que idade feliz! — já pareciam ter se esquecido do fantasma e da morte de Joseph Buquet. Ela, em momento algum, cessava de rir e tagarelar, de ficar pulando pelos arredores e de pregar peças nas pessoas, até que os Srs. Debienne e Poligny apareceram nos degraus do saguão, quando ela foi chamada, com severidade, a assumir uma conduta decente pela impaciente Sorelli.

Todos notaram que os diretores que se aposentavam pareciam alegres, visto ser esse o modo parisiense. Ninguém jamais será um verdadeiro parisiense se não tiver aprendido a usar uma máscara de júbilo por cima de suas mágoas e uma máscara de tristeza, tédio ou indiferença por cima de sua alegria interna. Se ficar sabendo que um de seus amigos está com problemas, não o tente consolar: ele haverá de dizer-lhe que já se encontra confortado; no entanto, caso seu amigo tenha se deparado com boa fortuna, tome cuidado com a forma como o parabeniza por isso: ele considera isso tão natural que ficará surpreso por você mencioná-lo. Em Paris, nossas vidas são um baile de máscaras, e o saguão do balé é o último lugar em que dois homens tão "sábios" quanto o Sr. Debienne e o Sr. Poligny teriam cometido o erro de traírem seu luto, por mais genuíno que pudesse ser. E eles já estavam sorrindo um tanto quanto amplamente para Sorelli, que havia começado a recitar seu discurso, quando uma exclamação daquela pequena e impulsiva Jammes partiu os sorrisos dos diretores de forma tão brutal que as expressões de aflição e horror que jaziam sob tais sorrisos tornaram-se aparentes para todos os olhos:

— O Fantasma da Ópera!

Jammes gritou estas palavras em um tom de terror indizível, apontando com o dedo, em meio à multidão de dândis, para uma face tão pálida, tão lúgubre e feia, com duas profundas cavidades pretas sob as sobrancelhas erguidas, que a caveira em questão imediatamente obteve um imenso sucesso:

— O Fantasma da Ópera! O Fantasma da Ópera!

Todo mundo riu e empurrou aquele que estava a seu lado, querendo oferecer ao Fantasma da Ópera uma bebida, mas ele se fora. Ele passou furtivamente pela multidão, e os outros, em vão, caçavam-no, enquanto os dois velhos cavalheiros tentavam acalmar a pequena Jammes e enquanto a pequena Giry ficava ali, parada, gritando como um pavão.

Sorelli estava furiosa: ela não tinha conseguido terminar seu discurso; os diretores haviam a beijado, agradecido e saíram correndo tão rápido quanto o próprio fantasma, o que não surpreendeu a ninguém, pois é sabido que eles haveriam de passar pela mesma cerimônia no andar de cima, no saguão dos cantores, e que, por fim, eles mesmos deveriam receber seus amigos pessoais, pela última vez, no grande saguão do lado de fora do escritório dos diretores, onde uma ceia regular seria servida.

Ali eles encontraram os novos diretores, o Sr. Armand Moncharmin e o Sr. Firmin Richard, a quem mal conheciam; não obstante, eles foram generosos em protestos de amizade e receberam milhares de lisonjeiros elogios em resposta, de modo que aqueles convidados que temiam uma noite entediante pela frente imediatamente ficaram mais radiantes. A ceia estava quase alegre, e um discurso particularmente inteligente do representante do governo, mesclando as glórias do passado com os sucessos do futuro, fez com que prevalecesse a maior cordialidade.

Os diretores que se aposentavam já haviam entregado a seus sucessores as duas minúsculas chaves-mestras que abriam todas as portas — milhares de portas — da casa de ópera. E aquelas pequenas chaves, objetos de curiosidade geral, estavam sendo passadas de mão em mão, quando a atenção de alguns dos convidados foi desviada pela descoberta, ao fim da mesa, daquela face estranha, pálida e fantástica, com os olhos ocos, que já havia aparecido no saguão do balé e fora cumprimentada pela exclamação da pequena Jammes: "O Fantasma da Ópera!".

Lá estava sentado o fantasma, tão natural quanto possível, exceto que ele não comia ou bebia. Aqueles que começaram a olhar para ele com um sorriso acabaram virando suas cabeças, pois olhar para ele provocava os pensamentos mais funéreos. Ninguém repetiu a piada do vestíbulo, ninguém exclamou: "Eis o Fantasma da Ópera!".

Ele mesmo não proferiu nenhuma palavra, e aqueles que perto dele estavam não poderiam ter declarado em que momento ele havia se sentado entre eles; todavia, todo mundo sentiu que, se os mortos algum dia viessem sentar-se à mesa dos vivos, eles não teriam conseguido ser uma figura mais horripilante. Os amigos de Firmin Richard e Armand Moncharmin achavam que este esguio e esquelético convidado era um conhecido de Debienne ou de Poligny, enquanto os amigos de Debienne e Poligny acreditavam que o indivíduo cadavérico pertencia ao grupo de Firmin Richard e Armand Moncharmin.

O resultado foi que não se pediu nenhuma explicação; nenhum comentário desagradável, não houve nenhuma piada de mau gosto, que poderia ter ofendido o visitante da tumba. Alguns daqueles que conheciam a história do fantasma e a descrição provida pelo chefe dos operadores de cenários — eles não sabiam da morte de Joseph Buquet — achavam, em suas próprias mentes, que o homem ao final da mesa poderia facilmente ter se passado por ele; e, ainda assim, de acordo com a história, o fantasma não tinha nariz algum, e a pessoa em questão tinha. No entanto, declara o Sr. Moncharmin, em suas memórias, que o nariz do convidado era transparente: "longo, fino e transparente" foram suas palavras exatas. Eu, por minha parte, acrescentarei que poderia tratar-se muito bem de um nariz falso. O Sr. Moncharmin pode haver tomado por transparência o que era apenas um brilho. Todo mundo sabe que a ciência ortopédica provê belos narizes falsos àqueles que perderam seus narizes naturalmente ou como resultado de uma operação.

O fantasma realmente tomou um assento à mesa da ceia dos diretores naquela noite, sem ser convidado? E nós podemos ter certeza de que a figura era do próprio Fantasma da Ópera? Quem se aventuraria a afirmar tudo isso? Menciono o incidente não porque desejo, por um segundo, que o leitor acredite — nem mesmo tentar fazer com que acredite — que o fantasma fosse capaz de tamanha e sublime audácia, mas porque, afinal de contas, isso é impossível.

O Sr. Armand Moncharmin, no capítulo onze de suas *Memórias*, diz:

*"Quando penso na primeira noite, não consigo
separar o segredo confidenciado a nós pelos senhores Debienne e Poligny
em nosso escritório da presença
em nossa ceia daquela pessoa fantasmagórica
que nenhum de nós conhecia."*

O que se sucedeu foi o seguinte: os senhores Debienne e Poligny, sentados ao centro da mesa, não haviam visto o homem com a caveira. De súbito, ele começou a falar.

— As bailarinas estão certas — disse ele. — A morte daquele pobre Buquet talvez não seja tão natural quanto as pessoas pensam.

Debienne e Poligny ficaram alarmados.

— Buquet está morto? — eles gritaram.

— Sim — replicou o homem, ou a sombra de um homem, em voz baixa. — Ele foi encontrado, nesta noite, pendurado no terceiro subsolo, entre uma casa de fazenda e um cenário de *Rei de Lahore*.

Os dois diretores, ou melhor, ex-diretores, levantaram-se imediatamente e encararam de um jeito estranho o interlocutor. Eles estavam mais agitados do que precisavam, quer dizer, mais agitados do que qualquer um precisaria estar com o anúncio do suicídio de um chefe operador de cenários. Entreolharam-se. Ambos haviam ficado mais brancos do que a toalha de mesa. Por fim, Debienne fez um sinal para os senhores Richard e Moncharmin; Poligny murmurou umas poucas palavras de desculpas aos convidados, e os quatro foram até o escritório dos diretores. Deixo que o Sr. Moncharmin complete a história. Em suas *Memórias*, ele diz:

"Os senhores Debienne e Poligny pareciam ficar cada vez mais agitados e aparentemente tinham algo muito difícil a nos contar. Primeiro, perguntaram se nós conhecíamos o homem que estava sentado à cabeceira da mesa, que havia contado a eles sobre a morte de Joseph Buquet, e, quando respondemos que não, eles pareceram ainda mais preocupados. Eles tomaram as chaves-mestras de nossas mãos, fitaram-nas por um instante e nos aconselharam a fazer novas trancas, com o maior dos segredos, para os quartos, armários de roupas e objetos que desejássemos que ficassem hermeticamente fechados. Eles falavam isso de um jeito tão engraçado que começamos a rir e a perguntar se havia ladrões na Ópera. Eles responderam que havia algo pior, que era o fantasma. Nós começamos a rir novamente, sentindo-nos certos de que eles estavam tendo o prazer de contar alguma piada que tinha como intenção coroar o nosso pequeno entretenimento. Então, a pedido deles, nós ficamos 'sérios', resolvendo fazer a vontade deles e entrando no espírito do jogo. Eles nos disseram que nunca teriam nos falado sobre o fantasma se não tivéssemos recebido ordens formais do próprio para que nos pedisse para sermos agradáveis com ele e concedermos a ele qualquer solicitação que fizesse.

No entanto, em seu alívio de deixarem um domínio onde aquela sombra tirânica regia, eles haviam hesitado, até o último momento, em nos contar essa curiosa história, para a qual nossas mentes céticas não estavam certamente preparadas. Todavia, o anúncio da morte de Joseph Buquet servira para eles como um lembrete brutal de que, sempre que haviam desconsiderado os desejos do fantasma, algum evento fantástico ou desastroso os havia levado a sentir sua dependência.

"Durante estes pronunciamentos inesperados e feitos em um tom da mais secreta e importante confidência, olhei para Richard. Ele, em seus dias de estudante, havia adquirido uma grande reputação por pregar peças nos outros e parecia, por sua vez, estar deliciando-se com o prato que lhe estava sendo servido, do qual não perdia nem um bocado, embora o tempero fosse um pouco repulsivo por causa da morte de Buquet. Ele assentiu, triste, enquanto os outros se pronunciavam, e suas feições assumiram o ar de um homem que lamentava amargamente ter assumido a Ópera, agora que sabia que havia um fantasma em meio aos negócios. Eu não conseguia pensar em nada melhor do que imitar servilmente essa atitude de desespero. Todavia, apesar de todos os nossos esforços, no final acabamos caindo na gargalhada na cara dos senhores Debienne e Poligny, os quais, vendo-nos passar do mais sombrio estado de espírito para a mais insolente alegria, agiram como se achassem que havíamos ficado loucos.

"A piada tornou-se um pouco tediosa, e Richard perguntou, meio sério e meio de brincadeira: "— Mas, afinal de contas, o que deseja esse seu fantasma? "O Sr. Poligny foi até sua escrivaninha e voltou de lá com uma cópia do livro de notas, que começava com as bem conhecidas palavras dizendo que 'a diretoria da Ópera deve dar à apresentação da Academia Nacional de Música o esplendor que convém ao primeiro palco lírico da França', e terminava com a Cláusula 98, que dizia que o privilégio pode ser retirado se o diretor infringir as condições estipuladas no livro de notas. Isso é seguido das condições, que são quatro.

"A cópia apresentada pelo Sr. Poligny estava escrita em tinta preta e era exatamente similar àquela que tínhamos em nossa posse, exceto que, no final, ela continha um parágrafo em tinta vermelha, escrito em uma caligrafia esquisita e forçada, como se tivesse sido feita mergulhando-se cabeças de fósforos na tinta, a letra de uma criança que nunca tivesse ido além dos rabiscos e que ainda não aprendera a unir as letras. O parágrafo dizia, palavra por palavra, o seguinte:

> "'5. Ou, se o diretor, em qualquer mês, atrasar por mais de quinze dias o pagamento da mensalidade que ele pagará ao Fantasma da Ópera, mensalidade essa no valor de vinte mil francos por mês, quer dizer, 240 mil francos ao ano.'

"O Sr. Poligny apontou, com um dedo hesitante, para esta última cláusula, pela qual certamente ele não esperava.
"— Isso é tudo? Ele não quer mais nada? — perguntou-lhe Richard, com a maior frieza. "— Sim, ele quer, na verdade — foi a réplica de Poligny.
"E ele virou as páginas de seu livro de notas até chegar à cláusula que especificava os dias em que determinados camarins particulares deveriam ser reservados para uso livre do presidente da república, dos ministros, e assim por diante. No final desta cláusula havia sido adicionada uma linha, também em tinta vermelha:

> "'O camarote cinco, no balcão, deverá ser disponibilizado para o Fantasma da Ópera em todas as apresentações.'

"Quando vimos isso, não havia mais nada que pudéssemos fazer além de nos erguermos de nossas cadeiras, darmos um caloroso aperto de mãos em nossos dois predecessores e cumprimentá-los por pensarem nesta charmosa piadinha, a qual provava que o velho senso de humor francês provavelmente nunca seria extinto. Richard acrescentou que agora ele entendia por que os senhores Debienne e Poligny estavam aposentando-se da direção da Academia Nacional de Música. Os negócios estavam impossíveis com um fantasma tão irracional.
"— Certamente, 240 mil francos não se acham por aí — disse o Sr. Poligny, sem mover nenhum músculo de sua face. — E vocês já consideraram o que a perda da locação do Camarote Cinco significa para nós? Nós não o locamos nem uma vez, e não apenas isso, mas tivemos de devolver o valor da assinatura: ora, isso é terrível! Nós realmente não

podemos trabalhar para sustentar fantasmas! Preferimos ir embora!

"— SIM — ecoou em resposta o Sr. Debienne —, *preferimos ir embora. Vamos.*

"*E ele levantou-se. Richard disse:*

'— *Porém, afinal de contas, parece-me que vocês foram bondosos demais com o fantasma, se eu tivesse um fantasma tão incômodo como esse, não hesitaria em mandar prendê-lo.*'

"— *Mas como? Onde?* — *eles gritaram, em coro.*

— *NÓS NUNCA O VIMOS!*

"— *Mas... Quando ele vem para seu camarote?*

"— *Nós nunca o vimos em seu camarote.*

"— *Então o aluguem.*

"— *Alugar o camarote do fantasma da ópera?! Bem, cavalheiros, tentem fazer isso.*

"*Em seguida, todos nós quatro deixamos o escritório. Eu e Richard 'nunca tínhamos rido tanto em nossas vidas'.*"

CAMAROTE CINCO

CAPÍTULO IV

Armand Moncharmin escreveu memórias tão volumosas durante o período relativamente longo de sua codireção que podemos muito bem nos perguntar se ele alguma vez tinha tempo para cuidar dos afazeres da Ópera, em vez de relatar o que lá se sucedia. O Sr. Moncharmin não conhecia uma nota de música, mas chamava o ministro da educação e das belas artes por seu primeiro nome, havia se envolvido superficialmente no jornalismo da sociedade e desfrutava de uma considerável renda particular. Enfim, era um camarada charmoso e mostrava que não lhe faltava inteligência, pois, tão logo se decidiu a ser um sócio comanditário na Ópera, selecionou o melhor diretor ativo possível e foi direto até Firmin Richard.

Firmin Richard era um compositor muito distinto, que havia publicado diversas peças de sucesso de todos os tipos e que gostava de quase todas as formas de música e de quase todos os tipos de músicos. Claramente, portanto, era o dever de todos os tipos de músicos gostarem do Sr. Firmin Richard. As únicas coisas a se dizer contra eram que ele era um tanto quanto imperioso em seus modos e dotado de um temperamento muito impetuoso.

Os primeiros dias que os sócios passaram na Ópera designaram-se ao deleite de se encontrarem como chefes de tão magnífico empreendimento; e eles haviam se esquecido por completo daquela curiosa e fantástica história do fantasma quando aconteceu um incidente que provou a eles que a piada — se é que se tratava de uma piada — não tinha acabado. O Sr. Firmin Richard chegou a seu escritório, naquela manhã, às onze horas. Seu secretário, o Sr. Remy, mostrou-lhe meia dúzia de cartas que ele não havia aberto porque estavam marcadas como "particulares". Uma delas imediatamente chamou a atenção de Richard, não apenas porque o envelope estava endereçado em tinta vermelha, mas porque ele parecia ter visto aquela caligrafia antes. Logo se lembrou de que era a caligrafia em vermelho com a qual o livro de notas havia sido tão curiosamente completado. Reconheceu a letra desajeitada e infantil. Abriu a carta e leu-a:

Prezado senhor diretor,

Eu sinto muito por ter de perturbá-lo em um momento em que o senhor deve estar tão ocupado, renovando contratações importantes, assinando novas e exibindo, de forma geral, seu excelente gosto. Eu sei o que o senhor fez por Carlotta, Sorelli e pela pequena Jammes, assim como por algumas outras de cujas admiráveis qualidades de talento ou gênio o senhor deve ter suspeitado.

É claro que, quando faço uso destas palavras, não estou pretendendo aplicá-las a La Carlotta, que canta como um esguicho e que nunca deveria ter tido a permissão de deixar os Embaixadores e o Café Jacquin, nem a La Sorelli, a qual deve seu sucesso principalmente a construtores de carrocerias de veículos, nem à pequena Jammes, que dança como um bezerro em um pasto. E também não estou falando de Christine Daaé, embora sua genialidade seja evidente, apesar de que o ciúme do senhor a impede de criar qualquer papel importante. Tendo dito tudo isso, o senhor é livre para conduzir seu pequeno negócio como achar melhor, não é?

Mesmo assim, eu gostaria de aproveitar-me do fato de que o senhor ainda não colocou Christine Daaé para fora ao ouvi-la nesta noite no papel de Siebel, visto que o papel de Margarida lhe foi proibido desde seu triunfo da outra noite, e haverei de pedir-lhe que não disponha do meu camarote no dia de hoje nem nos dias seguintes. Não posso terminar esta carta sem lhe dizer o quão desagradavelmente surpreso fiquei, uma ou duas vezes, ao ouvir, ao chegar à Ópera, que meu camarote tinha sido alugado na bilheteria, por ordens suas.

Não protestei, em primeiro lugar, porque não gosto de escândalos, e, em segundo lugar, porque achei que seus predecessores, os senhores Debienne e Poligny, que sempre foram encantadores comigo, haviam cometido a negligência, antes de deixarem seus cargos, de mencionar meus pequenos modismos ao senhor. Recebi agora uma resposta de tais cavalheiros à minha carta em que pedia uma explicação, e essa resposta prova que o senhor tem todo o conhecimento sobre o meu livro de notas e, consequentemente, que o senhor está me tratando com um afrontoso desdém. Se o senhor deseja viver em paz, não deve começar por tirar de mim meu camarote particular!

Queira aceitar, prezado Sr. Diretor, imparcialmente, apesar destas pequenas observações,

Seu Mais Humilde e Obediente Servo,

Fantasma da Ópera

A carta estava acompanhada de um recorte da coluna de conselhos da *Revue Theatrale*, que dizia o seguinte:

F. DA Ó. — *Não existem desculpas para R. e M. Nós contamos isso a eles e deixamos em suas mãos o seu caderno de notas.*
Saudações!

O Sr. Firmin Richard mal havia acabado de ler a carta quando o Sr. Armand Moncharmin ali entrou, portando uma exatamente igual. Eles olharam um para o outro e caíram na gargalhada.

— Eles estão persistindo com a piada — disse o Sr. Richard.—, mas eu não acho isso engraçado.

— O que isso tudo significa? — perguntou-lhe o Sr. Moncharmin. — Eles estão achando que, por terem sido diretores da Ópera, deixaremos que tenham um camarote por um período indefinido?

— Não estou com ânimo para permitir que riam de mim por muito tempo — disse Firmin Richard.

— É inofensivo o bastante — observou Armand Moncharmin. — O que eles realmente querem? Um camarote para esta noite?

O Sr. Firmin Richard disse a seu secretário para enviar o Camarote Cinco aos senhores Debienne e Poligny, caso não tivesse sido alugado. Não estava. Foi despachado para eles. Debienne morava na esquina da Rua Scribe e do Boulevard des Capucines, e Poligny, na Rua Auber. As duas cartas do Fantasma da Ópera tinham sido postadas do posto dos correios do Boulevard des Capucines, conforme notou Moncharmin depois de examinar os envelopes.

— Está vendo? — disse Richard.

Eles deram de ombros e lamentaram que dois homens daquela idade se entretessem com artimanhas tão infantis.

— Ainda assim, eles poderiam ter sido educados! — disse Moncharmin. — Você notou como eles nos tratam com relação a Carlotta, Sorelli e à pequena Jammes?

— Oras, meu caro camarada, esses dois estão loucos de ciúmes! E pensar que eles se deram ao trabalho de fazer um anúncio no *Revue Thea*trale! Será que não tinham nada melhor a fazer, não?

— A propósito — disse Moncharmin —, eles parecem estar altamente interessados naquela pequena Christine Daaé!

— Você sabe tão bem quanto eu que ela tem a reputação de ser muito boa — disse Richard.

— É fácil conseguir reputações — replicou Moncharmin. — Não tenho eu a reputação de conhecer tudo o que diz respeito à música? E não sei diferenciar uma clave musical da outra.

— Fique tranquilo, você nunca teve esta reputação — declarou Richard.

Em seguida, ele ordenou que entrassem os artistas, os quais, durante as últimas duas horas, haviam ficado andando para cima e para baixo do lado de fora da porta atrás da qual a fama e a fortuna — ou a dispensa — por eles esperavam.

O dia todo foi passado em discussões, negociações, assinatura ou cancelamento de contratos, e os dois diretores, exaustos por terem trabalhado demais, foram dormir cedo, sem nem mesmo lançarem um olhar de relance que fosse para o Camarote Cinco para ver se o Sr. Debienne e o Sr. Poligny estavam desfrutando da apresentação.

Na manhã seguinte, os diretores receberam um cartão de agradecimento do fantasma:

Prezado diretor,

Obrigado. Noite encantadora. Daaé, excelente. Os coros precisam ser acordados. Carlotta, um esplêndido instrumento de lugar-comum. Logo lhe escreverei a respeito dos 240.000 francos, ou 233.424 francos e 70 centavos, para ser exato. Os senhores Debienne e Poligny enviaram-me 6.575 francos e 30 centavos, representando os primeiros dez dias de minha pensão pelo ano corrente; os privilégios deles terminaram na noite do décimo dia.

Saudações,

F. da Ó.

Do outro lado, havia uma carta dos senhores Debienne e Poligny:

Cavalheiros,

Nós estamos muito gratos por vocês terem bondosamente pensado em nós, mas haverão de entender com facilidade que a possibilidade de ouvir Fausto novamente, por mais agradável que seja aos antigos diretores da Ópera, não pode nos fazer esquecer de que não temos direito algum de ocupar o Camarote Cinco no balcão, que é de propriedade exclusiva dele, de quem lhes falamos quando repassamos o caderno de notas da última vez. Vide Cláusula 98, parágrafo final.

Queiram aceitar, cavalheiros etc.

— Ah, esses camaradas estão começando a me irritar! — gritou Firmin Richard, agarrando avidamente a carta.

E, naquela noite, o Camarote Cinco foi alugado.

Na manhã seguinte, os senhores Richard e Moncharmin, ao chegar em seu escritório, depararam-se com o relatório de um inspetor relacionado a um incidente que ocorrera na noite anterior no Camarote Cinco. Trago aqui a parte essencial desse relatório:

Fui obrigado a chamar um guarda municipal duas vezes, nesta noite, para evacuarem o Camarote Cinco no balcão, uma vez no início e uma vez no meio do segundo ato. Os ocupantes do camarote, que chegaram ao erguer da cortina no segundo ato, criaram um escândalo ininterrupto com suas risadas e suas observações ridículas. Houve gritos de "Silêncio!" na volta deles, e toda a casa estava começando a protestar, quando a lanterninha veio me buscar. Entrei no camarote e disse o que achava necessário. As pessoas não pareciam estar gozando de bom senso e fizeram comentários imbecis. Eu disse que, se o barulho fosse repetido, eu seria compelido a evacuar o camarote. No momento em que saí, ouvi as risadas mais uma vez, com novos protestos da casa. Voltei com um guarda municipal, que os fez saírem. Eles protestaram, ainda rindo, dizendo que não iriam embora a menos que tivessem seu dinheiro devolvido. Por fim, aquietaram-se e permiti que entrassem novamente no camarote. As risadas recomeçaram imediatamente, e, dessa vez, expulsei-os dali em caráter definitivo.

— Mande chamar o inspetor — disse Richard a seu secretário, que já havia lido o relatório e o marcara com lápis azul.

O secretário, Sr. Remy, havia previsto esta ordem e chamara imediatamente o inspetor.

— Conte-nos o que aconteceu — disse Richard, sem meias-palavras.

O inspetor começou a balbuciar e fez menção ao relatório.

— Bem, do que aquelas pessoas estavam rindo? — quis saber Moncharmin.

— Eles deviam ter jantado, senhor, e pareciam mais inclinados a fazer gracejos do que a ouvir boa música. No instante em que entraram no camarote, saíram de novo e chamaram a lanterninha, que lhes perguntou o que eles queriam. Eles disseram: "Olhe dentro do camarote: não há ninguém lá, há?". "Não", disse a mulher. "Bem", disseram eles, "quando entramos ali, ouvimos uma voz dizendo que *o camarote estava ocupado*!"

O Sr. Moncharmin não pôde olhar para o Sr. Richard sem sorrir; no entanto, o Sr. Richard não sorria. Ele mesmo havia feito tanto daquilo em sua época para não reconhecer, na história do inspetor, todas as marcas de uma daquelas peças pregadas que começavam engraçadas e terminavam enfurecendo as vítimas. O inspetor, para cortejar os favores do Sr. Moncharmin, que estava sorrindo, achou melhor sorrir também. Que sorriso mais infeliz! O Sr. Richard olhou com ódio para seu subordinado, que, a partir daquele momento, começou a mostrar uma face de suprema consternação.

— No entanto, quando as pessoas chegaram — rugiu Richard —, não havia ninguém no camarote, havia?

— Nenhuma alma que fosse, senhor, nenhuma alma! Nem no camarote à direita, nem no à esquerda: nenhuma alma, senhor, eu juro! A lanterninha me disse isso com bastante frequência, o que prova que tudo não passou de uma pilhéria.

— Ah, você concorda, não? — disse Richard. — Você concorda! Trata-se de uma pilhéria! E sem dúvida você acha isso engraçado, não?

— Eu acho isso de muito mau gosto, senhor.

— E o que diz a lanterninha?

— Ah, ela disse apenas que se tratava do Fantasma da Ópera. Isso foi tudo o que ela disse!

E o inspetor abriu um largo sorriso, mas logo descobriu que cometera um erro ao fazê-lo, pois as palavras mal haviam saído de sua boca quando o Sr. Richard passou de soturno a furioso.

— Mande chamar a lanterninha! — gritou ele. — Mande chamá-la! Nesse minuto! E traga-a até aqui para falar comigo! E coloque todas essas pessoas para fora!

O inspetor tentou protestar, mas Richard fez com que ele se calasse com uma ordem raivosa para que segurasse sua língua. Então, quando os lábios do infeliz pareciam estar fechados para sempre, o diretor comandou-o a abrir a boca mais uma vez.

— Quem é esse tal de "Fantasma da Ópera?" — perguntou, rosnando.

No entanto, a essa altura, o inspetor não conseguia dizer uma palavra que fosse. Ele conseguiu, por meio de um gesto desesperado, demonstrar que não sabia de nada em relação a isso, ou melhor, que não desejava saber.

— Você já o viu alguma vez? Você já viu o Fantasma da Ópera?

O inspetor, por meio de um vigoroso balançar de sua cabeça, negou já ter visto o fantasma em questão.

— Muito bem! — disse o Sr. Richard, com frieza.

Parecia que os olhos do inspetor iam saltar das órbitas, como se para perguntar ao diretor por que ele dissera aquele ominoso "Muito bem!".

— Porque eu vou fechar as contas de qualquer um que não o tenha visto! — explicou o diretor. — Já que ele parece estar por toda parte, não posso aceitar que as pessoas fiquem me dizendo que não o viram em lugar nenhum. Quando emprego as pessoas, gosto que elas trabalhem para mim!

Tendo dito isso, o Sr. Richard não deu mais atenção ao inspetor e discutiu diversos assuntos de negócios com seu diretor em exercício, que nesse ínterim havia entrado na sala. O inspetor achou que poderia ir embora e estava indo bem devagar — ah, tão devagar! —, sorrateiro, até a porta, quando o Sr. Richard manteve o homem onde estava com um atroador:

— Fique onde está!

O Sr. Remy mandara chamar a lanterninha na Rua de Provence, que ficava perto da Ópera, onde ela trabalhava como porteira. Logo ela apareceu.

— Qual é o seu nome?

— Sou a senhora Giry. O senhor me conhece muito bem, senhor; sou a mãe da pequena Giry, a pequena Meg, ora!

Isso foi dito em um tom tão rude e solene que, por um instante, o Sr. Richard ficou impressionado. Ele olhou para a senhora Giry, com seu xale desbotado, seus sapatos gastos, seu velho vestido de tafetá e seu chapéu encardido. Estava bem evidente, pela atitude do diretor, que ou ele não conhecia ou não se lembrava de ter conhecido ela, nem a pequena Giry, nem mesmo a "pequena Meg!" . No entanto, o orgulho da senhora Giry era tão grande que a célebre lanterninha imaginava que todo mundo a conhecia.

— Nunca ouvi falar dela! — declarou o diretor. — Mas não é por isso, senhora Giry, que não devo lhe perguntar o que aconteceu na noite passada que levou a senhora e o inspetor a chamarem um guarda municipal.

— Eu estava justamente querendo vê-lo, senhor, e conversar com você sobre isso, para que não tivesse o mesmo desagrado que tiveram os senhores Debienne e Poligny. A princípio, eles também não me deram ouvidos.

— Não estou lhe perguntado nada em relação a isso. Estou querendo saber o que aconteceu na noite passada.

A senhora Giry ficou vermelha de indignação. Nunca ninguém havia falado com ela daquele jeito. Ela levantou-se, como se fosse ir embora, juntando as dobras de sua saia e agitando as penas de seu chapéu encardido com dignidade, mas, mudando de ideia, sentou-se novamente e disse, em um tom cheio de arrogância:

— Vou lhe contar o que aconteceu. O fantasma foi importunado novamente!

Nesse momento, visto que o Sr. Richard estava a ponto de explodir, o Sr. Moncharmin interveio e conduziu o interrogatório, a partir do ponto em que parecia um tanto quanto natural para a senhora Giry que uma voz dissesse que o camarote estava ocupado, quando não havia ninguém lá. Ela não conseguia explicar o fenômeno, que não era nenhuma novidade para ela, exceto pela intervenção do fantasma. Ninguém podia ver o fantasma em seu camarote, mas todo mundo podia ouvi-lo. Ela o havia ouvido com frequência, e eles podiam acreditar nela, pois ela sempre dizia a verdade. Eles podiam perguntar ao Sr. Debienne e ao Sr. Poligny, e a todo mundo que a conhecia, e também ao Sr. Isidore Saack, que tivera uma perna quebrada pelo fantasma!

— É mesmo? — disse Moncharmin, interrompendo-a. — O fantasma quebrou a perna do pobre Isidore Saack?

A senhora Giry arregalou os olhos com espanto diante de tamanha ignorância. No entanto, consentiu em esclarecer as coisas para aqueles dois pobres inocentes. Isso havia acontecido na época dos antigos diretores, também no Camarote Cinco e também durante uma apresentação de *Fausto*. A senhora Giry tossiu e pigarreou, parecendo se preparar para cantar toda a partitura de Gounod, e começou:

— Foi assim, senhor. Naquela noite, o Sr. Maniera e sua senhora, ourives da Rua Mogador, estavam sentados na frente do camarote, com seu grande amigo, o Sr. Isidore Saack, sentado atrás da senhora Maniera. Mefistófeles estava cantando — a senhora Giry irrompeu ela mesma a cantar — "Catarina, enquanto você se faz de adormecida", e então o Sr. Maniera ouviu uma voz em seu ouvido direito, enquanto sua esposa estava à sua esquerda, dizendo: "Haha! Julie não está fingindo estar dormindo!". Acontece que a mulher dele se chamava Julie. Então ele se virou para a direita para ver quem estava falando daquele jeito. Não havia ninguém lá! Ele esfregou sua orelha e se perguntou se estaria sonhando. Então Mefistófeles continuou com sua serenata... Mas, talvez, cavalheiros, eu os esteja entediando, não?

— Não, não, prossiga.

— Os senhores são bons demais, cavalheiros — disse ela, com sorriso afetado. — Bem, então Mefistófeles prosseguiu com sua serenata — a senhora Giry irrompeu a cantar novamente. — "Santa, abra seus sagrados portais e concorde com a bênção, com um mortal que se curva modestamente, de um beijo de perdão." E então o Sr. Maniera ouviu mais uma vez a voz em seu ouvido direito, dizendo, dessa vez: "Haha! Julie não se incomodaria de dar um beijo em Isidore!". Ele se virou novamente, mas, dessa vez, para a esquerda, e o que vocês acham que ele viu? Isidore, que havia tomado a mão da senhora dele e estava cobrindo-a de beijos pelo pequeno buraco redondo de sua luva... assim, cavalheiros — disse ela, entusiasmada, beijando o pedaço da palma de sua mão exposto no meio de suas luvas de trama. — Então eles tiveram um momento cheio de agitação! O Sr. Maniera, que era grande e forte como o senhor, Sr. Richard, deu dois bofetões no Sr. Isidore Saack, que era pequeno e fraco como o Sr. Moncharmin, com o devido respeito.

Seguiu-se uma grande comoção. As pessoas na casa gritavam: "Chega! Façam com que parem! Ele vai matá-lo!". Então, por fim, o Sr. Isidore Saack conseguiu fugir.

— Então o fantasma não tinha quebrado a perna dele? — quis saber o Sr. Moncharmin, um pouco vexado com o fato de que sua pessoa causara tão fraca impressão na senhora Giry.

— Ele quebrou sim a perna dele, senhor — foi a resposta da senhora Giry, desdenhosa. — Ele quebrou-a na grande escadaria, pela qual ele descia correndo rápido demais, e demorará muito para que o pobre cavalheiro consiga subir por ela novamente!

— O fantasma lhe contou o que disse ao ouvido direito do Sr. Maniera? — perguntou-lhe o Sr. Moncharmin, com uma seriedade que achava excessivamente cômica.

— Não, senhor, foi o próprio Sr. Maniera. Então...

— Mas a senhora falou com o fantasma, minha boa senhora?

— Assim como estou falando com você, meu bom senhor! — foi a resposta da Sra. Giry.

— E, quando o fantasma fala com a senhora, o que ele diz?

— Bem, ele me manda levar um escabelo para ele!

Dessa vez, Richard irrompeu na gargalhada, e o mesmo fizeram Moncharmin e Remy, o secretário. Apenas o inspetor, com a cautela da experiência, tomou cuidado para não rir, enquanto a senhora Giry se aventurava a adotar uma atitude que era positivamente ameaçadora.

— Em vez de dar risada — gritou ela, indignada —, seria melhor se o senhor fizesse como o Sr. Poligny, que descobriu isso por ele mesmo.

— Descobriu isso, o quê? — perguntou-lhe Moncharmin, que nunca se divertira tanto em sua vida.

— Em relação ao fantasma, é claro! Vejam...

De súbito ela se acalmou, sentindo que se tratava de um momento solene em sua vida:

— *Vejam* — repetiu ela. — Eles estavam apresentando *A Judia*. O Sr. Poligny achou que pudesse ver a apresentação do camarote do fantasma... Bem, quando Leopold grita "Vamos voar!", sabem, e Eleazer os interrompe e diz "Aonde vais?", bem, o Sr. Poligny, eu o estava observando detrás do camarote ao lado, levantou-se e saiu andando um tanto quanto rígido, como se fosse uma estátua, e antes que eu tivesse tempo de perguntar a ele "Aonde vais?", como Eleazer, ele estava caindo pela escadaria, mas sem quebrar a perna.

— Ainda assim, isso não nos diz como foi que o Fantasma da Ópera veio a lhe pedir um escabelo — insistiu o Sr. Moncharmin.

— Bem, a partir daquela noite, ninguém tentou tirar do fantasma seu camarote particular. O diretor ordenou que ele ficasse com o camarote em todas as apresentações. E, sempre que ele vinha, pedia-me um escabelo.

— Aham! Um fantasma que pede por um escabelo! Então esse seu fantasma é uma mulher?

— Não, o fantasma é um homem.

— Como é que a senhora sabe disso?

— Ele tem voz de homem, ah, uma voz masculina tão adorável! É isso que acontece: quando ele chega na Ópera, geralmente estamos no meio do primeiro ato. Ele dá três batidinhas na porta do Camarote Cinco. Na primeira vez em que ouvi essas três batidas, quando eu sabia que não havia ninguém dentro do camarote, os senhores podem imaginar como fiquei perplexa! Abri a porta, fiquei ouvindo... ninguém! E então eu escutei uma voz dizendo: "Senhora Jules", o sobrenome do meu pobre marido era Jules, "um escabelo, por favor". Com todo o respeito, cavalheiros, isso me fez ficar toda vermelha. Mas a voz prosseguiu: "Não tenha medo, Sra. Jules, sou o Fantasma da Ópera!". E a voz era tão suave e bondosa que mal senti medo. A voz estava sentada na cadeira do canto, à direita, na primeira fileira.

— Havia alguém no camarote à direita do Camarote Cinco? — perguntou-lhe Moncharmin.

— Não, tanto o Sete quanto o Três, à esquerda, estavam vazios. A cortina acabara de ser erguida.

— E o que foi que a senhora fez?

— Bem, eu levei o escabelo até ele. É claro que não era para si mesmo que ele o queria, mas para sua dama! Mas eu nunca a vi ou ouvi.

— Hein? O quê? Então agora o fantasma é casado! — os dois diretores desviaram o olhar da Sra. Giry para o inspetor, que, parado atrás da lanterninha, acenava com os braços para chamar a atenção deles. Ele bateu na testa com o dedo indicador de forma aflita, para apontar sua opinião de que a viúva Jules Giry estava certamente louca, uma mímica que confirmou a determinação do Sr. Richard de livrar-se de um inspetor que mantinha uma lunática a seu serviço. Enquanto isso, a respeitável dama continuava a falar de seu fantasma, agora apresentando sua generosidade:

— Ao final da apresentação, ele sempre me dá dois francos, às vezes, cinco, e algumas vezes até mesmo dez, quando passa muitos dias sem vir. Só que, desde que as pessoas voltaram a importuná-lo, ele não me dá nada.

— Desculpe-me, minha boa mulher — disse Moncharmin, enquanto a Sra. Giry jogava as plumas de seu chapéu encardido com a persistente familiaridade dele —, desculpe-me, mas como o fantasma consegue lhe dar seus dois francos?

— Ele os deixa em cima da mesinha no camarote, é claro. Encontro o dinheiro junto com o programa, que sempre entrego a ele. Em algumas noites, encontro flores no camarote, uma rosa que deve ter caído do corpete de sua dama... pois ele traz uma dama consigo, às vezes; houve um dia em que eles deixaram para trás um leque.

— Ah, o fantasma deixou um leque, foi? E o que a senhora fez com ele?

— Bem, eu o levei de volta ao camarote, na noite seguinte.

O inspetor ergueu a voz.

— A senhora violou as regras. Terei de multá-la, Sra. Giry.

— Olha a língua, seu tolo! — murmurou o Sr. Firmin Richard.

— A senhora levou o leque de volta. E depois?

— Bem, depois eles o levaram de volta consigo, senhor; o leque não estava mais lá, ao final da apresentação, e, no lugar dele, eles deixaram para mim uma caixa de doces ingleses, de que eu gosto muito. Essa é uma das graciosidades do fantasma.

— Isso é o bastante, Sra. Giry. A senhora pode ir.

Quando a Sra. Giry fez uma reverência para se retirar, com a dignidade que nunca a deixava, o diretor disse ao inspetor que haviam decidido dispensar os serviços daquela velha mulher louca; e, quando ele, por sua vez, retirou-se, eles instruíram o diretor em exercício a fechar as contas do inspetor. Deixados a sós, os diretores contaram um ao outro sobre a ideia que ambos tinham em mente, que era de que eles mesmos iriam cuidar daquela pequena questão do Camarote Cinco.

O VIOLINO ENCANTADO

CAPÍTULO V

Christine Daaé, devido a intrigas às quais voltarei mais adiante, não deu continuidade de imediato a seu triunfo na Ópera. Depois da famosa noite de gala, ela cantou uma vez na casa da Duquesa de Zurique, mas esta foi a última vez em que ela foi ouvida em particular. Ela recusou-se, sem nenhuma desculpa plausível, a aparecer em um concerto de caridade o qual havia prometido ajudar. Ela agia como se não fosse mais dona de seu próprio destino e como se temesse um novo triunfo.

Ela sabia que o Conde de Chagny, para agradar ao irmão, havia feito seu melhor em nome dela junto ao Sr. Richard e escrevera a ele para agradecer-lhe e também para pedir que parasse de falar a seu favor. Os motivos dela para essa curiosa atitude nunca foram conhecidos. Alguns fingiam que isso se devia a um pretensioso orgulho, ao passo que outros falavam de sua modéstia celestial. No entanto, as pessoas que sobem ao palco não são nem um pouco modestas, e eu acho que não estarei longe da verdade se atribuir a atitude dela simplesmente ao medo. Sim, eu acredito que Christine Daaé ficou amedrontada com o que lhe havia acontecido. Tenho uma carta dela (que faz parte da coleção do Persa), referente a esse período, que sugere uma sensação de total horror: *"Eu não me reconheço quando canto"*, escreve a pobre criança.

Ela não aparecia em lugar nenhum, e o Visconde de Chagny tentou em vão se encontrar com ela. Ele escreveu à moça, pedindo para visitá-la, e estava desesperado por receber uma resposta quando, em uma manhã, ela enviou-lhe o seguinte bilhete:

Meu senhor,

Eu não me esqueci do menininho que entrou no mar para resgatar a minha echarpe. Sinto que devo escrever-lhe hoje, quando estou indo para Perros, para a realização de um dever sagrado. Amanhã é o aniversário da morte de meu pobre pai, a quem você conhecia e que gostava muito do senhor. Ele está enterrado lá, junto com seu violino, no cemitério da pequena igreja, ao pé da rampa onde costumávamos brincar quando crianças, ao lado da estrada em que, quando éramos um pouco maiores, nos despedimos pela última vez.

O Visconde de Chagny apressou-se a consultar um guia ferroviário, vestiu-se o mais rápido que pôde, escreveu algumas linhas para seu valete levar a seu irmão e pulou para dentro de um táxi até a Estação de Montparnasse, bem a tempo de perder o trem da manhã. Passou um dia horrível na cidade e não recobrou seu ânimo até a noite, quando estava sentado em seu compartimento no trem expresso da Bretanha. Ele releu, diversas vezes, o bilhete de Christine, sentindo seu perfume, relembrando as doces imagens de sua infância, e passou o restante daquela tediosa jornada noturna em sonhos febris que começavam e terminavam com Christine Daaé. O dia estava despontando quando ele desembarcou em Lannion, onde foi correndo para a diligência de Perros-Guirec, da qual ele era o único passageiro. Ele perguntou ao motorista e ficou sabendo que, na noite anterior, uma jovem dama que parecia parisiense havia ido até Perros e se hospedara em uma pousada conhecida como Pousada do Sol Poente.

Quanto mais perto dela ele chegava, mais afetuosamente se lembrava da história da pequena cantora sueca, cuja maior parte dos detalhes ainda não é de conhecimento do público.

Era uma vez, em um pequeno burgo não longe de Uppsala, um camponês que ali vivia com sua família, escavando a terra durante a semana e cantando no coro aos domingos. Ele tinha uma filhinha a quem ensinara o alfabeto musical antes que ela soubesse ler. O pai de Daaé era um grande músico, talvez sem nem mesmo saber disso. Nenhum violinista em toda a Escandinávia tocava como ele, cuja reputação era difundida e ele sempre era convidado para colocar os casais para dançar em casamentos e em outras festividades. Sua esposa morrera quando Christine estava entrando no sexto ano na escola. Então o pai dela, que se importava somente com sua filha e com sua música, vendeu seu pedaço de chão e foi para Uppsala em busca de fama e fortuna, não encontrando nada além de pobreza lá.

Ele retornou ao interior, vagando de feira em feira, dedilhando suas melodias escandinavas, enquanto sua filha, que nunca saía de seu lado, ouvia-o em êxtase ou cantava enquanto ele tocava. Certo dia, na Feira de Ljimby, o professor Valerius os ouvira e os levara a Gotemburgo. Ele sustentava a ideia de que o pai era o primeiro violinista do mundo e de que a filha tinha tudo para ser uma grande artista. A educação e instrução dela foram então providas. Ela fez um rápido progresso e encantava a todos com sua beleza, a graça de seus modos e sua avidez genuína para agradar.

Quando Valerius e sua esposa foram morar na França, eles levaram Daaé e Christine consigo. "Mama" Valerius tratava Christine como se fosse sua filha. Quanto ao Sr. Daaé, ele começou a definhar, com saudade de seu lar. Ele nunca saía em Paris, mas vivia em uma espécie de sonho que alimentava com seu violino. Ele permanecia trancado horas a fio em seu quarto com a filha, dedilhando e cantando, muito, mas muito baixinho mesmo. Às vezes, Mama Valerius vinha ouvi-lo atrás da porta, limpava uma lágrima e descia novamente, na ponta dos pés, suspirando também por seus céus escandinavos.

Daaé parecia não recobrar suas forças até o verão, quando toda a família ia ficar em Perros-Guirec, em um canto afastado da Bretanha, onde o oceano tinha a mesma cor daquele de seu próprio país. Com frequência ele tocava suas melodias mais tristes na praia e fingia que o mar parava seu rugir para dar ouvidos a elas. E então ele convencera Mama Valerius a ceder a um capricho estranho dele. Na época dos "perdões", ou das peregrinações bretãs, dos festivais e das danças do vilarejo, ele se ia com seu violino, como nos velhos dias, e lhe era permitido levar a filha consigo por uma semana. Eles abasteciam os menores vilarejos com música suficiente para durar um ano e passavam a noite dormindo em um celeiro, recusando-se a usar uma cama na estalagem, dormindo juntos em cima da palha, tal como quando eram pobres na Suécia. Ao mesmo tempo, viviam muito bem-vestidos, não cobravam nada, recusavam o dinheiro que lhes era oferecido, e as pessoas ao seu redor não conseguiam entender a conduta do violinista rústico, que percorria as estradas com aquela bela criança que cantava como um anjo do Céu. Eles eram seguidos de vilarejo em vilarejo.

Um dia, um menininho, que havia saído com sua governanta, fez com que esta percorresse um longo caminho, pois não conseguia afastar-se da menininha cuja voz pura e doce parecia prendê-lo a ela. Eles foram parar na costa de uma enseada que ainda hoje é chamada de Trestraou, mas que agora, creio eu, acolhe um cassino ou algo do gênero. Naquela época, não havia nada ali além de céu, mar e uma extensão de praia dourada. Só que havia também ali um forte vento que soprou a echarpe de Christine para dentro do mar. Christine soltou um grito e esticou os braços, mas a echarpe já estava longe nas ondas. Então ela ouviu uma voz dizer:

— Tudo bem, vou buscar sua echarpe no mar.

E ela viu o menininho correndo rapidamente, apesar dos gritos e dos protestos cheios de indignação de uma respeitável dama vestida de preto. O menininho foi correndo até o mar com as roupas que vestia e trouxe de volta a echarpe de Christine. Tanto o menino quanto a echarpe estavam totalmente ensopados. A dama vestida de preto fez um estardalhaço, mas Christine riu, feliz, e deu um beijo no menininho, que era ninguém mais, ninguém menos do que o Visconde Raoul de Chagny, que passava um tempo em Lannion com sua tia.

Durante aquele verão eles se viram e brincaram juntos quase todos os dias. A pedido da tia dele, endossado pelo professor Valerius, o Sr. Daaé consentiu em dar algumas aulas de violino ao jovem visconde. Desse jeito, Raoul aprendeu a amar os mesmos ares que haviam encantado a infância de Christine. Eles também tinham a mesma pequena disposição mental, calma e sonhadora. Deleitavam-se com histórias, com antigas lendas bretãs; e seu passatempo predileto era ir pedir por essas histórias nas portas dos chalés, como se fossem mendigos:

— Madame... Bondoso cavalheiro... Teriam uma história para nos contar, por favor?

E era raro que não lhes "dessem" alguma, pois quase todas as avós bretãs haviam, pelo menos uma vez na vida, visto os *"korrigans"* dançarem ao luar na urze.

No entanto, o maior deleite deles estava no crepúsculo, no grande silêncio da noite, depois que o sol havia se posto no oceano, quando o Sr. Daaé vinha sentar-se perto deles na beira da estrada, e, em uma voz baixa, como se temesse assustar os fantasmas que evocava, contava-lhes sobre a terra do Norte. E, no instante em que ele parava, as crianças pediam mais.

Havia uma história que começava assim:

"Um rei estava sentado em um barquinho em um daqueles profundos e parados lagos que se abrem como um olho brilhante em meio às montanhas da Noruega..."

E outra:

"A pequena Lotte pensava em tudo e em nada. Seus cabelos eram dourados como os raios de sol, e sua alma era tão límpida e azul quanto seus olhos. Afagava sua mãe, era bondosa com sua boneca, era muito cuidadosa com seu vestido, com seus pequenos sapatos vermelhos e com seu violino, mas, acima de tudo, ela amava, quando ia dormir, ouvir o Anjo da Música."

Enquanto o velho homem contava essa história, Raoul olhava para os olhos azuis e para os cabelos dourados de Christine, e ela pensava que Lotte tinha muita sorte de ouvir o Anjo da Música quando ia dormir. O Anjo da Música tinha um papel em todas as histórias contadas pelo papai Daaé; e ele sustentava que todos os grandes músicos, todos os grandes artistas, recebiam uma visita do Anjo pelo menos uma vez na vida. Às vezes, o Anjo se debruçava sobre o berço deles, como acontecera com Lotte, e era por isso que havia pequenos prodígios que tocavam violino aos seis anos de idade melhor do que homens aos cinquenta, o que se deve admitir que é maravilhoso. Às vezes, o Anjo vinha muito mais tarde, porque as crianças são indisciplinadas e não aprendem suas lições nem praticam suas escalas musicais. E, às vezes, o Anjo não vinha de jeito nenhum, se as crianças tivessem um coração ou uma consciência ruins.

Ninguém nunca vê o Anjo, mas ele é ouvido por aqueles que a ele devem ouvir. Com frequência ele vem quando menos se espera, quando as crianças estão tristes e desalentadas. Então seus ouvidos percebem harmonias celestiais, uma voz divina, das quais se lembrarão pelo resto de suas vidas. Pessoas que são visitadas pelo Anjo pulsam com uma emoção desconhecida pelo resto da humanidade. E elas não conseguem tocar um instrumento ou abrir suas bocas para cantar sem produzir sons que deixam envergonhados todos os outros sons humanos. Então, as pessoas que não sabem que o Anjo visitou aquelas outras dizem que elas são dotadas de genialidade.

A pequena Christine perguntou a seu pai se ele já ouvira o Anjo da Música, mas o papai Daaé balançou a cabeça em negativa, com tristeza e, então, os olhos dele ficaram iluminados enquanto dizia:

— Você haverá de ouvi-lo um dia, minha criança! Quando eu estiver no Céu, vou enviá-lo até você!

Naquela época, o papai estava começando a tossir.

Três anos depois, Raoul e Christine encontraram-se novamente em Perros. O professor Valerius estava morto, mas sua viúva permanecia na França com o papai Daaé e sua filha, que continuava a tocar violino e a cantar, envolvendo sua bondosa benfeitora em seu sonho de harmonia, a qual parecia, desde então, viver apenas de música. O jovem homem, como ele agora era, tinha vindo até Perros contando com a possibilidade de encontrá-los e foi direto até a casa em que eles costumavam ficar. Primeiro viu o velho homem, e então Christine entrou, carregando a bandeja de chá. Ela ficou ruborizada ao avistar Raoul, que foi até ela e beijou-a. Ela fez algumas perguntas a ele, realizou belamente seus deveres como anfitriã, pegou a bandeja novamente e deixou o recinto. Então ela foi correndo até o jardim e buscou refúgio em um banco, presa dos sentimentos que agitavam seu jovem coração pela primeira vez. Raoul foi atrás dela e eles ficaram conversando até o início da noite, muito tímidos. Eles haviam mudado muito, estavam cautelosos como dois diplomatas e diziam um para o outro coisas que nada tinham a ver com seus sentimentos que floresciam. Quando se despediram, à beira da estrada, Raoul, pressionando um beijo na mão trêmula de Christine, disse:

— Senhorita, eu nunca haverei de esquecê-la!

E ele foi embora arrependendo-se de suas palavras, pois sabia que Christine não poderia ser a esposa do Visconde de Chagny.

Quanto à menina, ela tentara não pensar nele e se devotara por completo à sua arte. Ela fez maravilhosos progressos, e aqueles que a ouviam profetizavam que seria a maior cantora do mundo. Nesse ínterim, seu pai falecera, e, de repente, ela parecia ter perdido, junto com ele, sua voz, sua alma e sua genialidade. Ela retivera apenas, mas apenas, o suficiente dessa genialidade para entrar no conservatório, onde não se sobressaiu nem um pouco, frequentando as aulas sem entusiasmo e ganhando um prêmio apenas para agradar a Mama Valerius, com quem continuava a morar.

Na primeira vez em que Raoul vira Christine na Ópera, ele ficou encantado com a beleza da moça e com as doces imagens do passado que isso evocava, mas ficou um tanto quanto surpreso com o lado negativo de sua arte. Ele retornara para ouvi-la. Ele a seguia nas alas. Ele esperava por ela atrás de uma escada de Jacó. Ele tentava chamar a atenção dela. Mais de uma vez andou atrás dela até a porta de seu camarim, mas ela não o viu. Ela parecia, na verdade, não ver ninguém. Ela era a imagem plena da indiferença. Raoul sofria, pois ela era muito bela, e ele era tímido e não se atrevia a confessar seu amor, nem mesmo para si. E então veio a estrondosa apresentação da noite de gala: os Céus rasgaram-se em pedacinhos, e a voz de um anjo foi ouvida na Terra para o deleite da humanidade e para a suprema cativação do coração de Raoul.

E então... e então veio aquela voz masculina atrás da porta —"Você deve me amar!" —, e não havia ninguém no aposento...

Por que ela rira, quando ele a lembrou do incidente da echarpe? Por que não o reconhecera? E por que havia escrito para ele?

Por fim chegou a Perros. Raoul entrou na fumacenta sala de espera da Pousada do Sol Poente e, de imediato, viu Christine parada diante dele, sorrindo e não demonstrando nenhuma surpresa.

— Então você veio — disse ela. — Senti que haveria de encontrá-lo aqui, quando voltei da missa. Alguém me disse isso na igreja.

— Quem? — perguntou-lhe Raoul, tomando a mão dela na sua.

— Oras, meu pobre pai, que está morto.

Seguiu-se um momento de silêncio, e então Raoul lhe perguntou:

— Seu pai lhe disse que eu a amo, Christine, e que não consigo viver sem você?

Christine ficou ruborizada até no olhar e virou a cabeça. Ela disse, em uma voz trêmula:

— A mim? Você está sonhando, meu amigo!

E ela irrompeu em gargalhadas, para manter sua compostura.

— Não ria, Christine, estou falando bem sério — foi a resposta de Raoul.

E ela respondeu-lhe, em um tom solene:

— Eu não fiz você vir até aqui para me dizer essas coisas.

— Você "me fez vir", Christine; você sabia que eu não seria repelido por sua carta e que haveria de vir correndo até Perros. Como você pode ter pensado nisso, se não achasse que eu a amo?

— Achei que você fosse se lembrar de nossas brincadeiras aqui, quando éramos crianças, às quais meu pai tão frequentemente se juntava. Eu realmente não sei no que pensei... Talvez estivesse errada ao escrever para você... Este aniversário e sua aparição repentina nos meus aposentos na Ópera, na outra noite, fizeram-me lembrar do tempo que há muito ficou para trás, e isso me fez escrever para você como a menininha que eu era então...

Havia algo na atitude de Christine que não parecia natural para Raoul. Ele não sentia nenhuma hostilidade nela; longe disso: a afeição aflita que brilhava nos olhos dela lhe dizia isso, mas por que essa afeição era aflita? Era isso que ele queria saber e que o estava deixando irritado.

— Quando você me viu no seu camarim, foi a primeira vez em que você me notou, Christine?

Ela era incapaz de mentir.

— Não — disse ela —, eu tinha visto você várias vezes no camarote do seu irmão. E também no palco.

— Como eu pensava! — disse Raoul, comprimindo os lábios. — Mas então por que, quando me viu no seu quarto, aos seus pés, lembrando-lhe de que eu havia resgatado sua echarpe do mar, por que respondeu como se não me conhecesse e, além disso, por que riu?

O tom destas perguntas era tão bruto que Christine ficou encarando Raoul, sem lhe responder. O próprio jovem estava horrorizado com a repentina querela que havia se atrevido a fazer no exato momento em que resolvera falar palavras gentis, de amor e de submissão a Christine. Um marido, um amante, com todos os seus direitos, não falaria diferente com uma esposa, com uma amante que o houvesse ofendido. Mas ele tinha ido longe demais e não via nenhuma outra saída da posição ridícula em que se encontrava além de comportar-se de forma odiosa.

— Você não me responde! — disse ele, com raiva e infeliz. — Bem, responderei por você. É porque havia em seu caminho alguém que estava no seu camarim, Christine, alguém que você não desejaria que soubesse estar interessada em outrem!

— Se alguém estava no meu caminho, meu amigo — interpôs-se Christine, com frieza —, se havia alguém em meu caminho naquela noite, era você mesmo, visto que eu havia lhe dito para sair de lá!

— Sim, para que você pudesse ficar com o outro!

— O que está dizendo, meu senhor? — perguntou a moça, agitada. — E a que outro está se referindo?

— Ao homem a quem você disse "Eu canto somente para você... nessa noite eu lhe dei minha alma e estou morta!".

Christine segurou o braço de Raoul e apertou-o com uma força de que ninguém teria suspeitado em tão frágil criatura.

— Então você estava escutando atrás da porta?

— Sim, porque eu a amo demais... E ouvi tudo...

— Ouviu o quê?

E a jovem, tornando-se estranhamente calma, soltou o braço de Raoul.

— Ele disse a você "Christine, você deve me amar!".

Com aquelas palavras, uma palidez mortal espalhou-se pela face de Christine, anéis escuros formaram-se em volta de seus olhos, ela ficou cambaleante e parecia prestes a desmaiar. Raoul lançou-se para a frente, com os braços estirados, mas Christine havia se recuperado de seu passageiro desfalecimento e disse, em uma voz baixa:

— Diga! Diga! Conte-me tudo que ouviu!

Completamente perdido e sem entender o que se passava, Raoul respondeu:

— Ouvi ele responder, quando você lhe disse que havia dado a ele sua alma: "Sua alma é algo belo, e agradeço-lhe por isso. Nenhum imperador jamais recebeu tão belo presente até hoje. Nessa noite, os anjos choraram".

Christine levou a mão ao coração, tomada por uma emoção indescritível. Seus olhos fitavam à sua frente como os de uma mulher ensandecida. Raoul estava pleno de terror. Porém, de repente, os olhos de Christine ficaram marejados, e duas grandes lágrimas escorreram dali, como pérolas, descendo por suas bochechas cor de marfim.

— Christine!
— Raoul!

O jovem rapaz tentou tomá-la em seus braços, mas ela escapou-lhe e fugiu, extremamente confusa.

Enquanto Christine permanecia trancada em seu quarto, Raoul não sabia mais o que fazer. Recusava-se a tomar o café da manhã. Estava terrivelmente preocupado e amargamente entristecido em ver as horas, que ele havia esperado serem tão doces, passarem sem a presença da jovem sueca. Por que ela não vinha percorrer o interior com ele, lugar onde haviam tido tantas memórias em comum? Ele ouvira dizer que ela havia mandado rezar, naquela manhã, uma missa para o descanso da alma de seu pai e passara um bom tempo rezando na igrejinha e no túmulo do violinista. Então, visto que ela não parecia ter mais nada a fazer em Perros e, na verdade, não estava fazendo nada ali, por que não voltava para Paris de uma vez?

Raoul andou, com desânimo, até o cemitério em que ficava a igreja e estava de fato sozinho em meio aos túmulos, lendo as inscrições; no entanto, quando se virou atrás do relicário, ficou repentinamente impressionado com a presença deslumbrante das flores que se estendiam pelo solo branco. Eram maravilhosas rosas vermelhas, que haviam florescido pela manhã, na neve, dando um vislumbre de vida em meio aos mortos, pois a morte estava ao redor dele por completo. A morte também, como as flores, brotava do chão, a qual havia devolvido diversos de seus cadáveres. Centenas de esqueletos e crânios estavam empilhados junto à parede da igreja, mantidos em sua posição por uma cerca de arame que deixava visível toda a repulsiva pilha. Ossos de homens mortos, dispostos em fileiras, como se fossem tijolos, a formarem o primeiro alicerce sobre o qual as paredes da sacristia haviam sido construídas. A porta da sacristia abria-se no meio dessa estrutura de ossos, como se via com frequência em antigas igrejas bretãs.

Raoul fez uma prece para o Sr. Daaé e, então, dolorosamente impressionado com todos aqueles sorrisos eternos nas bocas dos crânios, subiu a rampa e sentou-se à margem da charneca que dava para o oceano. O vento caía junto com a noite. Raoul estava cercado por uma escuridão gélida, mas não sentia frio. Era lá, lembrava-se ele, que costumava ir com a pequena Christine para ver a dança dos *korrigans* ao erguer da lua. Ele nunca tinha visto nenhum, embora seus olhos fossem bons, enquanto Christine, que era um pouco míope, fingira ter visto muitos. Ele sorriu com esse pensamento e, então, ficou alarmado de súbito. Uma voz atrás dele disse:

— Você acha que os *korrigans* virão esta noite?

Era Christine. Ele tentou falar. Ela colocou sua mão enluvada na boca dele.

— Escute, Raoul. Eu decidi contar-lhe uma coisa séria, muito séria... Você se lembra da lenda do Anjo da Música?

— Sim, eu me lembro — disse ele. — Creio que tenha sido aqui a primeira vez em que seu pai nos contou ela.

— E foi aqui que ele disse: "Quando eu estiver no Céu, vou enviá-lo até você". Bem, Raoul, meu pai está no Céu, e eu recebi uma visita do Anjo da Música.

— Eu não tenho nenhuma dúvida disso — respondeu o jovem homem, em um tom sério, pois parecia para ele que sua amiga, em obediência a um pensamento devoto, estava ligando a memória de seu pai ao brilhantismo de seu último triunfo.

Christine parecia assombrada com a compostura do Visconde de Chagny.

— Como é que você entende isso? — ela lhe perguntou, trazendo seu rosto pálido tão próximo do dele que ele poderia ter pensado que Christine ia dar-lhe um beijo, mas ela só queria ler os olhos dele, apesar do escuro.

— Eu entendo — disse ele — que nenhum ser humano pode cantar como você cantou na outra noite sem a intervenção de algum milagre. Nenhum professor na face da Terra é capaz de ensinar inflexões como aquelas. Você ouviu o Anjo da Música, Christine.

— Sim — disse ela, em um tom solene. — No meu camarim. É onde ele vem me dar aulas diariamente.

— Em seu camarim? — disse ele, ecoando tolamente o que ela dissera.

— Sim, foi lá que o ouvi; e não fui a única a ouvi-lo.

— Quem mais o ouviu, Christine?

— Você, meu amigo.

— Eu? Eu ouvi o Anjo da Música?

— Sim. Na outra noite, era ele que estava falando quando você ouvia atrás da porta. Foi ele que disse "Você deve me amar". Mas, na ocasião, eu achava que eu era a única que o escutava. Imagine meu assombro quando você me disse, nessa manhã, que pôde ouvi-lo também.

Raoul caiu na gargalhada. Os primeiros raios da lua vieram e envolveram os dois jovens em sua luz. Christine voltou-se para Raoul com um ar hostil. Os olhos dela, geralmente tão gentis, lampejavam como fogo.

— Do que você está rindo? *Você* acha que ouviu uma voz masculina, suponho, não?

— Bem... — respondeu o jovem, cujas ideias começavam a ficar confusas diante da atitude determinada de Christine.

— É você, Raoul, que diz isso? Você, um velho camarada meu de brincadeiras! Um amigo do meu pai! Mas você mudou desde aqueles dias. No que está pensando? Eu sou uma moça honesta, Sr. Visconde de Chagny, e eu não me trancafio no meu camarim com vozes de homens. Se tivesse aberto a porta, teria visto que não havia ninguém no recinto!

— Isso é verdade! Eu realmente abri a porta, quando você se foi, e não encontrei ninguém lá dentro.

— Então, está vendo... Bem?

O visconde invocou toda sua coragem.

— Bem, Christine, eu acho que alguém está brincando com você.

Ela deu um grito e saiu correndo. Ele foi atrás dela, mas, em um tom de raiva feroz, ela gritou:

— Deixe-me! Deixe-me!

E desapareceu.

Raoul voltou para a pousada sentindo-se exausto, com os ânimos fracos e muito triste. Disseram-lhe que Christine fora para seu quarto, dizendo que não desceria para o jantar. Raoul jantou sozinho, com um humor lúgubre. Então foi para seu quarto e tentou ler, deitou-se e tentou dormir. Não havia nenhum som no quarto ao lado.

As horas passavam lentamente. Era por volta de onze e meia quando ele distintamente ouviu alguém se mexer, com uma luz, passos furtivos, no quarto ao lado do dele. Então Christine não tinha ido dormir! Sem se dar ao trabalho de buscar um motivo, Raoul vestiu-se, tomando cuidado para não fazer nenhum barulho, e ficou esperando. Esperando pelo quê? Como poderia saber? No entanto, seu coração batia forte em seu peito quando ele ouviu a porta do outro aposento virando devagar em suas dobradiças. Aonde poderia ela estar indo, a essa hora, quando todo mundo dormia profundamente em Perros? Abrindo a porta em silêncio, ele viu a forma branca de Christine ao luar passando sorrateiramente pelo corredor. Ela desceu as escadas, e ele se inclinou por cima do balaústre acima dela. De súbito, ele ouviu duas vozes em uma conversa rápida, da qual captou uma frase:

— Não perca a chave.

Era a voz da senhoria. A porta que dava para o mar foi aberta e trancada novamente. Então tudo ficou quieto.

Raoul voltou correndo para seu quarto e abriu a janela. A forma branca de Christine estava parada no cais deserto.

O primeiro andar da Pousada do Sol Poente não era tão alto, e uma árvore que crescia junto à parede estirava seus galhos para os braços impacientes de Raoul, possibilitando que ele descesse por eles sem que a senhoria o visse. O espanto dela, portanto, foi ainda maior quando, na manhã seguinte, o jovem foi trazido de volta a ela semicongelado, mais morto do que vivo, e quando ela ficou sabendo que ele havia sido encontrado totalmente estirado nos degraus do altar-mor da pequena igreja. Ela foi imediatamente correndo contar isso a Christine, que desceu rápido e, com a ajuda da mulher, fez o seu melhor para revivê-lo. Logo Raoul abriu os olhos e não tardou a recuperar-se quando viu a encantadora face de sua amiga inclinando-se sobre ele.

Umas poucas semanas depois disso, quando a tragédia na Ópera compeliu a intervenção do promotor público, o Sr. Mifroid, comissário de polícia, interrogou o Visconde de Chagny em relação aos eventos da noite em Perros. Cito as perguntas e as respostas conforme aparecem no relatório oficial, das páginas 150 em diante:

Pergunta: A Srta. Daaé não o viu descer de seu quarto pela via curiosa que o senhor escolheu?

Resposta: Não, senhor, não. Embora, quando eu estava caminhando atrás dela, não tivesse feito nenhum esforço para amortecer os sons das passadas. Para falar a verdade, eu estava ansioso, achando que ela haveria de virar-se e me ver. Dei-me conta de que não tinha nenhuma desculpa para segui-la e que essa forma de espioná-la era indigna de mim. No entanto, parecia que ela não me ouvia e agia como se eu não estivesse lá. Ela deixou o cais em silêncio e então, de súbito, seguiu rapidamente pela estrada acima. O relógio du igreja havia acabado de bater um quarto para a meia-noite, e achei que isso deve ter feito com que ela se apressasse, pois ela começou a quase correr e continuou se apressando até que chegou à igreja.

Pergunta: O portão estava aberto?

Resposta: Sim, meu senhor, e isso me deixou surpreso, mas não pareceu não surpreender a Srta. Daaé.

Pergunta: Não havia ninguém no cemitério da igreja?

Resposta: Eu não vi ninguém; e, se houvesse alguém lá, eu teria visto. A lua estava brilhando na neve, o que tornava a noite bem iluminada.

Pergunta: Seria possível que houvesse alguém escondido atrás das lápides?

Resposta: Não, meu senhor. Tratavam-se de lápides um tanto quanto pequenas, pobres, parcialmente ocultas pela neve, cujas cruzes ficavam apenas um pouco acima do nível do chão. As únicas sombras eram as das cruzes e as nossas. A igreja destacava-se, brilhante. Eu nunca vi noite *tão clara como aquela. A noite estava muito boa e muito fria, e dava para ver tudo.*

Pergunta: O senhor é de algum modo supersticioso?

Resposta: Não, meu senhor, sou católico praticante.

Pergunta: Em que estado de espírito o senhor se encontrava?

Resposta: Muito são e tranquilo, posso lhe garantir. A atitude curiosa da Srta. Daaé de sair àquela hora havia me deixado preocupado a princípio, mas, tão logo a vi indo para o cemitério, achei que ela deveria realizar algum dever devoto no túmulo do pai e considerei isso tão natural que recobrei toda a minha calma. Só fiquei surpreso por ela não haver me ouvido caminhando atrás dela, pois minhas passadas eram um tanto quanto audíveis na neve dura. No entanto, ela devia estar absorta em suas intenções e resolvi não a perturbar. Ela ajoelhou-se perto do túmulo de seu pai, fez o sinal da cruz e começou a rezar. Naquele instante, o relógio bateu meia-noite.

Com a última badalada, eu vi a vida da Srta. Daaé (sic), seus olhos para o céu e a estender os braços, como se em êxtase. Eu estava me perguntando qual seria o motivo para isso, quando eu mesmo ergui a cabeça e tudo que havia dentro de mim parecia atraído na direção do invisível, que estava tocando a mais perfeita música! Eu e Christine a conhecíamos; nós a havíamos ouvido quando éramos crianças. No entanto, tal música nunca havia sido executada com uma arte tão divina, nem mesmo pelo Sr. Daaé. Eu me lembrei de tudo que Christine havia me dito sobre o Anjo da Música. A ária era A ressurreição de Lázaro, que o velho Sr. Daaé costumava tocar para nós em suas horas de melancolia e fé. Se o Anjo de Christine existisse, ele não poderia ter tocado melhor, naquela noite, no violino do falecido músico. Quando a música parou, senti ter ouvido um ruído vindo dos crânios na pilha de ossos: era como se eles estivessem rindo, e eu não consegui não estremecer.

Pergunta: Passou pela sua cabeça que o músico pudesse estar se escondendo atrás daquela mesma pilha de ossos?

Resposta: Este foi o único pensamento que realmente me ocorreu, meu senhor, tanto que deixei de seguir a Srta. Daaé, quando ela se levantou e foi devagar até o portão. Ela estava tão absorta que não estou surpreso de que não tenha me visto.

Pergunta: Então o que foi que aconteceu que levou o senhor a ser encontrado pela manhã, deitado, semimorto, nos degraus do altar-mor?

Resposta: Primeiramente uma caveira veio rolando até os meus pés... e então, mais uma... e então, mais outra... Era como se eu fosse o alvo daquele horripilante jogo de boliche. E eu tinha a ideia de que um passo em falso pudesse ter destruído o equilíbrio da estrutura atrás da qual estava escondido o nosso músico. Essa conjetura pareceu ser confirmada quando vi uma sombra de repente deslizar ao longo da parede da sacristia. Subi correndo. A sombra já havia empurrado e aberto a porta e entrado na igreja. No entanto, eu fui mais rápido e segurei uma ponta de seu manto. Nós estávamos bem à frente do altar-mor, e os raios do luar caíram diretamente sobre nós por entre as janelas dos vitrais do relicário. Visto que eu não havia soltado o manto, a sombra virou-se, e eu vi uma terrível caveira, que lançou-me um olhar com um par de olhos flamejantes. Senti como se estivesse cara a cara com Satã, e, na presença daquela aparição sobrenatural, meu coração cedeu, minha coragem me falhou... e eu não me lembro de nada mais até recobrar os sentidos na Pousada do Sol Poente.

CAPÍTULO VI
UMA VISITA AO CAMAROTE CINCO

Deixamos o Sr. Firmin Richard e o Sr. Armand Moncharmin no instante em que eles estavam decidindo "ver aquela pequena questão do Camarote Cinco".

Da ampla escadaria que dá do saguão do lado de fora dos escritórios dos diretores para o palco e suas dependências, eles cruzaram o palco, saíram pela porta dos assinantes e entraram na casa pelo pequeno corredor à esquerda. Então seguiram passando pelas fileiras da frente de cabinas e olharam para o Camarote Cinco no balcão. Eles não podiam vê-lo muito bem porque estava meio envolto em escuridão e porque havia grandes capas jogadas sobre o veludo vermelho dos peitoris de todos os camarotes.

Eles estavam quase sozinhos na imensa e soturna casa, e um grande silêncio os cercava. Estava na hora em que a maioria dos assistentes de palco saía para tomar um drinque. Os funcionários haviam saído do tablado, deixando um cenário montado pela metade. Uns poucos raios de luz, de uma luz sinistra e pálida, que parecia ter sido roubada de um astro agonizante, caíam por alguma abertura ou outra sobre uma antiga torre que erguia suas ameias de papelão no palco; tudo, nesta luz enganadora, adotava uma forma fantástica. Nas cabinas da orquestra, as droguetas que as cobriam pareciam um oceano em fúria, cujas ondas glaucas haviam sido, de súbito, imobilizadas por uma ordem secreta do fantasma das tempestades, que todo mundo sabe se chamar Adamastor. Os Srs. Moncharmin e Richard eram os náufragos em meio a este turbilhão imóvel de oceano de chita. Eles seguiram em direção aos camarotes à esquerda, abrindo caminho como marujos que deixaram seu barco e tentam, com esforço, chegar à costa. As oito grandes e polidas colunas erguiam-se nas sombras como pilhas imensas que serviam de apoio para as ameaçadoras, decadentes e barrigudas falésias cujas camadas eram representadas pelas circulares, paralelas e ondulantes linhas dos balcões da primeira, segunda e terceira fileiras de camarotes. No topo, bem em cima da falésia, perdidas no teto de cobre do Sr. Lenepveu, figuras abriam seus largos sorrisos, davam risada e ridicularizavam a aflição dos Srs. Richard e Moncharmin. E, ainda assim, essas figuras eram geralmente muito sérias. Seus nomes eram Ísis, Anfitrite, Hebe, Pandora, Psique, Tétis, Pomona, Dafne, Clície, Galatea e Aretusa. Sim, a própria Aretusa e Pandora, a quem todos conhecemos por sua caixa, encaravam com desprezo os dois novos diretores da Ópera, que acabaram por se agarrar a algum pedaço dos escombros e, dali, fitavam, em silêncio, o Camarote Cinco no balcão.

 Eu disse que eles estavam aflitos. Pelo menos é o que presumo. O Sr. Moncharmin, em todo caso, admite que estava impressionado. Para citar suas próprias palavras, em suas *Memórias*:

"Esse disparate em relação ao Fantasma da Ópera no qual, logo que assumimos os deveres dos Srs. Poligny e Debienne, nos vimos tão fastidiosamente imersos" — o estilo de Moncharmin nem sempre era impecável — *"sem sombra de dúvida terminou por cegar minhas faculdades imaginativas e também as visuais. É possível que os arredores excepcionais em que nos encontrávamos, em meio a um incrível silêncio, tenham nos impressionado até um ponto não costumeiro. Pode ser que fôssemos o joguete de algum tipo de alucinação trazida à tona pela semiescuridão do teatro e pela penumbra que tomava conta do Camarote Cinco. De qualquer forma, eu e Richard vimos uma forma no camarote. Richard não disse nada, nem eu. No entanto, espontaneamente, seguramos a mão um do outro. Nós ficamos assim, parados, durante alguns minutos, com os*

olhos fixos no mesmo ponto; no entanto, a silhueta havia desaparecido. Então saímos dali e, no saguão, comunicamos nossas impressões um ao outro e conversamos sobre 'forma'. O infortúnio era que a forma que eu vira não era nem um pouco como a de Richard. Eu havia visto uma coisa como uma caveira descansando no peitoril do camarote, ao passo que Richard viu a forma de uma velha mulher que se parecia com a Sra. Giry. Nós logo descobrimos que havíamos realmente sido vítimas de uma ilusão, e imediatamente depois, sem mais demora, e rindo como loucos, fomos correndo até o Camarote Cinco no balcão, entramos nele e não encontramos ali nenhuma forma de nenhum tipo que fosse."

O Camarote Cinco era exatamente como todos os outros camarotes no balcão. Não havia nada a distingui-lo de nenhum dos outros. O Sr. Moncharmin e o Sr. Richard, aparentemente se divertindo muitíssimo e rindo um para o outro, moveram os móveis do camarote, ergueram os tecidos e as cadeiras e examinaram, em particular, a poltrona em que "a voz masculina" costumava se sentar. Eles viram que se tratava de uma poltrona respeitável, mas que não havia nenhuma mágica com relação a ela. No todo, o camarote era o mais comum do mundo, com suas tapeçarias suspensas vermelhas, suas cadeiras, seu carpete e seu peitoril cobertos em um veludo vermelho. Depois, tateando o carpete da forma mais séria possível, e descobrindo que não havia mais nada ali nem em nenhum outro lugar, eles desceram para o camarote correspondente na frisa abaixo. No Camarote Cinco na frisa, que fica logo do lado de dentro da primeira saída das cabinas à esquerda, eles não encontraram também nada digno de nota.

— Todas essas pessoas estão zombando de nós! — acabou por exclamar Firmin Richard. — *Fausto será apresentado* no sábado: vamos, nós dois, assistir à apresentação do Camarote Cinco no balcão!

VII
FAUSTO E O QUE ACONTECEU EM SEGUIDA
CAPÍTULO

Na manhã de sábado, ao chegar em seus escritórios, os diretores depararam-se com uma carta do F. da Ó., nos seguintes termos:

Meus prezados diretores,

Então será guerra entre nós?
Se ainda se preocupam com a paz, eis meu ultimato, que consiste nas quatro seguintes condições:
1. Vocês devem me devolver meu camarote particular; e eu desejo que ele fique desocupado e à minha disposição de agora em diante.
2. O papel de Margarida deverá ser cantado por Christine Daaé, hoje à noite. Não se preocupem com Carlotta: ela estará doente.
3. Eu insisto, incondicionalmente, nos bons e leais serviços da Sra. Giry, minha lanterninha, a quem vocês haverão de reintegrar a suas funções de imediato.

4. Queiram me informar, por meio de uma carta entregue à Sra. Giry, que cuidará para que esta chegue em minhas mãos, de que vocês aceitam, assim como fizeram seus predecessores, as condições contidas em meu livro de notas, relacionadas à minha quota mensal. Haverei de informá-los, posteriormente, sobre como deverão fazer o pagamento.

Caso se recusem, haverão de apresentar Fausto esta noite em uma casa amaldiçoada.

Aceitem meus conselhos e estejam avisados a tempo.
F. da Ó.

— Olha aqui, eu estou ficando cansado dele, cansado! — gritou Richard, batendo com os punhos cerrados na mesa de seu escritório. Justo então Mercier, o diretor em exercício, entrou.

— Lachenel gostaria de falar com um de vocês, cavalheiros — disse ele. — Ele disse que seus negócios são urgentes e ele parece um tanto quanto angustiado.

— Quem é Lachenel? — quis saber Richard.

— Ele é seu cuidador de cavalos.

— O que você está falando? Meu cuidador de cavalos?

— Sim, senhor — explicou-lhe Mercier —, há vários cuidadores de cavalos na Ópera, e o Sr. Lachenel é o chefe deles.

— E o que este cuidador faz?

— Ele é o chefe de gerenciamento do estábulo.

— Que estábulo?

— Oras, o seu, o estábulo da Ópera.

— Existe um estábulo na Ópera? Dou-lhe minha palavra de que eu não sabia disso. Onde fica?

— Nos porões, no lado da Rotunda. Trata-se de um departamento muito importante: nós temos doze cavalos.

— Doze cavalos! E para quê, em nome dos Céus?

— Oras, nós queremos cavalos adestrados para as procissões em *A Judia*, *O Profeta* e assim por diante, cavalos "acostumados com o tablado". Cabe ao cuidador de cavalos treiná-los. O Sr. Lachenel é muito engenhoso nisso. Ele costumava administrar os estábulos de Franconi.

— Muito bem... mas o que ele deseja?

— Eu não sei, eu nunca o vi em semelhante estado.

— Ele pode entrar.

O Sr. Lachenel entrou, carregando um chicote, com o qual batia, de um jeito irritante, em sua bota direita.

— Bom dia, Sr. Lachenel — disse Richard, um tanto impressionado. — A que devemos a honra de sua visita?

— Sr. Diretor, eu venho lhe pedir que se livre de todo o estábulo.

— O quê? O senhor quer se livrar dos nossos cavalos?

— Não estou falando dos cavalos, mas dos cocheiros.

— Quantos cocheiros o senhor tem, Sr. Lachenel?

— Seis cocheiros! Temos pelo menos dois a mais.

— Tratam-se de "vagas" — interpôs-se Mercier — criadas e impostas a nós pela Subsecretaria de Belas Artes. Estão preenchidas por protegidos do governo e, se eu puder me aventurar a...

— Eu não ligo a mínima para o governo! — rugiu Richard. — Nós não precisamos de mais do que quatro cocheiros para doze cavalos.

— Onze — disse o cocheiro-chefe, corrigindo-o.

— Doze — repetiu Richard.

— Onze — insistiu Lachenel.

— Ah, o diretor em exercício me disse que o senhor tinha doze cavalos!

— Eu de fato tinha doze, mas tenho apenas onze desde que César foi roubado.

E o Sr. Lachenel deu um grande estalo com seu chicote em sua bota.

— César foi roubado? — gritou o diretor em exercício. — César, o cavalo branco de *O Profeta*?

— Não existe mais de um César — disse o cuidador de cavalos, em um tom seco. — Estive durante dez anos a serviço de Franconi e vi muitos cavalos no meu tempo. Bem, não há dois Césares. E ele foi roubado.

— Como?

— Eu não sei. Ninguém sabe. É por isso que venho lhe pedir que coloque todos os empregados do estábulo no olho da rua.

— O que dizem seus cocheiros?

— Todo tipo de bobagem. Alguns deles acusam os figurantes. Outros alegam ter sido o porteiro do diretor em exercício...

— Meu porteiro? Respondo por ele como faria por mim mesmo! — protestou Mercier.

— Mas, afinal de contas, Sr. Lachenel — gritou Richard —, o senhor deve fazer alguma ideia de quem seja.

— Sim, eu faço ideia — declarou o Sr. Lachenel. — Eu faço ideia e direi a vocês do que se trata. Não há nenhuma dúvida com relação a isso, na minha mente. — Ele foi andando até os dois diretores e sussurrou: — Foi o fantasma que realizou este ardil!

Richard deu um pulo.

— O quê? Você também!

— O que o senhor quer dizer com isso de "eu também"? Não é natural, depois do que eu vi?

— O que você viu?

— Eu vi, tão claramente quanto vejo o senhor, uma sombra preta cavalgando em um cavalo branco idêntico ao César!

— E o senhor correu atrás deles?

— Fiz isso e gritei, mas eles eram rápidos demais e desapareceram na escuridão da galeria subterrânea.

O Sr. Richard levantou-se.

— Já chega, Sr. Lachenel. O senhor pode ir... Registraremos uma queixa contra o *fantasma*.

— E colocará os funcionários do meu estábulo no olho da rua?

— É claro que sim! Tenha um bom-dia.

O Sr. Lachenel curvou a cabeça, reverente, e retirou-se. A boca de Richard espumava.

— Faça as contas daquele idiota imediatamente, por favor.

— Ele é amigo do representante do governo! — aventurou-se a dizer Mercier.

— E ele toma seu vermute no Tortoni, com Lagrene, Scholl e Pertuiset, o caçador de leões — disse ainda Moncharmin. — A imprensa inteira ficará contra nós! Ele contará a história do fantasma e todo mundo rirá às nossas custas! Podemos muito bem estar mortos, de tão ridicularizados que seremos!

— Tudo bem, não se fala mais nisso.

Naquele instante, a porta abriu-se. O costumeiro cérbero que a guardava devia ter desertado, pois a Sra. Giry entrou sem cerimônia, segurando uma carta na mão, e disse, apressada:

— Desculpem-me, com licença, cavalheiros, mas recebi uma carta essa manhã do Fantasma da Ópera. Ele me disse para ter com vocês, que vocês teriam alguma coisa a...

Ela não completou a frase. Ela viu o rosto de Firmin Richard, que estava terrível. Ele parecia prestes a explodir. Ele não dizia nada, não conseguia falar. No entanto, de súbito, ele agiu. Primeiro foi o braço esquerdo dele que agarrou a singular pessoa da Sra. Giry e fez com que ela traçasse um semicírculo tão inesperado que soltou um grito de desespero. Em seguida, seu pé direito deixou uma marca de sola no tafetá preto de uma saia que certamente nunca tinha passado, num lugar desses, por ultraje similar. A coisa se deu tão rapidamente que a Sra. Giry, quando no corredor, ainda estava aturdida e parecia não entender nada do que se passara. No entanto, de repente, entendeu, e a Ópera ressoava com seus berros indignados, seus violentos protestos e ameaças.

Quase ao mesmo tempo, Carlotta, que tinha uma pequena casa própria na Rua du Faubourg St. Honore, chamou sua empregada, que levou suas cartas até sua cama. Entre elas havia uma missiva anônima, escrita com tinta vermelha, em uma caligrafia hesitante e desajeitada, que dizia o seguinte:

Caso apareça esta noite, deverá estar preparada para um grande infortúnio no instante em que abrir a boca para cantar... um infortúnio pior do que a morte.

A carta fez Carlotta perder o apetite pelo café da manhã. Ela empurrou para trás seu chocolate, sentou-se na cama e ficou muito pensativa. Aquela não tinha sido a primeira carta do tipo que ela recebera, mas nunca havia recebido uma carta com termos tão ameaçadores.

Ela julgava-se, no momento, vítima de mil ataques de ciúmes e seguia dizendo que tinha um inimigo secreto que jurara a arruinar. Ela alegava que um esquema perverso vinha sendo promovido contra ela, algo cabal que chegaria a um ponto crítico um dia desses, mas acrescentou que não era o tipo de mulher a ser intimidada.

A verdade é que, se havia algum plano cabal, este era liderado pela própria Carlotta contra a pobre Christine, que não tinha nenhuma suspeita disso. Carlotta nunca havia perdoado a jovem pelo triunfo que obtivera quando assumira seu lugar em cima da hora. Quando Carlotta ficou sabendo da espantosa acolhida que recebera sua substituta, imediatamente ficou curada de um incipiente ataque de bronquite e de um feio ataque de mau humor contra a diretoria e perdeu a mais leve que fosse das inclinações de esquivar-se de seus deveres. Desde aquele momento, ela trabalhou com toda sua força para "abafar" sua rival, recrutando os serviços de amigos influentes para persuadir os diretores a não darem a Christine nenhuma oportunidade para triunfar novamente. Certos jornais que haviam começado a glorificar o talento dela agora só se interessavam pela fama da outra. Por fim, no próprio teatro, a celebrada diva, embora desprovida de coração e desalmada, fazia os mais escandalosos comentários sobre Christine e tentava causar-lhe infinitos, embora pequenos, desprazeres.

Quando Carlotta terminou de pensar sobre a ameaça contida na estranha carta, levantou-se.

— Veremos — disse ela, acrescentando uns poucos xingamentos, em seu espanhol nativo, com um ar muito determinado.

A primeira coisa que ela viu ao olhar janela afora foi um carro fúnebre. Carlotta era muito supersticiosa, e o carro fúnebre e a carta convenceram-na de que estava correndo os mais sérios perigos naquela noite. Ela reuniu todos aqueles que a apoiavam, disse a eles que fora ameaçada por uma trama organizada por Christine Daaé e declarou que eles deveriam pregar uma peça naquela jovem moça, enchendo a casa com os admiradores de Carlotta, que não lhe faltavam, não era? Ela contava que eles fossem se preparar para quaisquer eventualidades e para silenciar os adversários caso, como ela temia, eles criassem algum distúrbio.

O secretário particular do Sr. Richard visitou-a para saber sobre a saúde da diva e voltou com a garantia de que ela estava perfeitamente bem e que, "mesmo se estivesse morrendo", cantaria no papel de Margarida naquela noite. O secretário urgiu a diva, em nome do seu chefe, para que ela não cometesse nenhuma imprudência, para que ficasse em casa o dia todo e que tomasse cuidado com ventos, e Carlotta não conseguiu evitar, depois que ele se fora, comparar o conselho não costumeiro e inesperado com as ameaças contidas na carta.

Eram cinco horas quando ela recebeu, pelo correio, uma segunda carta anônima com a mesma caligrafia manuscrita da primeira. Tratava-se de uma carta curta, que dizia simplesmente o seguinte:

> *Você está muito resfriada. Se for sábia, verá que é loucura tentar cantar esta noite.*

Carlotta riu com desdém, ergueu seus belos ombros e cantou duas ou três notas para se tranquilizar.

Seus amigos foram fiéis a suas promessas. Todos estavam na Ópera naquela noite, mas olhavam ao redor, em vão, em busca dos ferozes conspiradores que foram instruídos a suprimir. A única coisa não costumeira era a presença do Sr. Richard e do Sr. Moncharmin no Camarote Cinco. Os amigos de Carlotta achavam que talvez os diretores tivessem, por sua parte, ficado sabendo do suposto distúrbio e houvessem ficado determinados a estar na casa, de forma a fazer com que tal distúrbio cessasse de imediato; no entanto, era uma suposição injustificada, como o leitor sabe. O Sr. Richard e o Sr. Moncharmin não estavam pensando em nada além de seu fantasma.

— Em vão! Em vão eu vos chamo, em meio à minha fatigada vigília, à Criação e a seu Senhor! Nunca uma resposta haverá de quebrar o silêncio entristecedor! Nenhum sinal! Nem uma única palavra!

O famoso barítono, Carolus Fonta, mal terminara o primeiro apelo do Doutor Fausto aos poderes das trevas, quando o Sr. Firmin Richard, que estava sentado na própria cadeira do fantasma, na da frente à direita, inclinou-se para seu parceiro e perguntou-lhe, zombeteiro:

— Bem, o fantasma já sussurrou alguma palavra ao seu ouvido?

— Esperemos, não tenhamos tanta pressa assim — foi a resposta do Sr. Armand Moncharmin, no mesmo tom gaio. — A apresentação acabou de começar, e você sabe que o fantasma geralmente não vem até o meio do primeiro ato.

O primeiro ato transcorreu sem incidentes, o que não surpreendeu aos amigos de Carlotta, porque Margarida não cantava nele. Quanto aos diretores, quando a cortina foi baixada, olharam um para o outro.

— Um ato já se foi! — disse Moncharmin.

— Sim, o fantasma está atrasado — disse Firmin Richard.

— A casa não está tão ruim assim — disse Moncharmin —, para uma casa que carrega uma maldição.

O Sr. Richard sorriu e apontou para uma mulher gorda e um tanto quanto vulgar, vestida de preto, sentada em uma cabina no meio do auditório, ladeada por dois homens que trajavam casacas de casimira.

— Quem diabos são "aqueles"? — perguntou-lhe Moncharmin.

— "Aqueles", meu prezado camarada, são minha porteira, o marido e o irmão dela.

— Você deu ingressos a eles?

— Sim, eu fiz isso... Minha porteira nunca tinha vindo à Ópera, esta é sua primeira vez. E, visto que agora ela virá todas as noites, eu queria que ela tivesse um bom assento, antes de passar seu tempo conduzindo outras pessoas aos delas.

Moncharmin perguntou-lhe o que ele queria dizer com isso, e Richard respondeu que havia convencido sua zeladora, em quem tinha a maior confiança, a ocupar o lugar da Sra. Giry. Ele gostaria de ver se, com aquela mulher, em vez da velha lunática, o Camarote Cinco continuaria a surpreender os frequentadores locais!

— A propósito — disse Moncharmin —, você sabe que a Mãe Giry vai entrar com uma reclamação contra você, não?

— Com quem? Com o fantasma?

O fantasma! Moncharmin quase se esquecera dele. No entanto, aquela misteriosa pessoa não fez nada para assomar-se à memória dos diretores; e eles estavam exatamente dizendo isso um ao outro pela segunda vez quando a porta do camarote abriu-se de repente, com a entrada do alarmado contrarregra.

— Qual é o problema? — ambos perguntaram, surpresos por verem-no em tal hora.

— Parece que há um complô organizado pelos amigos de Christine Daaé contra Carlotta. Ela está furiosa.

— Que diabos...? — disse Richard, franzindo o cenho.

No entanto, a cortina ergueu-se na cena da quermesse, e Richard fez um sinal para que o contrarregra fosse embora. Quando os dois ficaram sozinhos novamente, Moncharmin inclinou-se na direção de Richard e disse:

— Então Daaé tem amigos? — perguntou ele.

— Sim, ela tem amigos.

— Quem são eles?

Richard olhou de relance para um camarote no balcão em que havia não somente um, mas dois homens.

— O Conde de Chagny?

— Sim, ele falou comigo a favor dela tão calorosamente que, se eu não soubesse que era amigo de Sorelli...

— É mesmo? — disse Moncharmin. — E quem é aquele jovem e pálido homem que está ao lado dele?

— Aquele é o irmão dele, o visconde.

— Ele deveria estar de cama. Parece doente.

O palco ressoava com uma canção alegre:

"Vinho tinto ou branco,
Seco ou suave
O que importa,
Contanto que tenhamos vinho?"

Estudantes, cidadãos, soldados, moças e matronas giravam, despreocupados, diante da estalagem com a placa da efígie de Baco. Siebel fez sua entrada. Christine Daaé estava charmosa em suas roupas de menino, e os simpatizantes de Carlotta esperavam ouvi-la ser aclamada com uma ovação que lhes traria informações quanto às intenções de seus amigos. Mas nada se sucedeu.

Por outro lado, quando Margarida cruzou o palco e cantou as únicas duas linhas que lhe cabiam no segundo ato:

"Não, meu senhor, não sou uma dama,
nem ainda uma beldade,
E não preciso de um braço para
ajudar-me a seguir meu caminho."

Carlotta foi recebida com aplausos entusiásticos, o que foi tão inesperado e desnecessário que aqueles que nada sabiam em relação aos rumores olharam uns para os outros e se perguntavam o que estaria acontecendo. E o segundo ato também foi encerrado sem incidentes.

Então todo mundo disse:

— É claro que será durante o próximo ato.

Alguns, que pareciam estar mais bem informados do que o restante, declararam que a "briga" começaria com a balada do Rei de Thule e foram correndo para a entrada dos assinantes para avisar Carlotta disso. Os diretores saíram do camarote durante o intervalo para descobrir mais sobre a conspiração de que havia falado o contrarregra; no entanto, logo voltaram a seus assentos, dando de ombros e tratando a coisa toda como bobagem.

A primeira coisa que eles viram, ao entrar no camarote, foi uma caixa de doces ingleses sobre a pequena prateleira no peitoril. Quem a havia colocado ali? Eles perguntaram isso às lanterninhas, mas ninguém sabia. Então voltaram à prateleira e, ao lado da caixa de doces, encontram um binóculo de ópera. Eles se entreolharam. Não se sentiam nem um pouco propensos a rir. Tudo o que a Sra. Giry havia lhes dito voltava à sua memória... e então... pareceram sentir um curioso vento frio ao redor deles... Eles sentaram-se em silêncio.

A cena representava o jardim de Margarida:

"Delicadas flores no orvalho,
Sejam uma mensagem minha..."

Enquanto cantava estas duas primeiras linhas, com seu punhado de rosas e lilases na mão, Christine, erguendo a cabeça, viu o Visconde de Chagny em seu camarote, e, daquele momento em diante, sua voz pareceu menos segura, menos clara como cristal do que de costume. Parecia que alguma coisa havia amortecido e embotado seu cantar...

— Que moça estranha ela é! — disse um dos amigos de Carlotta que estava nas cabinas, quase em voz alta. — No outro dia, ela estava divina e, nesta noite, ela está simplesmente balindo. Ela não tem nenhuma experiência, nenhum treinamento!

> *"Delicadas flores, fiquem aí*
> *E falem a ela de mim..."*

O visconde levou as mãos à cabeça e chorou. O conde, que estava atrás dele, mordia violentamente o bigode, encolhia os ombros e franzia o cenho. Para ele, geralmente tão frio e correto, trair assim seus sentimentos íntimos, por meio de sinais externos devia estar com muita raiva. E estava. Ele tinha visto o irmão voltar de uma rápida e misteriosa jornada em um alarmante estado de saúde. A explicação que se seguiu foi insatisfatória, e o conde pediu para encontrar-se com Christine Daaé. Ela teve a audácia de responder que não receberia a ele, nem ao irmão...

> *"Será que ela consentiria em me ouvir*
> *E com um sorriso me alegrar..."*

— Aquela mocinha assanhada! — grunhiu o conde.

E ele se perguntava o que será que ela queria. Pelo que estava esperando... Ela era uma moça virtuosa, dizia-se não ter nenhum amigo, nenhuma espécie de protetor... Aquele anjo do norte devia ser muito astucioso!

Raoul, atrás da cortina de suas mãos que velavam suas lágrimas de menino, pensava somente na carta que recebera quando voltara a Paris, na qual Christine, fugindo de Perros como um ladrão na noite, chegara antes dele:

Meu querido camaradinha de brincadeiras,

Você deve ter a coragem de não me ver novamente, nem de falar comigo uma vez mais. Se me ama apenas um pouco, faça isso por mim, que nunca haverei de esquecê-lo, meu querido Raoul. Minha vida depende disso. Sua vida depende disso.

Sua pequena Christine.

Aplausos trovejantes. Carlotta entrara em cena.

*"Eu gostaria de poder saber quem era ele
Que me abordou,
Se era nobre, ou, pelo menos, qual é seu nome..."*

Quando Margarida terminou de cantar a balada do Rei de Thule, foi muito ovacionada, mais uma vez, e de novo, quando chegou ao fim da canção da joia:

*"Ah, a alegria do passado compara-se
às joias brilhantes que uso..."*

Desse momento em diante, sentindo-se segura de si, de seus amigos na casa, de sua voz e de seu sucesso, sem nada temer, Carlotta entregou-se por completo a seu papel, sem modéstias... Ela não mais era Margarida, era Carmem. Ela foi aplaudida ainda mais, e sua estreia com Fausto parecia prestes a levá-la a um novo sucesso, quando, de repente... algo terrível aconteceu.

Fausto se prostrou em um só joelho:

*"Permita-me olhar a forma abaixo de mim,
Enquanto do éter azul
Veja como a estrela da noite, brilhante e delicada,
tarda-se acima de mim,
Para tua beleza também amar!"*

E Margarida respondeu:

*"Oh, que estranho!
Como um feitiço a noite a mim é atada!
E um profundo e lânguido charme
Eu sinto sem alarme
Com sua melodia me circunda
E a todo meu coração subjuga."*

Naquele instante, naquele exato momento, foi que a coisa terrível aconteceu... Carlotta coaxava como um sapo:

— *Croach!*

Havia consternação na face de Carlotta e nas de todo o público ali presente. Os dois diretores, em seu camarote, não conseguiram suprimir uma exclamação de horror. Todo mundo sentiu que aquilo não era natural, que havia feitiçaria por trás do incidente. Aquele sapo cheirava a enxofre. Pobre, arruinada, desesperançada, arrasada Carlotta!

A comoção na casa era indescritível. Se aquilo houvesse acontecido a qualquer uma que não fosse Carlotta, teria sido vaiada. Mas todos sabiam o quão perfeito instrumento a voz dela era, e não havia nenhuma exibição de raiva, mas tão somente de horror e desalento, o tipo de desalento que os homens teriam sentido caso tivessem testemunhado a catástrofe que quebrou os braços da Vênus de Milo... E até mesmo então eles teriam visto... e entendido...

Mas aquele sapo era incompreensível! Tanto que, depois de alguns segundos passados se perguntando se ela realmente teria ouvido aquela nota, aquele ruído infernal saído de sua garganta, ela tentou persuadir-se de que não era assim, de que era vítima de uma ilusão, uma ilusão para os ouvidos, e não um ato de traição por parte de sua voz...

No Camarote Cinco, Moncharmin e Richard ficaram muito pálidos. O extraordinário e inexplicável incidente enchia-os de um temor que era mais misterioso, visto que, há pouco, eles haviam sido submetidos à influência direta do fantasma. Eles haviam sentido sua respiração. Os pelos de Moncharmin ficaram arrepiados. Richard limpou o suor de sua testa. Sim, o fantasma estava ali, em volta deles, atrás deles, ao lado deles, eles sentiam a presença do fantasma sem vê-lo, ouviam sua respiração, perto, perto, bem perto deles! Eles estavam certos de que havia três pessoas no camarote... Eles tremiam... Pensavam em sair correndo... Não se atreviam... Eles não se atreviam a fazer nenhum movimento que fosse, nem trocar uma palavra que entregasse ao fantasma que sabiam que ele estava ali! O que ia acontecer?

Aconteceu o seguinte:

— *Croach!*

A exclamação conjunta de horror foi ouvida por toda a casa. Eles sentiam que estavam humilhantemente sob os ataques do fantasma.

Debruçando-se no peitoril de seu camarote, eles encaravam Carlotta como se não a reconhecessem. Aquela moça infernal devia ter sinalizado alguma catástrofe. Ah, eles estavam esperando pela catástrofe! O fantasma avisara que isso aconteceria! A casa estava amaldiçoada! Os dois diretores ficaram ofegantes e arfavam sob o peso da catástrofe. A voz abafada de Richard foi ouvida, chamando Carlotta:

— Bem, continue!

Não, Carlotta não continuou... Brava, heroicamente, ela começou de novo na fala fatal ao final da qual o sapo havia aparecido.

Um horrível silêncio sucedeu-se à comoção. Só a voz de Carlotta enchia a casa retumbante:

— Eu sinto sem alarme...

O público também sentiu, mas não sem alarme...

"Eu sinto sem alarme...
Eu sinto sem alarme... Croach!
Com sua melodia a me circundar... Croach!
E meu coração sub... Croach!"

O sapo também tinha recomeçado.

A casa irrompeu em um tumulto selvagem. Os dois diretores caíram em suas cadeiras, e não se atreviam nem mesmo a virar para o lado; eles não tinham forças, o fantasma estava rindo pelas costas deles! E, por fim, eles ouviram distintamente a voz junto de seus ouvidos direitos, a voz impossível, a voz sem boca, dizendo:

— *Ela está cantando esta noite para trazer abaixo o candelabro!*

De comum acordo, eles ergueram os olhos para o teto e soltaram um grito terrível. O candelabro, a imensa massa do candelabro, estava deslizando para baixo, vindo na direção deles, ao chamado daquela voz demoníaca. Solto de seu gancho, o candelabro mergulhou do teto e veio bater com tudo no meio das cabinas, em meio a milhares de gritos de terror. Seguiu-se uma corrida selvagem na direção das portas.

Os jornais da época declaram que várias pessoas ficaram machucadas e uma morreu. O candelabro caíra na cabeça da pobre mulher que havia ido à Ópera pela primeira vez em sua vida, aquela que o Sr. Richard designara sucessora da Sra. Giry para assumir as funções da lanterninha do fantasma! Ela morreu na hora e, na manhã seguinte, um jornal veio com a seguinte manchete:

DUZENTOS QUILOS NA CABEÇA DE UMA ZELADORA

Este foi seu cortejo fúnebre.

CAPÍTULO VIII
A MISTERIOSA CARRUAGEM

Aquela trágica noite foi ruim para todos. Carlotta ficou doente. Christine Daaé desapareceu depois da apresentação. Durante duas semanas ela não foi vista nem na Ópera, nem fora dela. É claro que Raoul foi o primeiro a ficar pasmado com a ausência da prima-dona. Ele enviou uma carta a ela no apartamento da Sra. Valerius e não recebeu resposta. Seu pesar aumentava, e ele ficava seriamente alarmado quando nunca via o nome dela no programa. Fausto foi apresentado sem ela.

Em uma tarde, ele foi até o escritório dos diretores para perguntar qual era o motivo do desaparecimento de Christine. Deparou-se com ambos parecendo extremamente preocupados. Os próprios amigos deles não os reconheciam: eles haviam perdido toda a alegria e humor. Eles cruzavam o palco cabisbaixos, com os cenhos franzidos, as bochechas pálidas, como se estivessem sendo perseguidos por algum pensamento abominável ou como se fossem presas de alguma persistente peça do destino.

A queda do candelabro envolvera os dois em não pouca responsabilidade, mas era difícil fazer com que falassem a respeito. O inquérito havia terminado em um veredito de morte acidental, causada pelo desgaste das correntes pelas quais o candelabro pendia do teto; porém era dever tanto dos antigos como dos novos diretores terem descoberto o desgaste e tê-lo remediado em tempo oportuno. E sinto ter de dizer que os Srs. Richard e Moncharmin, na ocasião, pareciam tão mudados e distraídos, tão misteriosos e incompreensíveis, que muitos dos assinantes achavam que algum evento ainda mais horrível do que a queda do candelabro devia ter afetado a disposição de espírito deles.

Em suas relações do dia a dia, eles se mostravam muito impacientes, exceto com a Sra. Giry, que havia sido reintegrada em suas funções. E o modo como receberam o Visconde de Chagny, quando ele foi perguntar-lhes sobre Christine, foi tudo, menos cordial. Eles meramente disseram a ele que ela estava de férias. Ele perguntou quanto tempo essas férias demorariam, e eles responderam, curtos e grossos, que era por um período indeterminado, visto que a Srta. Daaé havia pedido uma licença por motivos de saúde.

— Então ela está doente! — ele gritou. — Qual é o problema com ela?
— Nós não sabemos.
— Vocês não mandaram o médico da Ópera ir vê-la?
— Não, ela não pediu por ele; e, visto que nela confiamos, acreditamos em sua palavra.

Raoul deixou o prédio vítima dos mais sombrios pensamentos. Ele decidiu que, acontecesse o que acontecesse, iria falar com Mama Valerius. Ele lembrou-se das fortes frases contidas na carta de Christine, proibindo-o de fazer quaisquer tentativas de vê-la. No entanto, o que ele havia visto em Perros, o que ouvira atrás da porta do camarim, por sua conversa com Christine à beira da charneca, tudo isso fazia com que ele suspeitasse de alguma maquinação que, por mais diabólica que pudesse ser, era humana. A altamente fértil imaginação da moça, sua mente amorosa e crédula, a educação primitiva que cercava sua infância com um círculo de lendas, o constante remoer da morte de seu pai e, acima de tudo, o estado de sublime êxtase em que a música a lançara desde o momento em que essa arte manifestou-se para ela em certas condições excepcionais, como no cemitério da igreja em Perros — tudo isso parecia para ele constituir uma base moral apenas favorável demais para os desígnios malevolentes de alguma pessoa misteriosa e inescrupulosa. De quem seria Christine Daaé vítima? Essa era a pergunta bem razoável que Raoul se fazia enquanto ia correndo falar com Mama Valerius.

Ele tremeu ao tocar a campainha de um pequeno apartamento na Rua Notre-Dame-des-Victoires. A porta foi aberta pela criada que ele vira saindo do quarto de Christine certa noite. Ele perguntou se poderia falar com a Sra. Valerius. Foi informado de que ela estava doente, de cama, e que não estava recebendo visitas.

— Leve a ela meu cartão, por favor — disse ele.

A criada logo estava de volta e levou-o a uma sala de visitas pequena e com poucos móveis, na qual pendiam retratos do professor Valerius e do velho Daaé em paredes opostas.

— A senhora pede desculpas, meu senhor visconde — disse a empregada. — Pode recebê-lo apenas em seu quarto, pois suas pobres pernas não permitem mais que ela fique em pé.

Cinco minutos depois, Raoul foi conduzido até um quarto pouco iluminado onde reconheceu a face bondosa da benfeitora de Christine, na semiescuridão de uma alcova. Os cabelos de Mama Valerius estavam bem brancos, mas seus olhos não tinham envelhecido, nunca, pelo contrário; a expressão naqueles olhos havia se tornado tão brilhante, tão pura, tão parecidos com os olhos de uma criança.

— Sr. de Chagny! — gritou ela, com alegria, esticando ambas as mãos para o visitante. — Ah, foi o Céu que o mandou vir até aqui! Nós podemos falar sobre ela.

Esta última frase soou muito lúgubre aos ouvidos do jovem. Imediatamente, ele quis saber:

— Senhora... onde está Christine?

E a velha dama respondeu, com calma:

— Ela está com seu bom gênio!

— Que bom gênio? — exclamou o pobre Raoul.

— Oras, o Anjo da Música!

O visconde caiu em uma cadeira. Seria verdade? Estaria Christine com o Anjo da Música? E lá estava Mama Valerius, na cama, sorrindo para ele e levando o dedo aos lábios, para avisá-lo que ficasse em silêncio! E, então, disse ainda:

— Você não deve contar isso a ninguém!

— A senhora pode confiar em mim — disse Raoul.

Ele mal sabia o que estava dizendo, pois suas ideias sobre Christine, que já estavam grandemente confusas, ficavam cada vez mais emaranhadas. Parecia que tudo estava começando a revirar-se em volta dele, em volta do quarto, em volta daquela extraordinária boa dama com seus cabelos brancos e olhos de miosótis.

— Eu sei! Sei que posso confiar no senhor! — disse ela, com uma risada feliz. — Mas por que não se aproxima de mim, como costumava fazer quando era um menininho? Dê-me suas mãos como fazia quando trouxe a mim a história da pequena Lotte, que lhe fora contada pelo papai Daaé. Eu gosto muito do senhor, Sr. Raoul, o senhor sabe disso. E Christine também!

— Ela gosta de mim! — suspirou o jovem.

Ele achava difícil reunir seus pensamentos e levá-los a concentrar-se no "bom gênio" de Mama Valerius, no Anjo da Música de quem Christine havia lhe falado tão estranhamente, na caveira que ele havia visto em um tipo de pesadelo no altar-mor em Perros e também no Fantasma da Ópera, cuja fama havia chegado a seus ouvidos certa noite quando estava parado nos bastidores, a uma distância que dava para ouvir um grupo de operadores de cenários repetindo a horrenda descrição que o homem enforcado, Joseph Buquet, fizera do fantasma antes de sua misteriosa morte.

Ele perguntou, em um tom baixo:

— O que faz a senhora achar que Christine gosta de mim, senhora?

— Ela costumava falar de você todos os dias.

— É mesmo? E o que ela disse à senhora?

— Ela me disse que o senhor havia feito uma proposta a ela!

E a boa senhora começou a rir entusiasticamente. Raoul levantou-se de sua cadeira em um pulo, enrubescido, sofrendo agonias.

— O que é isso? Aonde vai? Sente-se imediatamente, por favor! Acha que deixarei que se vá assim? Se estiver com raiva por eu ter dado risada, peço-lhe desculpas... Afinal de contas, o que aconteceu não foi culpa sua... Você não sabia? O senhor achava que Christine estava livre?

— Christine está noiva? — perguntou o pobre Raoul, com uma voz engasgada.

— Oras, não! Não... O senhor sabe tão bem quanto eu que Christine não poderia se casar, mesmo que quisesse!

— Mas eu não sei nada sobre isso! Por que Christine não pode se casar?

— Por causa do Anjo da Música, é claro!

— Não estou acompanhando...

— Sim, ele a proíbe de casar-se...

— Ele a proíbe! O Anjo da Música proíbe Christine de se casar!

— Oh, ele a proíbe sim... sem a proibir. É assim: ele diz a ela que, caso se case, nunca o ouviria novamente. Só isso! E que ele iria embora para sempre... Então, o senhor entende, ela não pode permitir que o Anjo da Música se vá. É um tanto quanto natural, isso.

— Sim, sim — ecoou Raoul, submisso —, é bem natural isso.

— Além disso, achei que Christine tivesse lhe contado tudo isso quando o encontrou em Perros, aonde ela foi com seu bom gênio.

— Oh, ela foi a Perros com seu bom gênio, foi?

— Quer dizer, ele arranjou as coisas para encontrá-la ali, no cemitério da igreja de Perros, junto ao túmulo de Daaé. Ele prometeu tocar para ela *A ressurreição de Lázaro* no violino do pai dela!

Raoul de Chagny levantou-se e, com um ar autoritário, pronunciou estas palavras categóricas:

— Madame, a senhora terá a bondade de me dizer onde mora esse gênio.

A velha dama não parecia surpresa com a ordem indiscreta. Ela ergueu os olhos e disse:

— No Céu!

Tamanha inocência deixou-o desnorteado. Ele não sabia o que dizer na presença daquela cândida e perfeita fé em um gênio que descia à noite do Céu para assombrar os camarins da Ópera.

Ele se dava conta do possível estado de espírito de uma moça criada entre um violinista supersticioso e uma velha e visionária dama e estremeceu quando pensou nas consequências disso tudo.

— Christine ainda é uma boa moça? — ele perguntou, de súbito, sem querer.

— Juro que sim, pela minha salvação! — exclamou a velha mulher, a qual, dessa vez, parecia enfurecida. — E, se o senhor duvida disso, não sei por que está aqui!

Raoul arrancava suas luvas.

— Há quanto tempo ela conhece esse "gênio"?

— Há cerca de três meses... Sim, passaram-se bem uns três meses desde que ele começou a dar aulas a ela.

O visconde jogou os braços para cima, em um gesto de desespero.

— O gênio dá aulas a ela! E onde, posso saber?

— Agora que ela se foi com ele, eu não sei dizer; no entanto, há duas semanas, foi no camarim de Christine. Seria impossível neste pequeno apartamento. A casa inteira haveria de ouvi-los. Ao passo que, na Ópera, às oito horas da manhã, não há ninguém pelos arredores, entende?

— Sim, eu entendo! Eu entendo! — gritou o visconde.

E, apressado, ele deixou a Sra. Valerius, que se perguntava se o jovem nobre não estava perdendo um pouco o juízo.

Ele foi andando até a casa de seu irmão em um estado lastimável. Ele poderia ter batido em si mesmo, batido com a cabeça nas paredes! E pensar que ele acreditara na inocência dela, em sua pureza! O Anjo da Música! Agora ele o conhecia! Ele o via! Tratava-se, sem sombra de dúvida, de algum inominável tenor, um pateta de boa aparência, que balbuciava e sorria como um tolo enquanto cantava! Ele considerava-se tão absurdo e miserável quanto possível. Ah, que jovenzinho miserável, insignificante, tolo era o Sr. Visconde de Chagny!, pensou Raoul, com fúria. E ela, que criatura audaz e malditamente dissimulada!

Seu irmão estava à sua espera, e Raoul caiu nos braços dele como uma criança. O conde consolou-o, sem pedir explicações; e Raoul certamente teria hesitado muito antes de contar a história do Anjo da Música. Seu irmão sugeriu levá-lo para jantar fora. Sobrepujado como ele estava com o desespero, Raoul provavelmente teria recusado um convite naquela noite, se o conde não tivesse, como estímulo, dito a ele que a dama que ocupava seus pensamentos havia sido vista, na noite anterior, na companhia do sexo oposto no bosque. A princípio, o visconde recusou-se a acreditar nisso, mas recebeu detalhes tão exatos que parou de protestar. Ela havia sido vista, ao que parecia, seguindo em uma carruagem, com o vidro da janela abaixado. Ela parecia absorver devagar o gélido ar noturno.

Uma gloriosa lua brilhava no céu. Foi reconhecida, sem sombra de dúvida. Quanto à sua companhia, apenas seu perfil em meio às sombras foi distinguido, reclinando-se no escuro. A carruagem seguia devagar por uma rua solitária atrás do setor principal de Longchamp.

Raoul vestiu-se com uma pressa frenética, preparado para esquecer suas aflições ao jogar-se, como dizem, no "vórtice do prazer". Ah, ele foi um convidado muito desgostoso e, deixando seu irmão cedo, encontrava-se às dez horas da noite atrás da pista de corrida de Longchamp em um táxi.

Estava amargamente frio. A estrada parecia deserta e muito brilhante sob o luar. Ele mandou que o motorista esperasse por ele pacientemente na esquina de uma curva ali perto e, escondendo-se tão bem quanto possível, ficou ali, parado, batendo com os pés no chão para manter-se aquecido. Ele vinha fazendo isso durante uma meia hora mais ou menos quando uma carruagem virou a esquina da rua e veio silenciosamente em sua direção, bem devagar.

Conforme o veículo se aproximava, ele viu que a mulher inclinava a cabeça para fora da janela. E, de repente, a lua lançou um pálido fulgor sobre suas feições.

— Christine!

O sagrado nome de seu amor saltara de seu coração e de seus lábios. Ele não tinha como refrear-se... Ele teria dado qualquer coisa para retirá-lo, pois o nome, proclamado na quietude da noite, agira como se fosse o sinal previamente acertado para que a carruagem passasse por ele em uma fúria rápida, antes que pudesse pôr em prática seu plano de pular em cima das cabeças dos cavalos. A janela da carruagem foi fechada, e a face da moça desaparecera. E o veículo, atrás do qual ele agora corria, não passava de um ponto preto na branca estrada.

Ele chamou-a novamente:

— Christine!

Nenhuma resposta. E ele parou em meio ao silêncio.

Com um olhar embotado, Raoul fitou aquela rua fria e desolada e a pálida e morta noite. Não havia nada mais frio do que seu coração, nem metade tão morto: ele havia amado um anjo e agora desprezava uma mulher!

Raoul, como aquela fadinha do norte havia brincado com você! Era mesmo, seria mesmo tão necessário ter uma face tão doce e jovem, uma fronte tão tímida e sempre pronta para cobrir-se com o rubor cor-de-rosa do pudor para que passasse, na noite solitária, em uma carruagem, acompanhada de um misterioso amante? Com certeza que deveria haver algum limite para a hipocrisia e mentira!...

Ela havia passado por ele sem responder a seu chamado... E ele estava pensando em morrer; e ele tinha apenas vinte anos de idade!

Seu valete encontrou-o pela manhã, sentado em sua cama. Ele não havia se despido e o criado temia, ao ver sua face, que algum desastre houvesse ocorrido. Raoul apanhou suas cartas das mãos do homem. Ele havia reconhecido o papel de carta e a caligrafia de Christine, que dizia:

Querido,

Vá ao baile de máscaras na Ópera na noite depois de amanhã. À meia-noite, esteja na pequena sala atrás da lareira do grande saguão. Fique perto da porta que dá para a Rotunda. Não mencione esse encontro a ninguém na face da Terra. Vista um manto com capuz branco e esteja cuidadosamente mascarado. Visto que me ama, não se deixe ser reconhecido.

Christine.

CAPÍTULO IX
NO BAILE DE MÁSCARAS

O envelope estava coberto de lama e sem selo, e continha as palavras: "A ser entregue ao Sr. Visconde Raoul de Chagny", com o endereço escrito a lápis. O bilhete devia ter sido jogado na esperança de que alguém que estivesse de passagem o pegasse e o entregasse, e foi o que se sucedeu. O bilhete fora pego na calçada da Ópera.

Raoul leu e releu o bilhete várias vezes, com olhos febris. Nada mais fez-se necessário para reavivar suas esperanças. A imagem sombria que ele havia, por um instante, pintado de uma Christine negligente com seus deveres para consigo mesma deram lugar à sua concepção original de uma criança desafortunada e inocente, vítima da imprudência e de uma sensibilidade exagerada. Até que ponto, dessa vez, seria ela realmente uma vítima? Prisioneira de quem? Para dentro de que redemoinho fora arrastada? Ele fazia-se essas perguntas com uma agonia cruel; no entanto, sua dor parecia suportável, em comparação ao frenesi em que havia sido jogado ao pensar em uma mentirosa e enganadora Christine. O que havia acontecido? Sob qual influência estaria ela? Que monstro a havia raptado e como?

Por que outro meio se não a música? Ele conhecia a história de Christine. Depois da morte do pai, ela adquirira um desgosto por tudo na vida, inclusive por sua arte. Ela passou pelo *Conservatório* como uma pobre máquina de canto desprovida de alma. E, de repente, despertara como se por meio da intervenção de um deus. O Anjo da Música aparecera em cena! Ela cantara no papel de Margarida em *Fausto* e triunfara!

O Anjo da Música! Por três meses, ele vinha dando aulas a Christine... ah, ele era um mestre do canto pontual! E agora ele a estava levando para passear no bosque...

Os dedos de Raoul apertaram sua carne, acima de seu coração ciumento. Em sua falta de experiência, ele se perguntava, aterrorizado, que jogo a moça estaria jogando? Até que ponto uma cantora de ópera seria capaz de fazer de tolo um jovem de boa natureza, um tanto quanto novo no amor? Oh, infortúnio...!

Assim, os pensamentos de Raoul voavam de um extremo ao outro. Ele não mais sabia se sentia pena de Christine ou se a amaldiçoava e alternava-se entre ambos. Em todo caso, ele comprou um manto com capuz branco.

A hora do encontro marcado por fim chegou. Com sua face coberta por uma máscara cortada com renda longa e espessa, parecendo um pierrô de branco, o visconde julgava-se muito ridículo. Homens sofisticados não iam fantasiados a um baile da Ópera! Isso era um absurdo. Um pensamento, contudo, consolava o visconde: certamente nunca seria reconhecido!

O baile era uma ocorrência excepcional, realizada pouco tempo antes da Quaresma, em honra ao aniversário de nascimento de um famoso desenhista, e esperava-se que fosse mais alegre, mais ruidoso e mais boêmio do que um baile de máscaras comum. Diversos artistas se dispuseram a ir, acompanhados de um grupo de modelos e pupilos, os quais, por volta da meia-noite, começaram a criar uma tremenda algazarra. Raoul subiu a grande escadaria faltando cinco minutos para a meia-noite, não se demorou olhando para os variados vestidos exibidos por todo o caminho enquanto subia pelos degraus de mármore, um dos mais ricos cenários do mundo; não se deixou seduzir por nenhuma máscara faceira; não respondeu a nenhuma brincadeira e dispensou a audaz familiaridade de vários casais que já haviam ficado alegres demais.

Cruzando o grande saguão e escapando de uma ensandecida roda de dançarinos em que ficara preso por um instante, por fim entrou na sala mencionada na carta de Christine. Encontrou-a apinhada de gente, pois aquele pequeno espaço era o ponto em que todos os que estavam indo cear na Rotunda cruzavam com os que estavam retornando depois de terem ido buscar uma taça de champanhe. A diversão, ali, ficava cada vez mais rápida e furiosa.

Raoul reclinou-se em um batente e ficou esperando. A espera não foi longa. Um manto com capuz preto passou por ele e deu-lhe um rápido e leve aperto na ponta de seus dedos. Ele entendeu que se tratava dela e acompanhou-a:

— É você, Christine? — ele perguntou, entre dentes.

O manto com capuz preto virou-se prontamente, e ela ergueu o dedo junto a seus lábios, sem dúvida para avisá-lo para não mencionar seu nome novamente. Raoul continuou a segui-la, em silêncio.

Ele estava com medo de perdê-la, depois de encontrá-la novamente em circunstâncias tão estranhas. Seu ressentimento com relação a ela se fora. Ele não mais duvidava de que ela "não tivesse nada para se recriminar", por mais peculiar e inexplicável que sua conduta pudesse parecer. Ele estava pronto para fazer qualquer exibição de clemência, perdão ou covardia. Raoul estava apaixonado. E, sem sombra de dúvida, logo haveria de receber uma explicação muito natural sobre a curiosa ausência dela.

O manto preto com capuz virava-se de vez em quando para ver se o manto branco ainda a estava seguindo.

Quando Raoul passou mais uma vez pelo grande saguão, dessa vez, atrás de sua guia, ele não conseguiu deixar de notar um grupo em volta de uma pessoa cuja fantasia e cujo ar excêntrico e aparência repulsiva estava causando furor. Tratava-se de um homem vestido todo de escarlate, com um imenso chapéu com penas acima de uma maravilhosa caveira. De seus ombros pendia um imenso manto vermelho de veludo, que arrastava regiamente ao longo do chão, além do que, nele havia bordado, em letras douradas, as palavras que todos liam e repetiam em voz alta:

"NÃO ME TOQUEM! Eu sou a Morte Rubra que passa!"

Então alguém, com grande atrevimento, tentou mesmo tocar nele... mas a mão de um esqueleto saiu rapidamente da manga carmesim e agarrou com violência o impetuoso pulso, e a pessoa, sentindo a forte pegada dos ossos que formam os nós dos dedos, a furiosa pegada da Morte, soltou um grito de dor e de terror. Quando a Morte Rubra o soltou, por fim, ele saiu correndo como um homem ensandecido, perseguido pelos insultos daqueles que por ali passavam.

Foi nesse instante que Raoul passou na frente do mascarado, que havia acabado de virar em sua direção. E ele quase exclamou:

— A caveira de Perros-Guirec!

Ele o havia reconhecido! Ele queria ir com tudo para a frente, esquecendo-se de Christine; no entanto, o manto com capuz negro, que também parecia presa de alguma estranha animação, pegou-o pelo braço e arrastou-o do saguão, para longe da multidão enlouquecida em meio à qual passava a Morte Rubra...

Christine, em seu manto com capuz negro, continuava virando para trás. Ao que parecia, em duas ocasiões vira alguma coisa que a alarmara, pois apressou seus passos e os de Raoul como se estivessem sendo perseguidos.

Eles subiram dois degraus. Ali, as escadas e os corredores estavam quase desertos. O manto com capuz preto abriu a porta de um camarote particular e fez um sinal para que o outro o acompanhasse. Então Christine, a quem ele reconheceu pelo som de sua voz, fechou a porta atrás deles e avisou-o, em um sussurro, para que permanecesse nos fundos do camarote e não se mostrasse de modo algum. Raoul tirou sua máscara. Christine continuou com a dela. E, quando o homem estava prestes a pedir para que ela tirasse a sua, ficou surpreso ao vê-la colocando o ouvido na divisória e ouvindo, ansiosa, para ver se escutava algum som do lado de fora. Então escancarou a porta, olhou para o corredor afora e, em voz baixa, disse:

— Ele deve ter subido mais.

De repente, ela exclamou:

— Ele está descendo novamente!

Ela tentou fechar a porta, mas Raoul a impediu de fazê-lo, pois ele havia visto, no degrau superior da escadaria que dava para o andar de cima, um pé vermelho, seguido de outro... e, devagar, majestosamente, seus olhos depararam-se com todo o vestido escarlate da Morte Rubra. E, mais uma vez, ele viu a caveira de Perros-Guirec.

— É ele! — exclamou Raoul. — Dessa vez ele não haverá de me escapar!

No entanto, Christine bateu a porta com toda força no instante em que Raoul estava a ponto de sair correndo. Ele tentou empurrá-la para o lado.

— De que "ele" você está falando? — perguntou-lhe ela, em um tom alterado de voz. — Quem não haverá de lhe escapar?

Raoul tentou sobrepujar a resistência da moça, mas ela o repeliu com uma força que ele não teria suspeitado que ela tivesse. Ele entendeu o que estava acontecendo, ou achou ter entendido, e, de imediato, perdeu a paciência.

— Quem? — repetiu ele com raiva. — Oras, ele, o homem que se esconde atrás daquela máscara de morte hedionda! O gênio do mal do cemitério da igreja em Perros... A Morte Rubra! Em uma palavra, madame, seu amigo... seu Anjo da Música! Mas eu arrancarei a máscara dele e arrancarei a minha também, e, dessa vez, vamos olhar na cara um do outro, eu e ele, sem nenhum véu e sem mentiras entre nós dois, e eu saberei quem você ama e quem ama você!

Ele irrompeu em uma gargalhada insana enquanto Christine soltava um gemido desconsolado por detrás de sua máscara de veludo. Com um gesto trágico, ela jogou os dois braços na porta, fixando ali uma barreira de carne branca.

— Em nome do nosso amor, Raoul, você não vai passar!

Ele parou. O que foi que ela havia dito? Em nome do amor deles? Nunca antes ela havia confessado amá-lo. E, ainda assim, tivera oportunidades o bastante... Oh, o único objetivo dela era o de ganhar alguns segundos! Ela desejava dar à Morte Rubra tempo para escapar... E, em uma inflexão de voz cheia de ódio infantil, ele disse:

— A senhora mente, madame, pois não me ama e nunca me amou! Que pobre camarada devo ser eu para permitir que zombe de mim e me desdenhe como já o fez! Por que me deu todos os motivos para ter esperanças, em Perros... Esperanças honestas, madame, pois eu sou um homem honesto e achava que a senhorita fosse uma mulher de igual caráter, quando sua única intenção era me enganar! Ah, a senhorita nos enganou a todos! Aproveitou-se vergonhosamente do afeto cândido de sua própria benfeitora, que continua acreditando em sua sinceridade enquanto vai ao baile da Ópera com a Morte Rubra! Eu a desprezo!

E ele irrompeu em lágrimas. Ela deixou que ele a insultasse. Ela só pensava em uma coisa: impedi-lo de sair do camarote.

— Você implorará o meu perdão um dia, por todas essas palavras feias, Raoul. E, quando fizer isso, haverei de perdoá-lo!

Ele balançou a cabeça em negativa.

— Não, não, você me levou à loucura! Quando eu acho que só tinha um objetivo na vida: dar meu nome a uma prostituta da Ópera!

— Raoul! Como você pode dizer isso?

— Morrerei de vergonha!

— Não, querido, viva! — disse Christine, em um tom de voz grave e alterado. — E... adeus. Adeus, Raoul...

O rapaz deu um passo à frente, cambaleando. Ele arriscou-se a mais uma nota de sarcasmo:

— Ah, você deverá permitir que eu venha aplaudi-la, de vez em quando!

— Eu nunca cantarei de novo, Raoul...

— É mesmo? — respondeu ele, ainda mais satiricamente. — Então ele está a tirando do palco: devo lhe dar meus parabéns! Mas nós nos encontraremos no bosque, em uma noite dessas!

— Nem no bosque, nem em lugar nenhum, Raoul: você não me verá novamente...

— Posso lhe perguntar pelo menos a que trevas está retornando? Para qual inferno está de partida, dama misteriosa... ou para qual paraíso?

— Eu vim para lhe contar, meu querido, mas não posso lhe dizer, agora... você não acreditaria em mim! Você perdeu sua fé em mim, está tudo acabado!

Ela falava com uma voz tão desesperadora que o rapaz começou a sentir remorso por sua crueldade.

— Mas veja bem! — disse ele. — Você não pode me dizer o que tudo isso significa? Você é livre, desimpedida, não há ninguém para interferir em sua vida... Você anda por Paris... Veste um manto com capuz para vir ao baile... Por que não vai para casa? O que andou fazendo nas últimas duas semanas? Que história é essa de Anjo da Música que você contou à Mama Valerius? Alguém deve tê-la enganado, brincado com sua inocência. Eu mesmo testemunhei isso, em Perros... Mas você sabe em que deve acreditar, agora! Você me parece bem sensata, Christine. Sabe o que está fazendo... E, enquanto isso, Mama Valerius está na cama, esperando por você em casa e apelando para o seu "bom gênio"! Explique-se, Christine, eu lhe imploro! Qualquer um poderia ter sido enganado como eu fui. O que significa essa farsa?

Christine simplesmente tirou a máscara e disse:

— Meu querido, trata-se de uma tragédia!

Raoul viu a face dela e não conseguiu conter uma exclamação de surpresa e terror. A doce compleição de dias passados se fora. Uma palidez mortal cobria aquelas feições, que ele considerava tão encantadoras e tão gentis, e a tristeza talhara nelas linhas impiedosas e traçado olheiras escuras e horrivelmente tristes sob seus olhos.

— Minha querida! Minha querida! — ele gemeu, estirando os braços. — Você prometeu me perdoar...

— Talvez... Algum dia, talvez! — disse ela, recolocando a máscara, e foi-se embora, proibindo-o, com um gesto, de ir atrás dela.

Ele tentou desobedecê-la, mas ela se virou e repetiu seu gesto de despedida com tanta autoridade que ele não se atreveu a dar um passo que fosse.

Ele ficou observando-a até que ela não estava mais dentro de seu campo de visão. Então ele também desceu em meio à multidão, mal sabendo o que estava fazendo, com as têmporas latejando e o coração dolorido, e, enquanto cruzava a pista de dança, perguntou se alguém tinha visto a Morte Rubra. Sim, todo mundo tinha visto a Morte Rubra, mas ele não conseguiu encontrá-la, e, às duas horas da manhã, voltou a descer pelo corredor, nos bastidores, que dava para o camarim de Christine Daaé.

Suas passadas conduziram-no àquele lugar onde havia primeiramente conhecido o sofrimento. Ele bateu à porta. Não houve resposta. Ele entrou, como havia entrado quando procurava por toda parte pela "voz masculina". O quarto estava vazio. Uma lamparina ardia com uma luz fraca. Ele viu um pouco de papel de carta em cima de uma pequena escrivaninha. Raoul pensou em escrever para Christine, mas ouviu passos no corredor. Só teve tempo de esconder-se no banheiro, que ficava separado do camarim por uma cortina.

Christine entrou no camarim, tirou sua máscara com um movimento exausto e jogou-a em cima da mesa. Soltou um suspiro e deixou que sua bela cabeça repousasse em suas duas mãos. Em que estaria pensando? Em Raoul? Não, pois ele ouviu-a murmurar:

— Pobre Erik!

A princípio ele achou que tinha se enganado. Para início de conversa, ele achava que, se era para ter piedade de alguém, esse alguém deveria ser ele, Raoul. Teria sido bem natural se ela tivesse dito "Pobre Raoul", depois do que se sucedera entre eles. No entanto, balançando a cabeça, ela repetia: "Pobre Erik!".

O que tinha esse tal de Erik a ver com os suspiros de Christine, e por que ela estava com pena de Erik, quando Raoul estava tão infeliz?

Christine começou a escrever, deliberada, calma e tão placidamente que Raoul, que ainda estava tremendo por causa dos efeitos da tragédia que os separara, ficou dolorosamente impressionado.

— Que frieza! — ele falou para si mesmo.

Ela continuou a escrever, enchendo duas, três, quatro folhas. De súbito, ela ergueu a cabeça e escondeu-as no corpete de seu vestido. Ela parecia estar ouvindo alguma coisa. Raoul também ouvia... De onde vinha aquele estranho som, aquele ritmo distante? Um fraco cantar parecia vir das paredes... Sim, era como se as próprias paredes estivessem cantando! A canção tornou-se mais clara... As palavras agora podiam ser distinguidas... Ele ouviu uma voz, uma bela voz, muito suave, muito cativante, mas apesar de toda sua suavidade, ainda era uma voz masculina. A voz se aproximou cada vez mais... passou pela parede... aproximou-se... e então estava *dentro do camarim*, à frente de Christine, que se levantou e abordou a voz, como se estivesse falando com alguém:

— Aqui estou, Erik — disse ela. — Estou pronta. Mas você está atrasado.

Raoul, espiando por detrás da cortina, não conseguia acreditar no que via, e seus olhos não lhe mostravam nada. A face de Christine ficou radiante. Um sorriso de felicidade surgiu em seus lábios pálidos, um sorriso como o de pessoas doentes quando recebem a primeira esperança de recuperação.

A voz sem corpo continuou cantando, e certamente Raoul nunca ouvira em sua vida nada mais plena e heroicamente doce, mais gloriosamente insidioso, mais delicado, mais potente, em suma, mais irresistivelmente triunfante. Ele ouviu aquilo em um estado febril e começava a entender como Christine Daaé conseguira aparecer, em uma noite, diante do público estupefato, com inflexões de uma beleza até então desconhecida, de uma exaltação sobre-humana, embora, sem sombras de dúvida, ainda estivesse sob a influência do misterioso e invisível mestre.

A voz cantava a *Canção de núpcias de Romeu e Julieta*. Raoul viu Christine estender os braços em direção à voz, como havia feito no cemitério da igreja em Perros, para o violino invisível que tocava *A ressurreição de Lázaro*. E nada poderia descrever a paixão com que a voz cantava:

— *O fado liga-me a ti para todo o sempre!*

A melodia atravessou o coração de Raoul. Lutando contra o encanto que parecia privá-lo de toda sua vontade, de toda sua energia e quase toda sua lucidez no momento em que mais delas precisava, conseguiu puxar a cortina que o escondia e foi andando até onde Christine estava. Ela mesma seguia em direção aos fundos do recinto, cuja parede inteira era ocupada por um grande espelho que refletia sua imagem, mas não a dele, pois ele estava logo atrás e inteiramente coberto por ela.

— *O fado liga-me a ti para todo o sempre!*

Christine foi andando em direção à sua imagem no espelho, e esta veio na direção dela. As duas Christines, a verdadeira e seu reflexo, acabaram se tocando, e Raoul esticou os braços para segurar as duas em um só abraço. No entanto, por meio de um milagre estonteante que o fez cambalear, ele foi de súbito lançado para trás, enquanto uma rajada gélida varria sua face; ele viu não duas, mas quatro, oito, vinte Christines girando em volta dele, rindo e fugindo com tamanha rapidez que ele não conseguia tocar em nenhuma delas. Por fim tudo ficou imóvel novamente, e ele viu a si mesmo no espelho, mas Christine desaparecera.

Ele correu até o espelho, chocando-se contra as paredes. Ninguém! Enquanto isso, o quarto ainda ecoava com um distante e apaixonado cantar:

— *O fado liga-me a ti para todo o sempre!*

Para onde, para onde havia ido Christine? Por onde ela haveria de retornar?

Haveria de retornar? Não havia ela declarado a ele que tudo estava acabado? E a voz repetia:

— *O fado liga-me a ti para todo o sempre!*

A mim? A quem?

Então, exausto, derrotado, com a mente vazia, ele sentou-se na cadeira que Christine havia acabado de deixar para trás. Como ela, levou as mãos à cabeça. Quando a levantou, as lágrimas desciam por suas jovens bochechas, lágrimas verdadeiras, pesadas, como aquelas vertidas por crianças ciumentas, lágrimas choradas por uma tristeza que não era de nenhuma forma imaginária, mas comum a todos os amantes na face da Terra, e que ele expressou em voz alta:

— Quem é esse Erik? — disse ele.

CAPÍTULO X
ESQUEÇA O NOME DA VOZ MASCULINA

No dia seguinte ao em que Christine desaparecera diante dos olhos dele em uma espécie de brilho ofuscante que fizera com que duvidasse de seus sentidos, o Visconde de Chagny foi visitar, com o propósito de interrogá-la, Mama Valerius. Ele deparou-se com uma cena encantadora. A própria Christine estava sentada ao lado da cama da velha dama, que estava sentada ali, junto aos travesseiros, tricotando. O branco e o cor-de-rosa haviam retornado às bochechas da jovem. As olheiras escuras em volta de seus olhos haviam desaparecido. Raoul não mais reconhecia a face trágica do dia anterior. Se o véu da melancolia sobre aquelas adoráveis feições ainda não estivesse aparecendo para o jovem homem como o último traço do estranho drama com cujos labores aquela misteriosa criança estava lutando, ele poderia ter acreditado que Christine não era nem um pouco sua heroína.

Ela levantou-se sem demonstrar nenhuma emoção e ofereceu sua mão a ele. No entanto, o assombro de Raoul foi tão grande que ele só ficou lá parado, pasmado, sem fazer nenhum gesto, sem dizer nenhuma palavra.

— Bem, Sr. de Chagny — exclamou Mama Valerius —, o senhor não conhece mais nossa Christine? O bom gênio dela enviou-a de volta para nós!

— Mama! — interpôs-se a moça prontamente, enquanto um profundo rubor a fazia corar por inteiro. — Eu achei, mama, que não se falaria mais nisso... A senhora sabe que não existe isso de Anjo da Música!

— Mas, criança, ele lhe deu aulas por três meses!

— Mama, eu prometi explicar à senhora tudo um dia desses, e espero fazê-lo, mas a senhora me prometeu que até lá ficaria em silêncio quanto a isso e não me faria mais nenhuma pergunta que fosse!

— Contanto que você me prometesse nunca mais me deixar! Mas você fez tal promessa, Christine?

— Mama, tudo isso pode não ser de interesse do Sr. de Chagny.

— Pelo contrário, senhorita — disse o jovem, em uma voz que ele tentava manter firme e valente, mas que ainda tremia —, qualquer coisa que lhe diga respeito é do meu interesse, a tal ponto que talvez um dia você haverá de entender. Eu não nego que minha surpresa é igual ao meu prazer em encontrá-la junto de sua mãe adotiva e que, depois do que se sucedeu ontem entre nós, depois do que você disse e do que consegui adivinhar, eu não esperava vê-la aqui tão cedo. Eu deveria ser o primeiro a deleitar-me com seu retorno, se a senhorita não estivesse tão firme nisso de preservar um segredo que lhe pode ser fatal... e sou seu amigo há tempo demais para não ficar alarmado, junto com a Sra. Valerius, com uma aventura desastrosa que continuará sendo perigosa enquanto não tivermos desatado seus fios, e da qual você certamente haverá de acabar sendo a vítima, Christine.

Com essas palavras, Mama Valerius agitou-se em sua cama.

— O que isso quer dizer? — ela perguntou. — Christine está em perigo?

— Sim, madame — disse Raoul, com coragem, a despeito dos sinais que Christine fazia para ele.

— Meu Deus! — exclamou a boa, simplória e velha senhora, ofegante. — Você tem de me contar tudo, Christine! Por que tentou me tranquilizar? E que perigo é esse, Sr. de Chagny?

— Um impostor está abusando da boa-fé dela.

— O Anjo da Música é um impostor?

— Ela mesma lhe disse que não existe nenhum Anjo da Música.

— Mas então o que é, em nome dos Céus? Vocês vão me matar com esse suspense!

— Existe um terrível mistério que nos cerca, senhora, em volta da senhora, em volta de Christine, um mistério que deve ser mais temido do que quaisquer inúmeros fantasmas ou gênios!

Mama Valerius virou um rosto aterrorizado para Christine, que já correra até sua mãe adotiva e a segurava em seus braços.

— Não acredite nele, mamãe, não acredite nele — ela repetiu.

— Então me diga que você nunca irá embora de novo — implorou a viúva.

Christine ficou em silêncio, e Raoul recomeçou.

— É isso que você deve prometer, Christine. É a única coisa que pode tranquilizar a sua mãe e a mim. Nós não lhe faremos nenhuma pergunta que seja sobre o passado se prometer permanecer sob nossa proteção no futuro.

— Esse é um compromisso que não lhe pedi e uma promessa que me recuso a fazer! — disse a jovem moça, em um tom arrogante. — Eu sou dona das minhas próprias ações, Sr. de Chagny: o senhor não tem nenhum direto de controlá-las, e eu lhe rogo que desista disso daqui por diante. Em relação ao que eu fiz nas últimas duas semanas, só existe um homem no mundo que tem o direito de exigir que eu preste a ele contas dos meus atos: meu marido! Bem, eu não tenho um marido e pretendo nunca me casar!

Ela lançou as mãos à frente para enfatizar suas palavras, e Raoul empalideceu, não somente por causa das palavras dela, mas porque avistou um anel de ouro no dedo de Christine.

— A senhorita não tem marido e, ainda assim, usa uma aliança.

Ele tentou agarrar a mão dela, mas ela rapidamente a puxou de volta.

— Isso é um presente! — disse ela, ruborizando mais uma vez e, em vão, lutando para ocultar seu embaraço.

— Christine! Visto que você não tem um marido, esse anel só pode ter sido dado por alguém que nutre esperanças de fazer de você sua esposa! Por que nos enganar ainda mais? Esse anel é uma promessa, e a promessa foi aceita!

— Foi isso que eu falei! — exclamou a velha dama.

— E o que foi que ela disse, madame?

— Não é da sua conta — disse Christine, exasperada. — Não acha, meu senhor, que este interrogatório já durou tempo demais? No que me diz respeito...

Raoul ficou com medo de deixá-la terminar seu discurso e interrompeu-a:

— Peço-lhe desculpas pelo modo como me expressei, senhorita. Você conhece as boas intenções que me fazem me meter, agora mesmo, em questões que, sem sombra de dúvida, a senhorita acha que não têm nada a ver comigo. No entanto, permita-me dizer-lhe o que eu vi... e vi mais do que você suspeita, Christine... ou acho que vi, pois, para lhe falar a verdade, às vezes fiquei inclinado a duvidar de meus próprios olhos.

— Bem, o que foi que você viu, senhor, ou acha que viu?

— Eu vi seu êxtase com o som da voz, Christine: a voz que vinha da parede ou do aposento ao lado do seu... sim, seu êxtase! E foi isso que me deixou alarmado por você. Você está sob um feitiço muito perigoso. E, ainda assim, parece estar ciente da impostura, pois disse hoje que *não existe nenhum Anjo da Música*! Neste caso, Christine, por que o acompanhou, daquela vez? Por que ficou lá, com as feições radiantes, como se realmente estivesse ouvindo anjos? Ah, trata-se de uma voz muito perigosa, Christine, pois eu mesmo, quando a ouvi, fiquei fascinado a ponto de você desaparecer diante dos meus olhos sem que eu visse por qual caminho passou! Christine, Christine, em nome dos Céus, em nome do seu pai que está no Céu agora e que a amava tanto e que me amava também, conte-nos, conte à sua benfeitora e a mim, a quem pertence aquela voz? Se fizer isso, nós a salvaremos, mesmo que você não queira. Vamos, Christine, o nome do homem! O nome do homem que teve a audácia de colocar uma aliança no seu dedo!

— Sr. de Chagny — declarou a moça com frieza —, o senhor nunca haverá de saber!

Em seguida, vendo a hostilidade com que sua protegida falara com o visconde, de repente, Mama Valerius tomou o partido de Christine.

— E, se ela realmente ama este homem, Sr. Visconde, até mesmo então, isso não é da sua conta!

— Ai de mim, senhora — respondeu-lhe humildemente Raoul, incapaz de conter suas lágrimas. — Ai de mim, eu creio que Christine realmente o ame... Mas não é somente isso que me leva ao desespero, pois do que não estou certo, senhora, é de que o homem que ela ama seja digno de seu amor!

— Julgar isso só cabe a mim, meu senhor! — disse ela, olhando com raiva para a face dele.

— Quando um homem — continuou falando Raoul — adota tais métodos românticos para incitar os afetos de uma jovem moça...

— Ou o homem é um vilão, ou a moça é uma tola: é isso?

— Christine!

— Raoul, por que condena um homem que nunca viu, que ninguém conhece e sobre o qual o senhor mesmo não sabe nada?

— Sim, Christine... Sim... Eu pelo menos sei o nome que você achou que manteria em segredo eternamente. O nome do seu Anjo da Música, senhorita, é Erik!

De imediato, Christine traiu-se. Ela ficou tão branca quanto papel e disse, gaguejando:

— Quem lhe disse isso?

— Você mesma!

— Como assim?

— Ao se apiedar dele na outra noite, na noite do baile de máscaras. Quando foi até seu camarim, você não disse "Pobre Erik"? Bem, Christine, havia um pobre Raoul lá que acabou ouvindo o que você disse.

— Essa é a segunda vez que o senhor estava ouvindo atrás da porta, Sr. de Chagny!

— Eu não estava atrás da porta... Eu estava dentro do camarim, no banheiro, senhorita.

— Ah, que homem infeliz! — gemeu a moça, mostrando todos os sinais de um terror indizível. — Homem infeliz! Você deseja morrer?

— Talvez.

Raoul proferiu esse "talvez" com tanto amor e desespero em sua voz que Christine não conseguiu conter um soluço. Ela pegou as mãos dele e o olhou com todo o puro afeto do qual era capaz:

— Raoul — disse ela —, esqueça *a voz masculina* e nem mesmo se lembre de seu nome... Você não deve tentar compreender a fundo o mistério da *voz masculina*.

— Esse mistério é assim tão terrível?

— Não existe nenhum mistério mais terrível do que este na face da Terra. Jure para mim que não fará nenhuma tentativa de descobrir isso — insistiu ela. — Jure que nunca haverá de vir até meu camarim, a menos que eu mande chamá-lo.

— Então você promete mandar me chamar às vezes, Christine?

— Prometo.

— Quando?

— Amanhã.

— Então eu juro que farei o que você me pediu.

Ele beijou as mãos dela e foi-se embora, amaldiçoando Erik e determinado a ser paciente.

CAPÍTULO XI
ACIMA DOS ALÇAPÕES

No dia seguinte, ele viu-a na Ópera. Ela ainda usava a aliança dourada. Ela foi bondosa e gentil. Conversou com ele sobre os planos que ele estava formando, de seu futuro, de sua carreira. Ele falou que a data da expedição polar havia sido adiantada e que deixaria a França dentro de três semanas, ou pelo menos dentro de um mês. Ela sugeriu, quase feliz, que ele deveria esperar pela viagem com deleite, como um estágio em direção à sua fama vindoura. E, quando ele respondeu que a fama sem amor não tinha nenhum atrativo a seus olhos, ela tratou-o como uma criança cujas tristezas duram muito pouco.

— Como você pode falar de forma tão leviana sobre coisas tão sérias? — perguntou a ela. — Talvez nós nunca nos vejamos de novo! Eu posso morrer durante essa expedição.

— Ou eu posso morrer — disse ela, com simplicidade.

Ela não estava mais sorrindo, nem brincando. Parecia pensar em alguma coisa nova, que entrara em sua mente pela primeira vez. Seus olhos estavam brilhantes.

— No que você está pensando, Christine?

— Estou pensando que não nos veremos de novo...

— E isso a deixa assim tão radiante?

— E que, dentro de um mês, nós teremos de nos despedir um do outro para sempre!

— A menos que, Christine, empenhemos nossa fé e esperemos um pelo outro para sempre.

Ela levou a mão à boca dele.

— Shhhhh, Raoul! Você sabe que não se trata disso... E que nunca nos casaremos: isso está entendido!

Ela pareceu, de repente, quase incapaz de conter uma alegria esmagadora. Bateu palmas com um júbilo infantil. Raoul fitou-a, pasmado.

— Mas... mas — continuou ela a dizer, estendendo suas duas mãos a ele, ou melhor, dando-as a ele, como se tivesse, repentinamente, resolvido presenteá-lo com elas —, mas, se não podemos nos casar, nós podemos... podemos ficar noivos! Ninguém haverá de saber disso além de nós dois, Raoul. Houve muitos casamentos secretos, por que não um noivado secreto? Nós estamos noivos, meu querido, por um mês! Dentro de um mês, você irá embora, e eu poderei ser feliz pela minha vida toda só de pensar nesse mês!

Ela estava encantada com sua inspiração. Então ficou séria novamente.

— Essa — disse ela — *é uma felicidade que não fará mal a ninguém.*

Raoul abraçou a ideia. Curvou-se em reverência diante de Christine e disse:

— Senhorita, eu tenho a honra de pedir sua mão.

— Oras, você tem a ambas já, meu querido noivo! Ah, Raoul, o quão felizes nós seremos! Devemos brincar de estarmos noivos o dia todo!

Esse era o mais belo jogo do mundo, e eles desfrutaram-no como as crianças que eram. Ah, os maravilhosos discursos que fizeram um para o outro e os votos eternos que trocaram! Eles brincavam de coração como outras crianças poderiam jogar bola, só que, visto que eram realmente os corações deles que eram jogados de um lado para o outro, tinham de ser muito, muito habilidosos para pegá-los, de cada vez, sem os machucar.

Um dia, cerca de uma semana depois que o jogo teve início, o coração de Raoul estava muito ferido, então, ele parou de brincar e proferiu as seguintes palavras selvagens:

— Não irei ao Polo Norte!

Christine, em sua inocência, não tendo sonhado com essa possibilidade, de súbito descobriu o perigo do jogo e censurou a si mesma com amargura. Ela não disse nenhuma palavra em resposta ao comentário de Raoul e foi direto para casa.

Isso aconteceu à tarde, no camarim da cantora, onde eles se encontravam todos os dias e se divertiam jantando três biscoitos, bebendo duas taças de vinho do Porto e com um punhado de violetas. À noite, ela não cantou, e ele não recebeu sua carta, como de costume, embora tivessem combinado de escrever um para o outro diariamente durante aquele mês. Na manhã seguinte, foi correndo ter com Mama Valerius, que lhe disse que Christine se ausentaria por dois dias. Ela saíra às cinco horas no dia anterior.

Raoul estava consternado. Ele odiava Mama Valerius por lhe dar tais notícias com tamanha e espantosa calma. Ele tentou sondá-la, mas era óbvio que a velha dama de nada sabia.

Christine voltou no dia seguinte. Retornou em triunfo. Renovou seu extraordinário sucesso da apresentação da noite de gala. Desde a aventura do "sapo", Carlotta não tinha sido capaz de aparecer no palco novamente. O terror de um novo coaxo enchia seu coração e privava-a de todo seu poder de cantar, e o teatro que havia testemunhado sua incompreensível desgraça havia se tornado odioso para ela, que conseguira cancelar seu contrato. A vaga foi oferecida a Daaé pela primeira vez. Ela recebeu trovejantes aplausos em *A Judia*.

O visconde, é claro, estava presente, e era o único a sofrer ao ouvir os milhares de ecos desse novo triunfo, pois Christine ainda usava sua aliança de ouro. Uma voz distante sussurrou ao ouvido do jovem rapaz:

— Ela está usando a aliança de novo, essa noite, e você não deu essa aliança a ela. Ela deu a alma novamente essa noite, e não a você... Se ela não vai lhe contar o que andou fazendo nos dois últimos dias... você deve perguntar isso ao Erik!

Raoul correu para os bastidores e colocou-se no caminho dela, que o viu, pois seus olhos estavam procurando por ele, e disse:

— Rápido! Rápido! Venha!

E ela o arrastou para seu camarim.

De imediato, Raoul prostrou-se de joelhos diante dela. Ele jurou a Christine que haveria de partir e implorou a ela que nunca mais retivesse uma única hora que fosse da felicidade ideal que ela havia lhe prometido. Ela deixou suas lágrimas fluírem. Eles beijaram-se como um irmão e uma irmã desesperados que tivessem sido atingidos por uma perda em comum e se encontravam para sofrer com o luto de um parente morto.

De repente, ela se soltou do suave e tímido abraço do jovem, parecendo ouvir alguma coisa e, com um gesto rápido, apontou para a porta. Quando ele estava na porta, ela disse, em um tom de voz tão baixo que o visconde mais adivinhou do que ouviu as palavras:

— Amanhã, meu querido noivo! E fique feliz, Raoul: nessa noite eu cantei para você!

Ele voltou no dia seguinte, mas aqueles dois dias de ausência haviam quebrado o encanto de seu deleitoso faz de conta. No camarim, eles olharam um para o outro com os olhos tristes, sem trocar nenhuma palavra. Raoul teve de conter-se para não gritar "Estou com ciúmes! Estou com ciúmes! Estou com ciúmes!".

No entanto, ela ouviu as palavras mesmo assim. Então disse:
— Vamos dar uma volta, querido. O ar lhe fará bem.

Raoul achou que ela fosse propor um passeio no interior, longe daquele prédio que ele detestava como se fosse uma prisão, cujo carcereiro ele podia sentir caminhando dentro das paredes... o carcereiro Erik... No entanto, ela o levou para o palco e fez com que se sentasse no parapeito de um poço, na duvidosa paz e frieza de um primeiro cenário preparado para o espetáculo da noite.

Em outro dia, ela ficou vagando com ele, de mãos dadas, ao longo de trilhas desertas de um jardim cujas trepadeiras haviam sido cortadas pelas mãos habilidosas de um decorador. Era quase como se o céu de verdade, as flores de verdade, a terra de verdade fossem a ela proibidos para todo o sempre, e ela estivesse condenada a não respirar nenhum outro ar que não o do teatro. De vez em quando, passava um bombeiro, zelando de longe pelo idílio melancólico dos dois. E ela o arrastava para o céu do teatro, na magnífica desordem do urdimento, onde adorava deixá-lo tonto correndo na frente dele ao longo das frágeis passarelas, em meio às milhares de cordas amarradas às polias, aos guindastes e às roldanas, no meio de uma floresta regular de vergas e mastros. Se ele hesitasse, ela dizia, com um adorável biquinho nos lábios:

— Você, um marinheiro!

E então eles voltavam à terra firme, quer dizer, a alguma passagem que dava para a escola de dança das meninas pequenas, onde fedelhas entre seis e dez anos de idade praticavam seus passos na esperança de se tornarem grandes dançarinas um dia, "cobertas de diamantes...". Até lá, em vez de diamantes, Christine dava-lhes doces.

Ela levou-o até o guarda-roupa e a salas de utilidades, por todo seu império, que era artificial, mas imenso, cobrindo dezessete andares do térreo até o teto, e habitado por um exército de súditos. Ela movia-se por entre eles como uma rainha popular, encorajando-os em seus labores, sentando-se nas oficinas, distribuindo conselhos aos trabalhadores cujas mãos hesitavam em cortar os ricos tecidos que deveriam vestir os heróis. Havia habitantes daquele país que praticavam todos os tipos de comércios. Havia sapateiros, ourives. Todos eles haviam aprendido a conhecê-la e amá-la, pois ela sempre se interessava por todos os seus problemas e pequenos hobbies.

Ela sabia de cantos insuspeitos que eram secretamente ocupados por casais de velhinhos. Batia à porta deles e apresentava-lhes Raoul como um Príncipe Encantado que pedira sua mão em casamento, e eles dois, sentados em alguma "propriedade" antiquada, ouviam as lendas da Ópera como, em sua infância, eles haviam ouvido as antigas histórias bretãs. Aquelas pessoas velhas não se lembravam de nada que se passara fora da Ópera. Ela tinha vivido lá durante incontáveis anos. Diretorias antigas haviam se esquecido deles, a história da França seguira seu rumo sem conhecimento dela, e ninguém se lembrava de sua existência.

Os preciosos dias passaram desse jeito, e Raoul e Christine, tendendo a ter um interesse excessivo em questões externas, esforçavam-se inabilmente para esconder um do outro os pensamentos de seus corações. Um fato era certo, de que ela, que até então havia se mostrado a mais forte dos dois, tornara-se, de súbito, indescritivelmente nervosa. Quando estavam em suas expedições, ela começava a correr sem motivo ou então parava de repente, e sua mão, ficando fria como gelo, segurava o jovem. Às vezes, os olhos dela pareciam perseguir sombras imaginárias. Ela gritava: "Por aqui", e "Por ali", e "Por aqui", rindo uma risada sem fôlego que com frequência terminava em lágrimas. Então Raoul tentava falar, tentava questioná-la, apesar de suas promessas. No entanto, até mesmo antes que ele tivesse proferido sua pergunta, ela respondia, de um modo febril:

— Nada... eu juro que não é nada.

Uma vez, quando estavam passando diante de um alçapão aberto no palco, Raoul parou acima da cavidade escura.

— Você me mostrou a parte superior de seu império, Christine. No entanto, estranhas histórias são contadas sobre a parte de baixo. Vamos descer?

Ela pegou-o nos braços, como se temesse que ele fosse desaparecer pelo buraco negro, e sussurrou, em uma voz trêmula:

— Nunca! Eu não deixarei que você vá até lá! Além disso, não me pertence... *Tudo que está no subsolo pertence a ele!*

Raoul olhou nos olhos dela e disse, em um tom rude:

— Então ele mora lá embaixo, não é?

— Eu nunca disse isso... Quem lhe disse uma coisa dessas? Vamos embora! Às vezes, eu me pergunto se você é bem são da cabeça, Raoul... Você sempre leva as coisas de um jeito tão impossível... Venha! Vamos!

E ela literalmente o arrastou para longe dali, pois ele estava obstinado e queria permanecer perto do alçapão: aquele buraco o atraía.

De repente, o alçapão foi fechado e tão rapidamente que eles nem mesmo viram a mão que fizera isso, e permaneceram um tanto quanto atordoados.

— Talvez *ele* estivesse ali — disse Raoul, por fim.

Ela deu de ombros, mas isso não parecia ser fácil.

— Não, não. São os "fechadores de alçapões". Eles têm de fazer alguma coisa, sabe... Eles abrem e fecham as portas dos alçapões sem nenhum motivo em particular... É como os "fechadores de portas": eles têm de passar o tempo de alguma forma.

— Mas suponha que fosse *ele*, Christine?

— Não, não! Ele se trancou, ele está trabalhando.

— Ah, é mesmo? Ele está trabalhando, não está?

— Sim, ele não pode abrir e fechar os alçapões e trabalhar ao mesmo tempo.

Ela estremeceu.

— No que ele está trabalhando?

— Ah, em uma coisa terrível... Mas assim é melhor para nós... Quando ele está trabalhando naquilo, nada vê, não come, não bebe, nem respira durante dias e noites a fio... Ele torna-se um morto-vivo e não tem tempo para se divertir com os alçapões.

Ela estremeceu de novo. Ela ainda estava segurando Raoul em seus braços. Então soltou um suspiro e disse, por sua vez:

— Suponhamos que tivesse sido ele!

— Você tem medo dele?

— Não, não, é claro que não — disse ela.

Não obstante, no dia seguinte e nos dias que se seguiram, Christine tomou cuidado para evitar os alçapões. Conforme o tempo passava, sua agitação só aumentava. Por fim, certa tarde, ela chegou atrasada, com a face tão desesperadamente pálida e os olhos tão desesperadamente vermelhos que Raoul resolveu ir até todos os extremos, inclusive aquele que havia prenunciado quando falou sem pensar que não iria para a expedição ao Polo Norte a menos que ela primeiramente lhe contasse o segredo da voz masculina.

— Shhhhh! Quieto! Em nome dos Céus! Imagine se ele o ouve, seu infeliz Raoul!

E Christine fitava com olhos selvagens tudo a seu redor.

— Vou tirá-la do domínio dele, Christine, juro que vou. E você não deverá mais pensar nele.

— Isso é possível?

Ela permitiu-se essa dúvida, que era um encorajamento, enquanto arrastava o jovem até o andar mais alto do teatro, longe, muito longe dos alçapões.

— Haverei de escondê-la em algum canto desconhecido do mundo, onde ele não poderá procurar por você. Você ficará a salvo, e então irei embora... visto que você jurou que nunca vai se casar.

Christine tomou as mãos de Raoul e apertou-as com incrível êxtase. Porém, subitamente alarmada de novo, ela virou a cabeça.

— Mais alto! — foi tudo o que disse. — Mais alto ainda!

Ela arrastou-o para cima, em direção ao ponto mais alto.

Ele estava tendo dificuldades em acompanhá-la. Logo eles estavam embaixo do próprio telhado, em um labirinto de vigas de madeira. Eles deslizavam pelos esteios, pelos caibros, pelas colunas de sustentação; corriam de uma viga à outra como poderiam ter corrido de árvore em árvore em uma floresta.

E, apesar do cuidado com que ela olhava para trás a todo momento, ela não viu uma sombra que a seguia como se fosse sua própria, que parava quando ela parava, que começava a andar novamente quando ela o fazia e que não fazia mais barulho do que uma sombra bem conduzida faria. Quanto a Raoul, ele também não viu nada, pois, quando Christine estava à sua frente, nada lhe interessava o que acontecesse atrás.

CAPÍTULO XII
A LIRA DE APOLO

Desse modo, eles chegaram ao telhado. Christine caminhava com leveza por ali como uma andorinha. Ela varria com os olhos o espaço vazio entre os três domos e o frontão triangular. Respirava livremente sobre Paris, cujo vale inteiro podia ser visto trabalhando lá embaixo. Christine chamou Raoul para que se aproximasse mais dela, e eles caminharam lado a lado ao longo de ruas de zinco, avenidas de chumbo; olhavam para suas formas gêmeas nos imensos tanques, cheios de água parada, nos quais, quando estava calor, uns vinte menininhos do balé aprendiam a nadar e mergulhar.

A sombra os havia seguido, prendendo-se a suas passadas, e as duas crianças pouco suspeitavam de sua presença quando, por fim, sentaram-se, sob a poderosa proteção de Apolo, o qual, com um grande gesto de bronze, erguia sua imensa lira para o coração de um céu carmesim.

Era uma linda noite de primavera. Nuvens que haviam acabado de receber seu manto diáfano dourado e púrpura do sol que se punha passavam por eles, e Christine disse a Raoul:

— Logo nós iremos mais longe e mais rápido do que as nuvens, até o fim do mundo, e então, você me deixará, Raoul. No entanto, se, quando chegar o momento de me levar embora, eu me recusar a ir... Bem, você deverá me levar à força!

— Você está com medo de mudar de ideia, Christine?

— Eu não sei — disse ela, balançando a cabeça de um jeito estranho. — Ele é um demônio! — E ela estremeceu e aninhou-se nos braços dele com um gemido. — Eu tenho medo de voltar a viver com ele... na Terra!

— O que a compele a voltar?

— Se eu não voltar para ele, terríveis tragédias podem acontecer... Mas eu não consigo fazer isso! Eu sei que as pessoas deveriam sentir pena dos que vivem no subterrâneo... Mas ele é horrível demais! E, ainda assim, a hora está chegando, eu tenho somente mais um dia. Se eu não for, ele virá me buscar com sua voz. E ele me arrastará com ele para debaixo do solo e ficará de joelhos diante de mim, com sua caveira. E ele dirá que me ama! E chorará! Ah, aquelas lágrimas, Raoul, aquelas lágrimas nas órbitas pretas da caveira! Eu não consigo ver aquelas lágrimas caindo novamente!

Ela apertou as mãos, angustiada, enquanto Raoul a pressionava junto de seu coração.

— Não, não, você nunca haverá de novamente ouvi-lo dizer que a ama! Não verá as lágrimas dele! Vamos fugir, Christine, vamos fugir imediatamente!

E ele tentou arrastá-la para longe, naquele exato momento e lugar. Mas ela o impediu.

— Não, não — disse ela, balançando a cabeça com tristeza. — Não agora!... Seria muito cruel... deixe que ele me ouça cantar amanhã à noite. E, então, nós fugiremos. Você deve vir me buscar no meu camarim exatamente à meia-noite. Ele estará esperando por mim na sala de jantar, perto do lago... Nós estaremos livres, e você deverá me levar embora. Você deve me prometer isso, Raoul, até mesmo se eu recusar... pois eu sinto que, se eu voltar dessa vez, talvez nunca haverei de retornar.

E ela soltou um suspiro para o qual lhe pareceu que outro, atrás dela, veio em resposta.

— Você ouviu isso?

Os dentes dela batiam.

— Não — disse Raoul —, eu não ouvi nada.

— Isso é terrível demais — confessou ela —, estar sempre tremendo dessa forma! E, ainda assim, nós não corremos nenhum perigo aqui; estamos em casa, no Céu, a céu aberto, na luz. O sol está flamejante, e os pássaros noturnos não conseguem suportar olhar para ele. Eu nunca o vi à luz do dia... Deve ser terrível. Ah, a primeira vez em que o vi! Eu achei que ele fosse morrer.

— Por quê? — perguntou Raoul, realmente assustado com o aspecto que essa estranha confidência estava assumindo.

— *Porque eu o tinha visto!*

Dessa vez, Raoul e Christine viraram-se ao mesmo tempo:

— Tem alguém sentindo dor — disse Raoul. — Talvez alguém tenha se ferido. Você ouviu?

— Não sei dizer — confessou Christine. — Até mesmo quando ele não está aqui, meus ouvidos ficam cheios dos seus suspiros. Ainda assim, se você ouviu...

Eles levantaram-se e olharam ao seu redor. Estavam bem sozinhos no imenso telhado de chumbo. Sentaram-se novamente, e Raoul disse:

— Conte-me como foi que você o viu pela primeira vez.

— Eu o havia ouvido por três meses sem vê-lo. Da primeira vez em que o ouvi, eu pensei, como você, que aquela voz adorável estivesse cantando em algum outro aposento. Saí e procurei por toda parte, mas, como você sabe, meu camarim é muito isolado, e não consegui encontrar a voz do lado de fora, embora continuasse cantando diligentemente lá dentro. E ela não só cantava, como falava comigo e respondia às minhas perguntas, como a voz de um homem de verdade, com a diferença de que se tratava de uma voz tão bela quanto a de um anjo. Eu nunca ouvira o Anjo da Música que meu pobre pai havia prometido enviar até mim quando estivesse morto. Eu realmente acho que Mama Valerius tem um pouco de culpa nisso. Contei a ela sobre a voz, e ela disse, de imediato: "Deve ser o Anjo; de qualquer forma, não há mal nenhum em perguntar isso a ele". Fiz isso, e a voz respondeu que, sim, era o Anjo, a voz pela qual eu estava esperando e que meu pai havia me prometido. Daquele momento em diante, a voz e eu nos tornamos grandes amigos. Ele pediu permissão para me dar aulas todos os dias. Concordei e nunca deixei de estar presente nas aulas que ele me dava no meu camarim. Você não faz a mínima ideia, embora tenha ouvido a voz, de como eram as aulas.

— Não, não faço a mínima ideia — disse Raoul. — Qual era seu acompanhamento?

— Nós éramos acompanhados por uma música que desconheço: vinha detrás da parede e era maravilhosamente precisa. A voz parecia entender a minha com exatidão, saber exatamente onde meu pai havia parado em meus ensinos. Dentro de uma semana, eu mal me reconhecia, quando cantava. Fiquei até mesmo amedrontada. Eu temia que houvesse algum tipo de feitiçaria por trás disso, mas Mama Valerius me tranquilizou. Ela disse que sabia que eu era uma moça simplória demais para deixar que o diabo me influenciasse... Meu progresso, por ordem da própria voz, foi mantido em segredo entre a voz, Mama Valerius e eu mesma. Era uma coisa curiosa, mas, do lado de fora do camarim, eu cantava com minha voz ordinária, de todos os dias, e ninguém notava nada. Eu fiz tudo que a voz me pediu. A voz disse: "Espere e verá: haveremos de deixar Paris pasmada!". E eu esperei e vivia em uma espécie de sonho arrebatador. Foi então que vi você pela primeira vez, certa noite, na casa. Eu estava tão feliz que em momento algum pensei em esconder meu deleite quando cheguei ao meu camarim. Infelizmente, a voz estava lá diante de mim e logo notou, pelo meu ar, que alguma coisa tinha acontecido. A voz me perguntou o que tinha acontecido, e eu não vi nenhum motivo para manter nossa história em segredo, nem para esconder o lugar que você ocupava no meu coração. Então a voz ficou em silêncio. Chamei-a, mas ela não me respondeu. Implorei e suppliquei, mas foi em vão. Fiquei aterrorizada, pensando que tivesse ido embora para sempre. Eu desejo pelos Céus que tivesse ido, meu querido! Naquela noite, fui para casa em uma condição desesperada. Contei o acontecido a Mama Valerius, que disse: "Oras, é claro que a voz está com ciúmes!". E isso, meu querido, foi o que me revelou que eu amava você.

Christine parou e deitou a cabeça no ombro de Raoul. Eles ficaram lá sentados assim por um instante, em silêncio, e não viram, não perceberam o movimento a uns poucos passos deles, da sombra que se insinuava, uma sombra de duas grandes asas pretas, que vinha passando pelo telhado, tão próxima deles que poderia tê-los sufocado fechando-se sobre eles.

— No dia seguinte — prosseguiu Christine, com um suspiro —, eu voltei ao meu camarim em um estado de espírito muito pensativo. A voz estava lá, falou comigo com grande tristeza e me disse simplesmente o seguinte: que, se eu concedesse a alguém na Terra meu coração, não havia nada que ela pudesse fazer senão voltar ao Céu. E disse isso com uma inflexão de tamanha tristeza *humana* que eu deveria ter suspeitado desde então e começado a acreditar que eu era vítima dos meus sentidos iludidos. Porém, minha fé na voz, com a qual a memória de meu pai estava tão intimamente ligada, permanecia intacta. Eu não temia nada tanto quanto a possibilidade de nunca mais poder ouvi-la, pensei em meu amor por você e percebi todo o perigo inútil que havia nele, e eu nem mesmo sabia se você se lembrava de mim. O que quer que acontecesse, sua posição na sociedade me proibia de contemplar a possibilidade de algum dia me casar com você, e jurei para a voz que você não passava de um irmão para mim e que nunca passaria disso e que meu coração era incapaz de ter qualquer amor mundano. E foi por isso, meu querido, que eu me recusei a reconhecê-lo ou vê-lo quando cruzávamos um com o outro no palco ou nos corredores. Nesse ínterim, as horas durante as quais a voz me dava aulas passavam em um frenesi divino, até que, por fim, a voz disse a mim: "Agora, Christine Daaé, você pode dar aos homens um pouco da música do Céu". Eu não sei como foi que Carlotta não veio até o teatro naquela noite, nem por que fui chamada para cantar no lugar dela, mas cantei com um arrebatamento que nunca tinha conhecido antes e senti, por um instante, como se minha alma estivesse saindo do meu corpo!

— Ah, Christine — disse Raoul —, meu coração tremeu naquela noite, a cada inflexão de sua voz. Eu vi as lágrimas rolarem por suas bochechas e chorei com você. Como você conseguia cantar daquele jeito, enquanto estava chorando?

— Eu senti que ia desmaiar — disse Christine — e fechei os olhos. Quando os abri, você estava ao meu lado. Mas a voz também estava lá, Raoul! Fiquei com medo pelo seu bem e, mais uma vez, eu não o reconheci e comecei a dar risada quando você me lembrou de que tinha pegado minha echarpe no mar... Ai de mim, não há como enganar a voz! A voz reconheceu você e ficou com ciúmes... Ela disse que, se eu não amava você, não deveria evitá-lo, mas deveria tratá-lo como a qualquer velho amigo. Ele fez uma cena atrás da outra. Por fim, eu disse à voz: "Já chega! Amanhã eu vou a Perros para rezar no túmulo de meu pai e pedirei que o Sr. Raoul de Chagny vá comigo". "Faça como quiser", respondeu-me a voz, "mas irei a Perros também, pois estou onde quer que você esteja, Christine. E, se você ainda for digna de mim, se não tiver mentido para mim, tocarei para você *A ressurreição de Lázaro* ao badalar da meia-noite, no túmulo de seu pai e no violino dele." Foi assim, meu querido, que vim a lhe escrever a carta que o levou a Perros. Como eu pude ser tão enganada? Como foi que, quando eu vi o ponto de vista pessoal e egoísta da voz, não suspeitei de alguma impostura? Ai de mim, eu não era mais dona de mim mesma: eu havia me tornado um joguete dele!

— Mas, no fim das contas — disse Raoul —, você logo veio a ter conhecimento da verdade! Por que não se livrou imediatamente desse abominável pesadelo?

— Conhecimento da verdade, Raoul? Livrar-me daquele pesadelo? Mas, meu pobre rapaz, eu não estava presa ao pesadelo até o dia em que fiquei sabendo da verdade! Tenha piedade de mim, Raoul, tenha piedade de mim... Você se lembra da noite terrível em que Carlotta achou que havia sido transformada em um sapo no palco e de quando a casa repentinamente mergulhou em trevas com o candelabro caindo e espatifando-se no chão? Houve mortos e feridos naquela noite, e todo o teatro reverberava com gritos aterrorizados. Primeiramente pensei em você e na voz. Fiquei imediatamente tranquila, em relação a você, pois o vira no camarote do seu irmão e sabia que você não corria perigo. Mas a voz me disse que estaria na apresentação, e eu estava realmente com medo disso, exatamente como se a voz fosse uma pessoa comum que pudesse morrer. Pensei comigo mesma: "O candelabro pode ter caído em cima da voz". Então eu estava no palco e estava quase indo correndo para dentro da casa, para procurar pela voz em meio aos mortos e feridos, quando pensei que, se a voz estivesse a salvo, haveria de estar no meu camarim, e fui correndo para os meus aposentos. Ela não estava lá. Tranquei a porta e, com lágrimas nos olhos, supliquei que, se a voz ainda estivesse viva, se manifestasse para mim. Ela não me respondeu, mas, de súbito, ouvi uma longa e bela lamúria que eu bem conhecia. Tratava-se do lamento de Lázaro, quando, ao ouvir o som da voz do

Redentor, começa a abrir os olhos e vê a luz do dia. Foi a música que tanto eu quanto você, Raoul, ouvimos em Perros. E, então, a voz começou a cantar a frase principal: "Venha! E acredite em mim! Aquele que em mim acreditar haverá de viver! Ande! Aquele que em mim acreditou nunca haverá de morrer!"... Eu não consigo lhe dizer como foi o efeito que aquela música teve em mim. Parecia comandar-me, pessoalmente, para ir, para me levantar e ir até a voz. Ela recuava e eu a seguia. "Venha! E acredite em mim!" Eu acreditei na voz, eu fui... eu fui, e, essa foi a coisa extraordinária, meu camarim, enquanto eu me movia, parecia ficar mais longo... mais longo... Evidentemente deve ter sido um efeito dos espelhos, pois eu estava com o espelho à minha frente. E, de súbito, eu estava do lado de fora do camarim, sem saber como fizera isso!

— O quê? Sem saber como? Christine, você realmente deve parar de sonhar!

— Eu não estava sonhando, meu querido, eu estava do lado de fora do meu quarto sem saber como isso acontecera. Você, que me viu desaparecer do meu quarto certa noite, pode conseguir explicar isso, mas eu não consigo. Posso apenas lhe dizer que, de repente, não havia mais nenhum espelho na minha frente e nenhum camarim. Eu estava em uma passagem escura, assustada, e gritei. Estava escuro, exceto por um brilho vermelho em um canto distante da parede. Gritei. Minha voz era o único som, pois a cantoria e o violino tinham parado. E, de repente, alguém colocou a mão em mim... ou melhor, uma coisa fria como pedra e ossuda segurou meu pulso e não o largava. Gritei de novo. Um braço me pegou pela cintura e me apoiou. Fui arrastada em direção à luz vermelha e então vi que estava nas mãos de um homem envolto em um grande manto, usando uma máscara que escondia sua face inteira. Fiz um último esforço, minhas pernas ficaram rígidas, minha boca abriu-se para gritar, mas a mão a fechou, uma mão que eu sentia nos meus lábios, na minha pele... uma mão que cheirava a morte. Foi então que eu desmaiei.

"Quando abri os olhos, ainda estávamos cercados pelas trevas. Uma lanterna, em pé no chão, iluminava um poço borbulhante. A água que borrifava do poço desapareceu quase de imediato no chão em que eu estava deitada com a cabeça no joelho do homem que vestia o manto e a máscara negros. Ele estava banhando minhas têmporas, e suas mãos tinham cheiro de morte. Tentei empurrá-las para longe e perguntei: 'Quem é você? Onde está a voz?'. A única resposta dele foi um suspiro. De repente, um hálito quente passou pela minha face, e percebi uma forma branca atrás da forma negra do homem, no escuro. A forma negra ergueu-me até a forma branca, um relinchar feliz saudou meus ouvidos pasmados e eu murmurei: 'Cesar!'. O animal estremeceu. Raoul, eu estava deitada em uma sela, e eu havia reconhecido o cavalo branco de *O Profeta*, a quem com tanta frequência alimentei com açúcar e doces. Eu me lembrei de que, em certa noite, houve um rumor no teatro de que o cavalo havia desaparecido e que tinha sido roubado pelo Fantasma da Ópera. Eu acreditava na voz, mas nunca tinha acreditado no fantasma. Naquele momento, contudo, eu começava a me perguntar, com um tremor, se eu seria prisioneira do fantasma. Chamei a voz para que me ajudasse, pois eu nunca teria imaginado que a voz e o fantasma fossem um só. Você já ouviu falar do Fantasma da Ópera, não, Raoul?"

— Sim, mas me conte o que aconteceu quando você estava no cavalo branco de *O Profeta*.

— Eu não me mexi e me permiti ser levada. A forma negra me segurou, e não fiz esforço algum para escapar. Uma curiosa sensação de paz tomou conta de mim, e achei que devia estar sob a influência de algum elixir. Eu tinha total comando dos meus sentidos, e meus olhos haviam se acostumado com a escuridão, iluminada aqui e ali por feixes esporádicos de luz. Calculei que estávamos em uma galeria estreita e circular, provavelmente correndo e dando a volta no subsolo da Ópera, que era imenso. Uma vez eu estivera lá, naqueles subterrâneos, mas parara no terceiro andar inferior, embora ainda houvesse mais dois pisos para baixo, grandes o bastante para conter uma cidade. No entanto, as figuras que eu havia avistado me fizeram sair correndo. Há demônios lá embaixo, bem pretos, parados em frente a caldeiras, e eles portavam pás e forcados e cutucavam fogos e agitavam chamas e, se chegasse perto demais deles, eles assustavam a gente abrindo as bocas vermelhas de suas fornalhas... Bem, enquanto César silenciosamente me carregava em suas costas, vi aqueles demônios negros ao longe, os quais pareciam bem pequenos, na frente dos fogos vermelhos de suas fornalhas: eles entraram em meu campo de visão, desapareceram e voltaram a ser vistos, enquanto seguíamos em nosso caminho serpeante. Por fim eles desapareceram por completo. A forma ainda estava me segurando, e César seguia em frente, sem guia e com passadas firmes. Eu não saberia lhe dizer, nem mesmo aproximadamente, quanto tempo essa cavalgada durou. Sei somente que parecíamos virar e virar e, com frequência, descíamos uma escadaria em espiral para dentro do coração da terra. Até mesmo então podia ser que minha cabeça estivesse confusa, mas eu não acho que este era o caso: minha mente estava bem límpida. Por fim, César ergueu suas narinas, farejou o ar e acelerou um pouco o ritmo de suas passadas. Senti umidade no ar, e o animal parou. A escuridão havia cessado. Estávamos cercados por uma espécie de luz azulada. Estávamos à beira de um lago, cujas águas cor de chumbo estiravam-se ao longe, adentrando a escuridão, mas a luz azul iluminava a margem do lago e vi um bote preso a um anel de ferro no desembarcadouro!

— Um bote!

— Sim, mas eu sabia que tudo aquilo existia e que não havia nada de sobrenatural em relação àquele lago subterrâneo, nem ao bote. Mas pense nas condições excepcionais em que cheguei àquela orla! Eu não sei se os efeitos do elixir haviam acabado quando a forma do homem me ergueu para dentro do bote, mas meu terror recomeçou. Minha escolta repulsiva deve ter notado isso, pois despachou César, cujos cascos ouvi subindo aos atropelos uma escadaria quando o homem pulou para dentro do bote, soltou a corda que o mantinha no lugar e pegou os remos. Ele remava com uma voga rápida e potente, e seus olhos, sob a máscara, em momento algum me deixavam. Nós cruzamos deslizando a água sem ruídos na luz azulada e então estávamos no escuro de novo e tocamos na orla. Mais uma vez, eu estava nos braços do homem. Soltei um grito alto. E então, de repente, eu estava em silêncio, ofuscada pela luz... Sim, uma luz ofuscante em meio à qual eu tinha sido colocada no chão. Pus-me rapidamente de pé. Eu estava no meio de uma sala de estar que me parecia decorada, adornada e provida apenas de flores, flores que eram tanto magníficas quanto tolas, por causa das fitas de seda que as prendiam a cestas, como aquelas que são vendidas nas lojas nos bulevares. As flores eram civilizadas demais, como aquelas que eu costumava encontrar em meu camarim depois de uma estreia. E, no meio de todas elas, estava a forma preta do homem mascarado, com os braços cruzados, e ele dizia: "Não tenha medo, Christine, você não está correndo nenhum perigo". *Era a voz!*

"Minha raiva igualava-se a meu deslumbramento. Fui correndo até a máscara e tentei arrancá-la, de modo a ver a face da voz. O homem disse: 'Você não corre nenhum perigo, contanto que não toque na máscara'. E, pegando-me com gentileza pelos pulsos, forçou-me a sentar em uma cadeira e então se prostrou de joelhos perante mim e não disse mais nada! Sua humildade devolveu-me um pouco da minha coragem, e a luz me restaurou as realidades da vida. Por mais extraordinária que a aventura pudesse ser, eu estava cercada por coisas mortais, visíveis, tangíveis. Os móveis, as velas, os vasos e as próprias flores em seus cestos, sobre as quais eu poderia quase ter dito de onde vinham e quanto haviam custado, confinavam minha imaginação aos limites de uma sala de estar um tanto quanto comum como qualquer outra que, pelo menos, tivesse a desculpa de não estar nos subterrâneos da Ópera. Sem sombra de dúvidas eu estava lidando com uma pessoa terrível e excêntrica, a qual, de alguma forma misteriosa, havia sido bem-sucedida em montar sua morada ali, debaixo da casa de ópera, cinco andares abaixo do solo. E a voz, a voz que eu tinha reconhecido por sob a máscara, estava de joelhos diante de mim, *e era um homem!* E eu comecei a chorar... O homem, ainda ajoelhado, deve ter entendido a causa das minhas lágrimas, pois disse: 'É verdade, Christine... Eu não sou nenhum Anjo, nem um gênio, nem um fantasma... Sou o Erik!'."

A narrativa de Christine foi novamente interrompida. Um eco atrás deles parecia repetir a palavra depois dela.

— Erik!

Que eco? Eles dois viraram-se e viram que a noite havia caído. Raoul fez um movimento, como para levantar-se, mas Christine o manteve ao lado dela.

— Não vá — disse ela. — Eu quero que você saiba de tudo aqui!

— Mas por que aqui, Christine? Estou com medo de que você fique resfriada.

— Nós não temos nada a temer, exceto os alçapões, meu querido. E aqui estamos a milhas de distância deles... e não tenho permissão para vê-lo fora do teatro. Não é o momento de irritá-lo. Nós não devemos levantar as suspeitas dele.

— Christine! Christine! Algo me diz que estamos errados em esperar até amanhã à noite e que deveríamos fugir imediatamente.

— Eu lhe digo uma coisa: se ele não me ouvir cantar amanhã, isso haverá de causar-lhe uma dor infinita!

— Fica difícil não causar dor a ele e ainda assim fugir para sempre.

— Você está certo ao dizer isso, Raoul, pois certamente que ele morreria com a minha fuga. — E ela disse ainda, em uma voz embotada: — Mas então, isso vale para os dois lados... pois nos arriscamos que ele nos mate.

— Ele a ama tanto assim?

— Ele cometeria assassinato por mim.

— Mas se pode descobrir onde ele mora. Pode-se ir procurá-lo. Agora que sabemos que Erik não é um fantasma, é possível falar com ele e forçá-lo a responder!

Christine balançou a cabeça em negativa.

— Não, não! Não há nada a ser feito em relação a Erik, além de fugir!

— Então por que, quando você podia fugir, você voltou?

— Porque eu tinha de fazer isso. E você entenderá quando eu lhe contar como foi que o deixei.

— Ah, eu o odeio! — gritou Raoul. — E você, Christine, diga-me, você o odeia também?

— Não — foi a simples resposta de Christine.

— Não, é claro que não... Oras, você o ama! Seu medo, seu terror, tudo isso é apenas amor, e um amor do tipo mais sutil, daqueles que as pessoas não admitem nem para si mesmas — disse Raoul, com amargura. — Do tipo de amor que lhe dá um arrepio, quando se pensa nele... Visualize: um homem que mora em um palácio subterrâneo! — e então ele olhou de soslaio para ela.

— Então você quer que eu volte para lá? — disse a jovem moça, em um tom cruel. — Tome cuidado, Raoul, pois eu disse a você que nunca retornaria!

Seguiu-se um silêncio terrível entre eles três: os dois que falavam e a sombra que os ouvia, atrás deles.

— Antes de responder a isso — disse Raoul, por fim, falando muito devagar —, eu deveria saber com que sentimento ele a inspira, visto que você não o odeia.

— Com horror! — disse ela. — É o que há de terrível nisso. Ele me enche de horror, e eu não o odeio. Como posso odiá-lo, Raoul? Pense em Erik aos meus pés, na casa no lago, no subterrâneo. Ele se acusa, se amaldiçoa, implora o meu perdão... Confessa seu engodo. Ele me ama! Ele dispõe aos meus pés um imenso e trágico amor... Ele raptou-me por amor! Aprisionou-me com ele, no subterrâneo, por amor... Mas ele me respeita: ele rasteja, geme, chora! E quando eu me ergui, Raoul, e disse a ele que eu poderia apenas desprezá-lo se ele, naquele lugar e momento, não me desse a minha liberdade... ele me ofereceu a liberdade. Ele se ofereceu a me mostrar a misteriosa estrada... Só que... só que ele se levantou também... e eu fui lembrada de que, embora ele não fosse nenhum anjo, nenhum fantasma, nenhum gênio, ele continuava a ser a voz... pois ele cantava. E eu o ouvia... e fiquei! Naquela noite, nós não trocamos mais nenhuma palavra. Ele cantou até que eu dormisse.

"Quando despertei, eu estava sozinha, deitada em um sofá em um pequeno quarto com móveis simples, com uma cama comum de mogno, iluminada por um abajur que estava em cima do topo de mármore de uma antiga penteadeira no estilo de Luís Filipe. Logo me descobri prisioneira e percebi ainda que a única saída do meu quarto dava para um banheiro muito confortável. Ao voltar para o quarto, eu vi, em cima da penteadeira, um bilhete, escrito em tinta vermelha, que dizia: 'Minha querida Christine, você não precisa ter nenhuma preocupação no tocante a seu destino. Você não tem melhor nem mais respeitoso amigo do que a mim. Você está sozinha, no momento, nesta casa que é sua. Estou de saída para fazer compras e buscar todas as coisas de que você possa precisar'. Eu tive certeza de que havia caído nas mãos de um doido! Corri em volta do lugar, procurando uma forma de fugir dali, a qual não consegui encontrar. Censurei-me com severidade por minha absurda superstição, que fizera com que eu caísse na armadilha. Senti-me inclinada a rir e chorar ao mesmo tempo.

"Esse foi o estado de espírito em que Erik me encontrou. Depois de dar três batidas à parede, ele entrou silenciosamente por uma porta que eu não havia notado, a qual ele deixou aberta. Ele estava com os braços cheios de caixas e pacotes e os dispôs sobre a cama, sem pressa, enquanto eu o enchia de ultrajes e clamava para que tirasse sua máscara, se ela cobrisse o rosto de um homem honesto. Ele respondeu, com serenidade: 'Você nunca haverá de ver a face de Erik'. E ele me repreendeu por não ter terminado de me vestir àquela hora do dia: ele foi bom o bastante a ponto de me dizer que eram duas da tarde. Ele disse que me daria meia hora e, enquanto falava, pegou meu relógio de pulso, deu corda e ajustou-o para mim. Depois do que, ele me pediu que fosse até a sala de jantar, onde um belo almoço esperava por nós.

"Eu estava com muita raiva, bati a porta na cara dele e fui até o banheiro... Quando saí, sentindo-me grandemente renovada, Erik disse que me amava, mas que nunca me diria isso, exceto quando eu o permitisse, e que o restante do tempo seria devotado à música. 'O que você quer dizer com o restante do tempo?', eu lhe perguntei. 'Cinco dias', disse ele, decisivo. Perguntei a ele se eu então ficaria livre, e ele disse: 'Você ficará livre, Christine, pois, quando estes cinco dias tiverem se passado, terá aprendido a não me ver, e então, de vez em quando, virá ver seu pobre Erik!'. Ele apontou para uma cadeira em frente a ele, a uma pequena mesa, e eu me sentei, sentindo-me perturbada. Contudo, comi uns poucos camarões e a asa de um frango e bebi meia taça de vinho Tokaji que ele me dissera que ele mesmo trouxera das adegas de Caliningrado. Erik não comeu, nem bebeu. Perguntei-lhe qual era sua nacionalidade e se o nome Erik não apontava para sua origem escandinava. Ele me disse que não tinha nome, nem país, e que assumira o nome Erik por acaso.

"Depois do almoço, ele levantou-se e deu-me as pontas dos dedos, dizendo que gostaria de me mostrar sua morada, mas eu soltei minha mão da dele e dei um grito. Aquilo em que eu havia tocado era frio e, ao mesmo tempo, ossudo, e me lembrei de que as mãos dele cheiravam a morte. 'Ah, perdoe-me', gemeu. E abriu uma porta diante de mim. 'Este é o meu quarto, se quiser vê-lo. É um tanto quanto curioso.' Seus modos, suas palavras, sua atitude, tudo me dava confiança, e entrei ali sem hesitar. Senti como se estivesse entrando no quarto de uma pessoa morta. As paredes eram totalmente cobertas de preto, mas, em vez dos adornos brancos que geralmente realçam tais tapeçarias funéreas, havia uma enorme pauta musical com as notas de *Dies Irae*, muitas vezes repetidas. No meio do quarto havia um dossel, do qual pendiam cortinas de um brocado vermelho e, debaixo dele, um caixão aberto. 'É ali que eu durmo', disse Erik. 'A gente tem de se acostumar a tudo, na vida, até mesmo com a eternidade.' O que vi me deixou tão agastada que virei a cabeça para outro lado.

"Foi então que vi o teclado de um órgão, que ocupava todo um lado das paredes. Em cima da escrivaninha havia um caderno de música coberto de notas vermelhas. Pedi licença para olhar para ele, e li *Don Juan Triunfante*.' 'Sim', disse ele, 'às vezes eu componho. Comecei essa obra há vinte anos. Quando a tiver terminado, a levarei comigo naquele caixão e nunca mais acordarei.' 'Você deve trabalhar nela com menos frequência quanto lhe for possível', falei. Ele respondeu: 'Às vezes trabalho nela por catorze noites e dias seguidos, durante os quais eu vivo de música somente, e então descanso por anos a fio.' 'Você tocará para mim algo de seu *Don Juan Triunfante*?', perguntei a ele, pensando em agradá-lo. 'Você nunca deve me pedir uma coisa dessas', disse ele, em um tom sombrio. 'Tocarei Mozart para você, se quiser, o que fará você chorar, mas meu *Don Juan*, Christine, ele arde. E, ainda assim, não é atingido pelo fogo do Céu.' Depois disso, voltamos à sala de estar. Notei que não havia nenhum espelho no apartamento inteiro. Eu ia fazer um comentário em relação a isso, mas Erik já havia se sentado ao piano. Ele disse: 'Veja, Christine, existem algumas músicas que são tão terríveis que consomem todos aqueles que a abordam. Felizmente você não chegou ainda a essa música, pois haveria de perder toda essa sua bela cor, e ninguém haveria de reconhecê-la quando retornasse a Paris. Vamos cantar alguma coisa da Ópera, Christine Daaé'. Ele disse estas últimas palavras como se estivesse jogando um insulto para cima de mim."

— O que você fez?

— Eu não tive tempo de pensar no significado que ele pôs em suas palavras. De imediato começamos o dueto em Otelo, e já a catástrofe estava sobre nós. Cantei Desdêmona com um desespero, um terror que eu nunca havia mostrado antes. Quanto a ele, sua voz trovejava e lançava sua alma vingativa em todas as notas. Amor, ciúmes, ódio, tudo irrompia ao nosso redor em gritos angustiantes. A máscara negra de Erik me fazia pensar na máscara natural do Mouro de Veneza. Ele era o próprio Otelo. De súbito, senti uma necessidade de ver sob ela. Eu queria conhecer a face da voz, e, com um movimento que fui incapaz de controlar, rapidamente meus dedos arrancaram-lhe a máscara. Oh, horror, horror, horror!

Christine parou, com o pensamento da visão que a havia assustado, enquanto os ecos da noite que haviam repetido o nome de Erik, três vezes gemiam o grito:

— Horror... Horror... Horror...

Raoul e Christine, abraçando-se ainda mais forte, ergueram os olhos para as estrelas que brilhavam em um céu claro e tranquilo. Ele disse:

— Estranho, Christine, que essa noite calma e suave esteja tão cheia de sons plangentes. Seria de se pensar que a noite esteja sofrendo conosco.

— Quando você souber do segredo, Raoul, seus ouvidos, assim como os meus, ficarão cheios de lamentações.

Ela tomou as mãos protetoras de Raoul nas suas e, com um longo estremecimento, prosseguiu:

— Sim, se eu vivesse até meus cem anos de idade, eu sempre haveria de ouvir o grito sobre-humano de pesar e fúria que ele proferiu quando a visão terrível apareceu diante de meus olhos... Raoul, você viu caveiras, quando se secaram e se degeneraram pelos séculos, e talvez, se não fosse a vítima de um pesadelo, tenha visto a caveira dele em Perros. E então viu a Morte Rubra andando pelos arredores no último baile de máscaras. No entanto, aquelas caveiras não tinham movimento, e seu mudo horror não estava vivo. Porém imagine, se puder, a máscara da Morte Rubra repentinamente ganhando vida de modo a expressar, com os quatro buracos negros de seus olhos, de seu nariz e sua boca, a extrema raiva, a poderosa fúria de um demônio; *e nenhum raio de luz nas órbitas*, pois, como fiquei sabendo depois, não é possível ver os olhos resplandecentes dele se não no escuro.

"Caí junto à parede, e ele veio até mim, cerrando os dentes, enquanto eu me prostrava de joelhos. Ele sibilava, ensandecido, palavras incoerentes e xingamentos para mim. Inclinando-se acima de mim, ele gritou: 'Olhe! Você quer ver! Veja! Faça um festim a seus olhos, farte sua alma com minha maldita feiura! Olhe para a face de Erik! Agora você conhece a face da voz! Não estava contente em me ouvir? Você queria saber como era minha aparência! Oh, vocês mulheres são tão curiosas! Está satisfeita? Eu sou um camarada muito bonito, não? Quando uma mulher tiver me visto, assim como você me viu, ela pertence a mim. Ela me ama para sempre. Eu sou uma espécie de *Don Juan*, sabe?'. E, erguendo-se em toda sua altura, com a mão nos quadris, balançando aquela coisa que era sua cabeça em seus ombros, rugiu: 'Olhe para mim! Eu sou *Don Juan Triunfante!*'. E, quando virei a cabeça e implorei por misericórdia, ele puxou-a para junto dele, com brutalidade, entrelaçando seus dedos mortos nos meus cabelos."

— Já chega! Chega! — gritou Raoul. — Vou matá-lo! Em nome dos Céus, Christine, diga-me onde fica a sala de jantar no lago! Eu vou matá-lo!

— Oh, fique quieto, Raoul, se você quer saber!

— Sim, eu quero saber como e por que você voltou; eu tenho de saber! Mas, em todo caso, haverei de matá-lo!

— Oh, Raoul, escuta, escuta... Ele me arrastou pelos cabelos e então... e então... Oh, isso é tão horrível!

— Bem, o que houve? Diga! — exclamou Raoul, com ferocidade. — Diga logo!

— Então ele sibilou para mim: "Ah, eu a deixo com medo, é? Atrevo-me a dizer! Talvez você ache que eu tenho uma outra máscara, não, e que essa... essa... minha cabeça é uma máscara? Bem", rugiu ele, "tire-a como você fez com a outra! Venha! Vamos! Eu insisto! Suas mãos! Dê-me suas mãos!". E ele agarrou minhas mãos e afundou-as em sua horrível face. Ele rasgou sua carne com minhas unhas, rasgou sua terrível carne morta com minhas unhas! "Saiba", ele gritou, enquanto sua garganta latejava e arfava como uma fornalha, "saiba que eu sou constituído de morte da cabeça aos pés, e que é um cadáver que a ama e adora e que nunca, mas nunca, haverá de deixá-la! Veja, eu não estou rindo, estou chorando, chorando por você, Christine, que arrancou a minha máscara e que, portanto, não pode nunca mais me deixar... Enquanto você julgava que eu era belo, poderia ter voltado, eu sei que teria voltado... mas, agora, que conhece minha feiura, você fugiria para sempre... Então eu devo mantê-la aqui! Por que você quis me ver? Ah, louca Christine, que queria me ver... Quando meu próprio pai nunca me viu e quando minha mãe, para não ter de me ver, me presenteou com minha primeira máscara!".

"Ele me soltou por fim e estava arrastando-se pelo chão, soltando terríveis choros mesclados com soluços. Então saiu rastejando como uma cobra, entrou em seu quarto, fechou a porta e me deixou sozinha com minhas reflexões. Logo depois eu ouvi o som do órgão e então comecei a entender a frase desdenhosa quando ele falou da música da Ópera. O que eu ouvia era completamente diferente do que ouvira até então. Seu *Don Juan Triunfante*, pois eu não tinha nenhuma dúvida de que ele tivesse corrido para sua obra-prima para esquecer-se do horror do momento, pareceu-me a princípio uma longa, horrível e magnífica mescla de choro com soluço. Porém, pouco a pouco, exprimia todas as emoções, todos os sofrimentos dos quais é capaz a humanidade. Aquilo me intoxicava, e eu abri a porta que nos separava. Erik levantou-se, quando entrei, *mas não se atreveu a virar-se na minha direção*. "Erik", gritei, "mostre-me sua face sem medo! Eu juro que você é o mais infeliz e sublime dos homens, e, se eu alguma vez estremecer de novo quando olhar para você, será porque estou pensando no esplendor de seu gênio!". Então Erik se virou, pois ele acreditou em mim, e eu também tinha fé em mim mesma. Ele caiu aos meus pés, com palavras de amor... com palavras de amor em sua boca morta... e a música havia parado. Ele beijou a bainha do meu vestido e não viu que eu fechei os olhos.

"O que mais eu posso lhe contar, meu querido? Você agora conhece a tragédia que se seguiu durante catorze dias... duas semanas durante as quais eu menti para ele. Minhas mentiras eram tão hediondas quanto o monstro que as inspirava, mas eram o preço da minha liberdade. Queimei a máscara dele e consegui me sair tão bem que, até mesmo quando ele não estava cantando, tentava captar um olhar meu como um cachorro sentado, esperando por seu dono. Ele era meu escravo fiel e me dava infinitas pequenas atenções. Aos poucos, dei a ele tamanha confiança que ele se aventurava a me levar para passear às margens do lago e a me levar em um bote a remo em suas águas de chumbo; quando chegou ao fim a duração do meu cativeiro, ele me deixou sair pelos portões que fechavam as passagens subterrâneas na Rua Scribe, onde por nós esperava uma carruagem, a qual nos levou ao bosque. A noite em que nos deparamos com você foi quase fatal para mim, pois ele sente um ciúme terrível de você e eu tive de dizer a ele que logo você iria embora... Por fim, depois de catorze dias daquele horrível cativeiro, durante os quais fiquei cheia de piedade, entusiasmo, desespero e horror alternados, ele acreditou em mim quando falei: *'Eu voltarei!'.*"

— E você voltou, Christine — gemeu Raoul.

— Sim, meu querido, e devo lhe dizer que não foram as ameaças aterradoras dele ao me libertar que me ajudaram a manter minha palavra, mas o angustiante choro mesclado com soluço que ele deu no limiar do túmulo... Aquele choro soluçado me prendeu ao desafortunado homem mais do que eu mesma suspeitava, quando me despedi dele. Pobre Erik! Pobre Erik!

— Christine — disse Raoul, levantando-se —, você diz que me ama, mas havia poucas horas que recuperara sua liberdade antes de retornar a Erik! Lembre-se do baile de máscaras!

— Sim, e você se lembra daquelas horas que passei com você, Raoul... para o grande perigo de nós dois?

— Eu duvidei do seu amor por mim durante aquelas horas.

— Você ainda duvida disso, Raoul? Então saiba que cada uma das minhas visitas a Erik aumentou meu horror por ele, pois cada uma delas, em vez de acalmá-lo, como eu esperava, deixavam-no louco de amor! E eu estou com tanto medo, com tanto medo...

— Você está com medo... mas me ama? Se Erik fosse bonito, haveria de me amar, Christine?

Ela, por sua vez, levantou-se, colocou seus dois braços que tremiam em volta do pescoço do jovem e disse:

— Ah, meu noivo por um dia, se eu não o amasse, eu não lhe entregaria meus lábios! Tome-os, pela primeira e última vez.

Ele beijou os lábios dela. No entanto, a noite que os cercava foi despedaçada, eles saíram correndo com a aproximação de uma tempestade e seus olhos, cheios de um temor por Erik, mostraram a eles, antes que desaparecessem, bem alto acima deles, um imenso pássaro noturno que tinha o olhar fixo neles, com seus olhos em chamas e que parecia prender-se à lira de Apolo.

CAPÍTULO XIII
UM GOLPE DE MESTRE DO AMANTE DE ALÇAPÕES

Raoul e Christine saíram correndo, ansiosos por escapar do telhado e dos olhos em chamas que apareciam apenas no escuro, e eles não pararam até chegar ao oitavo andar, abaixo.

Não havia nenhuma apresentação na Ópera naquela noite, e os corredores estavam vazios. De repente, uma forma estranha estava parada diante deles e bloqueava o caminho:

— Não, não por aqui!

E a forma apontou para outra passagem, pela qual eles deveriam chegar até as alas. Raoul queria parar e pedir uma explicação. No entanto, a forma, que usava uma espécie de longa casaca e um chapéu pontudo, disse:

— Rápido! Vão embora rápido!

Christine já estava arrastando Raoul, compelindo-o a começar a correr novamente.

— Mas quem é ele? Quem é aquele homem? — ele quis saber.

Christine respondeu:

— É o Persa.

— O que ele está fazendo aqui?

— Ninguém sabe. Ele está sempre na Ópera.

— Você está me fazendo fugir pela primeira vez na minha vida. Se realmente vimos Erik, o que eu deveria ter feito era pregá-lo à lira de Apolo, assim como pregamos as corujas às paredes de nossas fazendas bretãs, e não se falaria mais nele.

— Meu querido Raoul, primeiramente você teria de ter subido na lira de Apolo, o que não é uma tarefa fácil.

— Aqueles olhos em chamas estavam lá!

— Ah, você está como eu, agora, vendo-o em toda parte! O que eu achei que fossem os olhos resplandecentes provavelmente eram estrelas que brilhavam pelas cordas da lira.

E Christine desceu mais um andar, com Raoul seguindo atrás dela.

— Visto que você se decidiu a ir, Christine, garanto-lhe que seria melhor fazê-lo agora. Por que esperar por amanhã? Ele pode ter nos ouvido essa noite.

— Não, não, ele está trabalhando, eu disse a você, em seu *Don Juan Triunfante*, e não está pensando em nós.

— Você tem tanta certeza disso que vive olhando atrás de si!

— Venha até meu camarim.

— Não seria melhor nos encontrarmos do lado de fora da Ópera?

— Nunca, até que tenhamos partido para sempre! Isso nos traria má sorte, se eu não mantivesse minha palavra. Prometi a ele que só me encontraria com você aqui.

— Que coisa boa que ele permitiu até mesmo que você se encontrasse comigo. Sabe — disse Raoul com amargura — que foi muito corajoso da sua parte isso de fingirmos que estamos noivos?

— Oras, meu querido, ele sabe de tudo em relação a isso! Ele disse: "Eu confio em você, Christine. O Sr. de Chagny está apaixonado por você e está indo para o exterior. Antes que ele parta, eu quero que ele seja tão feliz quanto eu". As pessoas são tão infelizes quando amam?

— Sim, Christine. Quando amam e não têm certeza de que são amadas.

Eles chegaram ao camarim de Christine.

— Por que você acha que está mais segura nesse quarto do que no palco? — perguntou Raoul. — Você o ouviu pelas paredes aqui, certamente ele pode nos ouvir.

— Não. Ele me deu sua palavra de que não ficaria atrás das paredes do meu camarim, e eu acredito na palavra de Erik. Esse quarto e meu quarto no lago são apenas para meu uso exclusivo, e ele não deve se aproximar deles.

— Como você pôde ter ido deste quarto para aquela passagem escura? Suponha que tentemos repetir seus movimentos... Vamos fazer isso?

— Isso é perigoso, meu querido, pois o espelho pode me levar novamente e, em vez de fugir, eu acabaria sendo obrigada a ir até o fim da passagem secreta que dá para o lago e, lá, chamar Erik.

— Será que ele a ouviria?

— Erik haverá de ouvir onde quer que eu o chame. Ele me disse isso. Ele é um gênio muito curioso. Você não deve pensar, Raoul, que ele é simplesmente um homem que se diverte morando no subterrâneo. Ele faz coisas que nenhum outro homem seria capaz de fazer; ele sabe de coisas que ninguém no mundo sabe.

— Tome cuidado, Christine, você está fazendo dele um fantasma novamente!

— Não, ele não é um fantasma. Ele é um homem do Céu e da Terra, só isso.

— Um homem do Céu e da Terra... só isso! Uma bela maneira de falar dele... E você ainda está decidida a fugir dele?

— Sim, amanhã.

— Amanhã você não terá mais determinação nenhuma!

— Então, Raoul, você deve fugir comigo mesmo que eu não queira... entendido?

— Estarei aqui amanhã à meia-noite; manterei minha promessa, aconteça o que acontecer. Você disse que, depois de ouvir a apresentação, ele irá esperá-la na sala de jantar no lago, não?

— Sim.

— E como você vai chegar até ele, se não sabe sair pelo espelho?

— Oras, indo direto até a margem do lago.

Christine abriu uma caixa, tirou de dentro dela uma imensa chave e mostrou-a a Raoul.

— O que é isso? — ele quis saber.

— A chave do portão que dá para a passagem subterrânea na Rua Scribe.

— Entendo, Christine. Isso dá direto para o lago. Dê a chave para mim, Christine, por favor!

— Nunca! — disse ela. — Seria traição!

De repente, Christine mudou de cor. Uma palidez mortal espalhou-se por suas feições.

— Ah, Céus! — gritou ela. — Erik! Erik! Tenha piedade de mim!

— Cuidado com o que diz! — falou Raoul. — Você me disse que ele podia ouvi-la!

No entanto, a atitude da cantora tornou-se cada vez mais inexplicável. Ela contorcia os dedos, repetindo, com ares histéricos:

— Ah, Céus! Ah, Céus!

— Mas o que houve? O que houve? — implorou Raoul.

— O anel... a aliança de ouro que ele me deu.

— Ah, então Erik lhe deu aquela aliança!

— Você sabe que foi ele que me deu a aliança, Raoul! Todavia, o que você não sabe é que, quando ele a deu para mim, disse: "Eu lhe devolvo sua liberdade, Christine, sob a condição de que essa aliança esteja sempre em seu dedo. Contanto que você a mantenha consigo, sempre haverá de ser protegida de todos os perigos, e Erik continuará sendo seu amigo. Mas que desgraça para você se, em algum momento, você se desfizer dela, pois Erik terá sua vingança...". Meu querido, meu querido, a aliança se foi! Desgraça para nós dois!

Eles dois procuraram pela aliança, mas não conseguiram encontrá-la. Christine recusava-se a ser tranquilizada.

— Foi enquanto eu lhe dava aquele beijo, lá em cima, sob a lira de Apolo — disse ela. — A aliança deve ter deslizado do meu dedo e caído na rua! Nós nunca conseguiremos encontrá-la! E quais serão os infortúnios reservados para nós agora? Ah, fugir!

— Vamos fugir imediatamente — insistiu Raoul, mais uma vez.

Ela ficou hesitante. Ele achava que ela fosse dizer "sim"... Então as brilhantes pupilas dela ficaram mais escuras, e ela disse:

— Não! Amanhã!

E ela deixou-o às pressas, ainda contorcendo e esfregando os dedos, como se tivesse esperanças de trazer a aliança de volta desse jeito.

Raoul foi para casa, altamente perturbado com tudo o que havia ouvido.

— Se eu não a salvar amanhã das mãos daquele impostor — disse ele, em voz alta, enquanto se preparava para dormir —, ela estará perdida. Mas haverei de salvá-la.

Ele apagou a lamparina e sentiu uma necessidade de insultar Erik no escuro. Três vezes, ele gritou:

— Impostor! Impostor! Impostor!

No entanto, de repente, ele se levantou, apoiando-se em seu cotovelo. Suor frio escorria de suas têmporas. Dois olhos, como carvões ardentes, haviam aparecido aos pés de sua cama. Eles fitavam-no, fixos, terríveis, na escuridão da noite.

Raoul não era nenhum covarde e, ainda assim, tremeu. Ele esticou uma das mãos, tateando, hesitante, em direção à mesa que estava ao lado de sua cama. Ele achou os fósforos e acendeu a vela. Os olhos desapareceram.

Ainda com a mente inquieta, ele pensou consigo: "Ela me disse que os olhos dele só se mostravam no escuro. Os olhos dele desapareceram na luz, mas pode ser que ele ainda esteja aqui".

E Raoul levantou-se, caçou nos arredores, deu a volta no quarto. Olhou debaixo da cama, como uma criança. Então considerou-se um absurdo, voltou para a cama e soprou a vela para apagá-la. Os olhos reapareceram.

Ele sentou-se direito e voltou a fitá-los com toda a coragem que tinha. Então gritou:

— É você, Erik? Homem, gênio ou fantasma, é você?

Ele refletiu: "Se for ele, ele está na sacada!".

Então ele foi correndo até sua cômoda e tateou em busca de seu revólver. Abriu a janela da sacada, olhou para fora, não viu nada e fechou-a novamente. Voltou para a cama, tremendo, pois a noite estava fria, e colocou a arma em cima da mesa, a seu alcance.

Os olhos ainda estavam lá, aos pés da cama. Estariam eles entre a cama e o painel da janela ou atrás do painel, ou seja, na sacada? Era isso que Raoul queria saber. Ele também queria saber se aqueles olhos pertenciam a um ser humano... Queria saber de tudo. Então, com paciência, com calma, apanhou seu revólver e mirou. Mirou um pouco acima dos dois olhos. Certamente que, se havia olhos, e se havia uma testa acima daqueles olhos, e se Raoul não fosse desajeitado demais...

O tiro fez um barulho terrível em meio ao silêncio da casa em que todos dormiam. E, embora passadas viessem apressadas ao longo dos corredores, Raoul sentou-se direito com o braço esticado, preparado para disparar de novo, se fosse necessário.

Dessa vez, os dois olhos haviam desaparecido.

Criadas apareceram, portando luzes; o Conde Philippe, terrivelmente ansioso, disse:

— O que houve?

— Acho que eu estava sonhando — foi a resposta do jovem. — Atirei em duas estrelas que me impediam de dormir.

— Você está delirando! Está doente? Pelo amor de Deus, me diga, Raoul: o que houve?

E o conde tomou o revólver dele.

— Não, não estou delirando... Além do mais, nós logo veremos...

Ele saiu da cama, pôs um robe e chinelos, pegou uma luz das mãos de uma das criadas e, abrindo a janela, deu um passo para fora, na sacada.

O conde viu que a janela fora perfurada por uma bala na altura de um homem. Raoul estava inclinando-se sobre a sacada com sua vela:

— A-ha! — disse ele. — Sangue! Sangue! Aqui, mais sangue... Isso é uma coisa boa! Um fantasma que sangra é menos perigoso! — ele abriu um largo sorriso.

— Raoul! Raoul! Raoul!

O conde estava sacudindo-o como se estivesse tentando acordar um sonâmbulo.

— Mas, meu querido irmão, eu não estou dormindo! — protestou Raoul, com impaciência. — Você pode ver o sangue por si. Achei que estivesse sonhando e atirando em duas estrelas. Eram os olhos de Erik... e aqui está o sangue dele! Afinal de contas, talvez eu estivesse errado em atirar, e Christine é bem capaz de nunca me perdoar por isso... E tudo isso não teria acontecido se eu tivesse puxado as cortinas antes de ir dormir.

— Raoul, de repente você ficou louco? Acorde!

— O quê? Ainda? Você faria melhor se me ajudasse a encontrar Erik. Afinal de contas, um fantasma que sangra sempre pode ser encontrado.

O valete do conde disse:

— É isso mesmo, senhor, há sangue na sacada.

O outro criado trouxe uma lamparina, pela luz da qual ele examinou a sacada com cuidado. As marcas de sangue seguiam o trilho até chegarem a uma caleira e então subiam por ela.

— Meu caro camarada — disse o Conde Philippe —, você atirou em um gato.

— O infortúnio é — disse Raoul, com um largo sorriso — que isso é bem possível. Com Erik, nunca se sabe. É Erik? É um gato? É o fantasma? Não, com Erik não se sabe!

Raoul continuou fazendo esse estranho tipo de comentário que correspondia tão íntima e logicamente com a preocupação de seu cérebro que, ao mesmo tempo, tendia a convencer muitas pessoas de que ele não estivesse bem da cabeça. O próprio conde foi tomado por esta ideia e, posteriormente, o magistrado que examinava o ocorrido, ao receber o relatório do comissário de polícia, chegou à mesma conclusão.

— Quem é Erik? — perguntou-lhe o conde, pressionando a mão do irmão.

— Ele é meu rival. E, se ele não está morto, é uma pena.

Raoul dispensou os criados com um aceno de mãos, e os dois Chagnys foram deixados a sós. Todavia, os homens não estavam longe a ponto de o valete do conde não ouvir Raoul dizendo, distinta e enfaticamente:

— Raptarei Christine Daaé esta noite.

Esta frase foi posteriormente repetida ao Sr. Faure, o magistrado que examinava o caso. No entanto, ninguém jamais soube exatamente o que se passou entre os dois irmãos naquela noite. Os criados declararam que aquela não era a primeira briga deles. As vozes penetraram na parede, e sempre uma atriz chamada Christine Daaé era o assunto.

No café da manhã — o desjejum logo cedo da manhã, que o conde tomava em seu escritório —, Philippe mandou chamar seu irmão. Raoul chegou em silêncio e com ares sombrios. A cena que se desenrolou foi curta. Philippe entregou ao irmão um exemplar do *Époque*, e disse:

— Leia isso!

O visconde leu:

◆

"As últimas notícias no Faubourg são de que há uma promessa de casamento entre a Srta. Christine Daaé, a cantora de ópera, e o Sr. Visconde Raoul de Chagny. Se dermos crédito às fofocas, o Conde Philippe jurou que, pela primeira vez na história, os Chagnys não deverão manter sua promessa. No entanto, visto que o amor é todo-poderoso, na Ópera, assim como, e ainda mais do que, em qualquer outro lugar, nós nos perguntamos como o Conde Philippe pretende impedir que o visconde, seu irmão, conduza a nova Margarida ao altar. Diz-se que os dois irmãos adoram um ao outro, mas o conde está curiosamente enganado se imagina que o amor fraternal triunfará sobre o amor puro e simples."

◆

— Está vendo, Raoul — disse o conde —, você está nos fazendo de ridículos! Aquela mocinha virou sua cabeça com as histórias de fantasmas dela.

O visconde havia, evidentemente, repetido a narrativa de Christine para o irmão, durante a noite. Tudo que ele disse foi:

— Adeus, Philippe.

— Você já se decidiu? Vai embora hoje? Com ela?

Nenhuma resposta.

— Certamente que você não fará nada assim tão tolo, não é? Eu haverei de saber como impedi-lo de fazer isso.

— Adeus, Philippe — disse o visconde novamente e saiu do aposento.

Essa cena foi descrita para o magistrado que examinava a questão pelo próprio conde, que não viu Raoul novamente até aquela noite, na Ópera, uns poucos minutos antes do desaparecimento de Christine.

Raoul, na verdade, devotou-se o dia todo a suas preparações para a fuga. Os cavalos, a carruagem, o cocheiro, as provisões, a bagagem, o dinheiro necessário para a jornada, a estrada a ser tomada — ele havia resolvido não ir de trem, de modo a tirar o fantasma da trilha deles. Tudo isso tinha sido ajeitado e providenciado e ocupou-o até as nove horas naquela noite.

Às nove horas, uma espécie de carruagem com suas cortinas baixadas pôs-se na lateral da Rotunda. Era puxada por dois vigorosos cavalos e guiada por um cocheiro cuja face estava quase escondida nas longas dobras de um xale. Na frente dela havia três outras, que pertenciam, respectivamente, a Carlotta, que havia repentinamente voltado a Paris, a Sorelli e, à frente de tudo, ao Conde Philippe de Chagny. Ninguém saiu da carruagem. O cocheiro permanecia em sua cabine, e os três outros cocheiros permaneciam nas deles.

Uma sombra em um longo manto preto e com um macio chapéu de feltro da mesma cor passou ao longo da calçada entre a Rotunda e as três carretas, examinou a carruagem cuidadosamente, foi até os cavalos e até o cocheiro e então partiu sem dizer nenhuma palavra. Posteriormente, o magistrado acreditava que essa sombra fosse a do Visconde Raoul de Chagny, mas eu não concordo, visto que, naquela noite, como em todas as outras, o Visconde de Chagny estava usando uma cartola, a qual foi posteriormente encontrada. Estou mais inclinado a pensar que a sombra era do fantasma, que sabia de todo o caso, como o leitor logo haverá de perceber.

Acontece que eles estavam apresentando Fausto diante de uma casa esplêndida. O Faubourg estava magnificamente representado, e o parágrafo no *Époque* daquela manhã já havia produzido seu efeito, pois todos os olhos estavam voltados para o camarote em que o Conde Philippe estava sentado sozinho, aparentemente em um estado de espírito muito indiferente e despreocupado. O elemento feminino na brilhante plateia parecia curiosamente espantado, e a ausência do visconde deu vazão a muitos sussurros por trás dos leques. Christine Daaé deparou-se com uma recepção um tanto quanto fria. Aquele público em especial não poderia perdoá-la por ter mirado tão alto.

A cantora notou essa atitude desfavorável de uma parcela da casa e ficou confusa.

Os frequentadores regulares da Ópera, que fingiam saber a verdade sobre a história de amor do visconde, trocavam sorrisos significativos em determinadas passagens no papel de Margarida e fizeram questão de virar-se e olhar para o camarote de Philippe de Chagny quando Christine cantou:

"Eu gostaria de saber quem era ele
que me abordou,
Se era nobre ou, pelo menos, qual é seu nome."

O conde estava sentado com a mão no queixo e parecia não estar prestando nenhuma atenção que fosse a essas manifestações. Ele mantinha os olhos fixos no palco, mas seus pensamentos pareciam bem distantes.

Christine perdeu sua autoconfiança cada vez mais. Ela tremia. Sentia-se à beira de um colapso nervoso... Carolus Fonta se perguntava se ela estaria doente, se conseguiria continuar no palco até o final do Ato do Jardim. Na frente da casa, as pessoas se lembravam da catástrofe que havia recaído sobre Carlotta ao final daquele ato e do histórico coaxar que interrompera, momentaneamente, sua carreira em Paris.

Naquele exato momento, Carlotta entrou em um camarote que dava de frente para o palco, em uma entrada sensacional. A pobre Christine ergueu os olhos para essa nova fonte de animação. Ela reconheceu a rival. Pensou ter visto um riso de desdém em seus lábios. Foi isso que a salvou. Ela esqueceu-se de tudo para triunfar mais uma vez.

Daquele momento em diante, a prima-dona cantou com todo seu coração e com toda sua alma. Ela tentou transcender tudo o que tinha feito até então e conseguiu. No último ato, quando começou a invocação aos anjos, fez com que todos os membros da plateia sentissem como se também tivessem asas.

No centro do anfiteatro havia um homem em pé, parado, e que continuou assim, encarando a cantora. Era Raoul.

"Anjo sagrado, no Céu abençoado..."

E Christine, com os braços esticados, a garganta cheia de música, a glória de seus cabelos caindo por sobre seus ombros desnudos, proferiu o divino grito:

"Meu espírito anseia por repousar contigo!"

Foi então que o palco repentinamente se viu mergulhado em trevas. Isso aconteceu com tamanha rapidez que os espectadores mal tiveram tempo para proferir um som que fosse de estupefação, pois a luz iluminou novamente o palco. No entanto, Christine Daaé não mais estava lá.

O que havia acontecido com ela? Que milagre era aquele? Todos trocaram olhares de relance sem nada entender, e a excitação imediatamente chegou ao ápice. A tensão no palco em si não era menor. Homens saíram correndo de suas alas até o lugar onde Christine estivera cantando naquele mesmo instante. A apresentação foi interrompida em meio à maior confusão.

Aonde teria ido Christine? Que feitiçaria a haveria apanhado, levado-a embora diante dos olhos de milhares de espectadores entusiasmados e dos braços do próprio Carolus Fonta? Era como se os anjos realmente a houvessem levado "para repousar".

Raoul, ainda em pé e parado no anfiteatro, soltara um grito. O Conde Philippe se pusera em pé rapidamente em seu camarote. As pessoas olhavam para o palco, para o conde, para Raoul, e se perguntavam se aquele curioso evento estaria de alguma forma conectado ao parágrafo no jornal daquela manhã. No entanto, Raoul deixou apressado seu assento, o conde desapareceu de seu camarote, e, enquanto a cortina era abaixada, os assinantes foram correndo até a porta que dava para os bastidores. O restante da plateia esperava em meio a uma comoção indescritível. Todo mundo falava ao mesmo tempo. Todos tentavam sugerir uma explicação para o extraordinário incidente.

Por fim, a cortina foi erguida devagar, e Carolus Fonta foi até a mesa do maestro e, com uma voz triste e séria, disse:

— Senhoras e senhores, um evento sem precedentes ocorreu e nos lançou em um estado de grande alarme. Nossa irmã artista, Christine Daaé, desapareceu diante dos nossos olhos, e ninguém consegue nos dizer como foi que isso aconteceu!

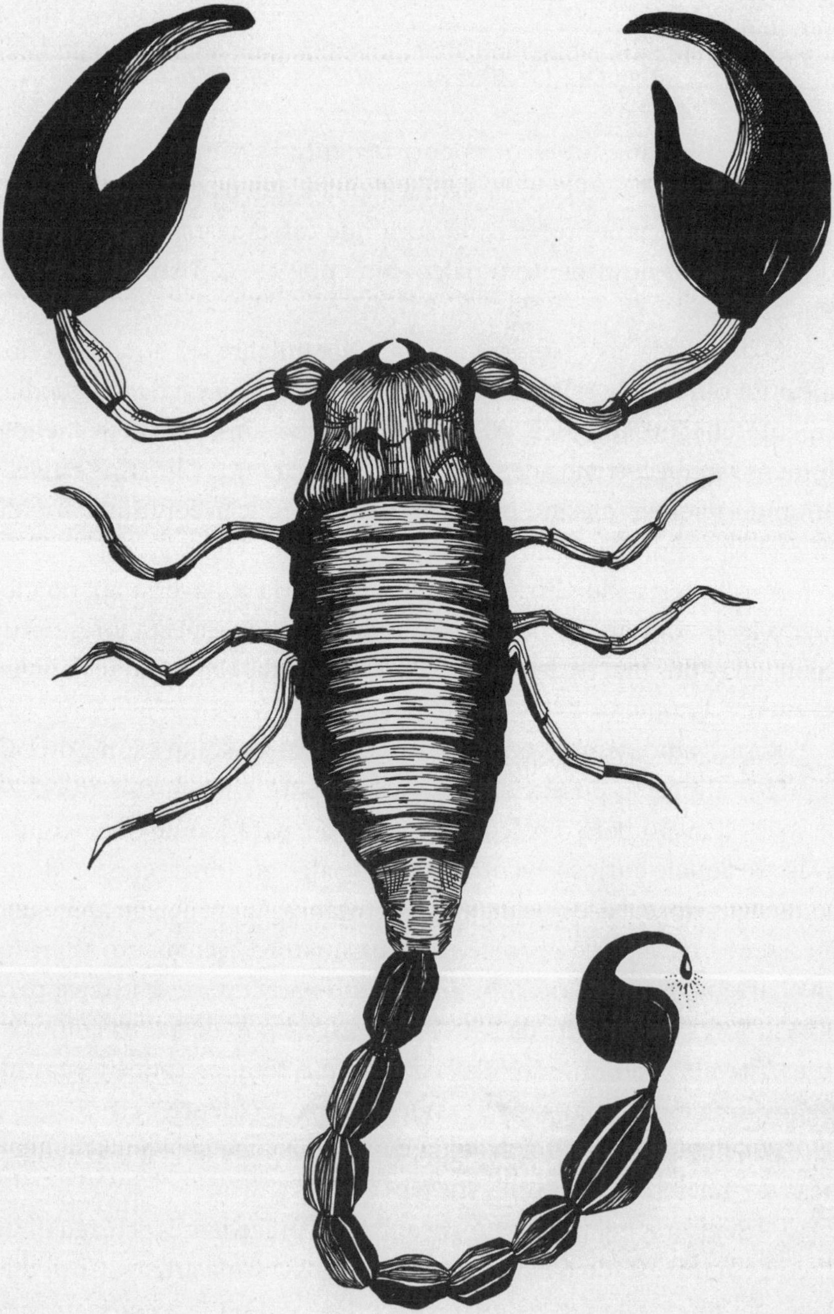

PARTE II

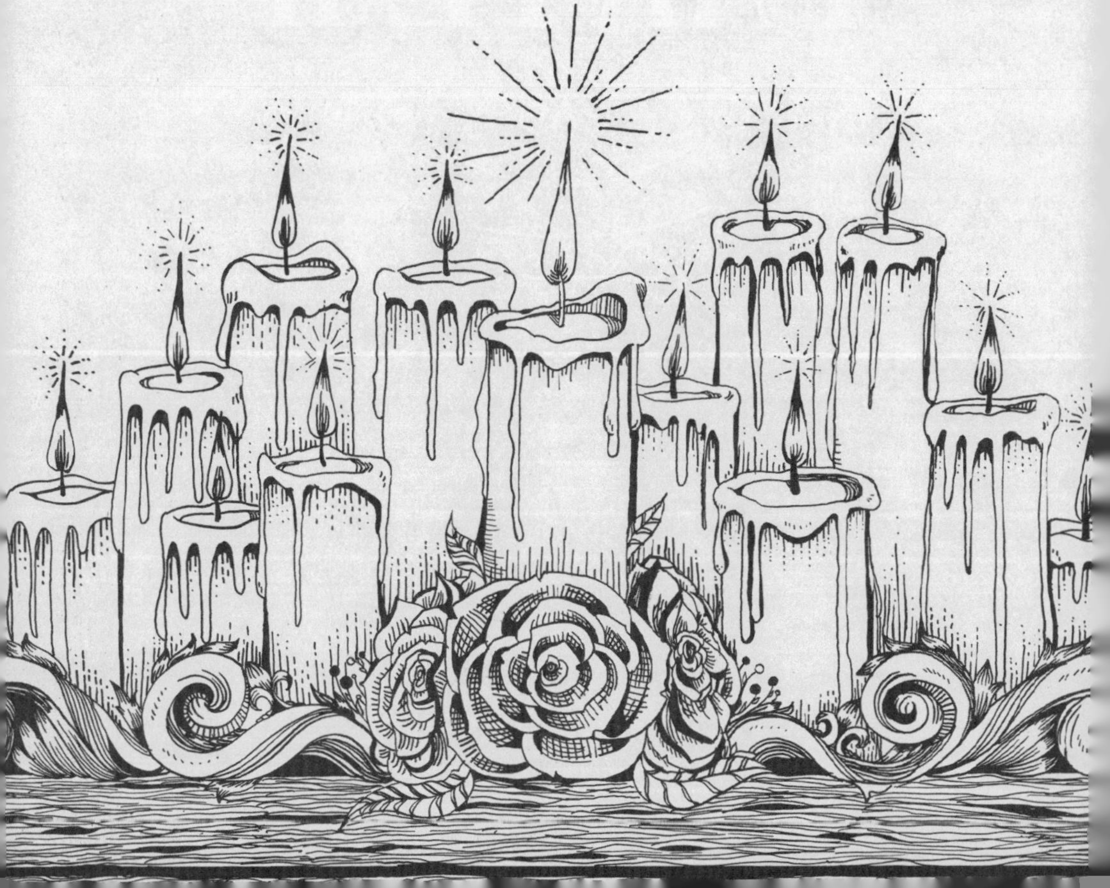

CAPÍTULO 1
A SINGULAR ATITUDE SOBRE UM ALFINETE DE SEGURANÇA

Atrás da cortina havia uma multidão indescritível. Artistas, operadores de cenários, dançarinas, figurantes, coristas, assinantes, todos estavam fazendo perguntas, gritando e acotovelando-se.

— O que aconteceu com ela?
— Ela fugiu.
— Com o Visconde de Chagny, é claro!
— Não, com o conde!
— Ah, foi Carlotta! Foi Carlotta quem fez esse truque!
— Não, foi o fantasma!

E alguns riram, especialmente quando a ideia de um acidente ficou fora de questão com um cauteloso exame dos alçapões e das tábuas do piso.

Em meio a esta multidão ruidosa, havia três homens parados, conversando em voz baixa, fazendo gestos de desespero. Eram Gabriel, o mestre do coro, Mercier, o diretor em exercício, e Remy, o secretário. Eles se retiraram para um canto do saguão por meio do qual o palco se comunica com o amplo corredor que dá para o saguão do balé. Ali eles ficaram e discutiram atrás de alguns imensos acessórios de cena.

— Eu bati à porta — disse Remy. — Eles não responderam. Talvez não estejam no escritório. Em todo caso, é impossível descobrir, pois levaram as chaves com eles.

"Eles" eram, obviamente, os diretores, que haviam dado ordens, durante o último intervalo, para que não fossem perturbados sob nenhum pretexto. Eles não estavam para ninguém.

— Ainda assim — exclamou Gabriel —, uma cantora raptada do meio do palco... não é algo que acontece todos os dias!

— Você gritou isso para eles? — quis saber Mercier, impaciente.

— Vou voltar lá novamente — disse Remy, e desapareceu correndo. Em seguida chegou o contrarregra.

— Bem, Sr. Mercier, você vem? O que vocês dois estão fazendo aqui? Sua presença é requerida, Sr. Diretor.

— Eu me recuso a ter conhecimento ou a fazer qualquer coisa antes da chegada do comissário — declarou Mercier. — Mandei chamar Mifroid. Veremos isso quando ele chegar!

— E eu lhe digo que deveria descer imediatamente até o órgão.

— Não antes da chegada do comissário.

— Eu mesmo já desci até o órgão.

— Ah! E o que você viu?

— Bem, eu não vi ninguém! Está me ouvindo? Ninguém!

— O que você quer que eu faça lá embaixo?

— Você está certo — disse o contrarregra, puxando, em um frenesi, sua cabeleira rebelde. — Você está certo! Mas deve haver alguém no órgão que possa nos dizer como o palco veio a ficar tão repentinamente na escuridão. Agora não se acha Mauclair em lugar nenhum. Está me entendendo?

Mauclair era o responsável pela iluminação, que fazia cair o dia e a noite sobre o palco da Ópera.

— Não se acha Mauclair em lugar nenhum! — repetiu Mercier, desconcertado. — Bem, e quanto aos assistentes dele?

— Não se acha nem Mauclair, nem nenhum de seus assistentes! Ninguém no setor de iluminação, estou lhe dizendo! Pode-se imaginar — rugiu o contrarregra — que a mocinha tenha sido raptada por alguma outra pessoa: ela não saiu correndo sozinha! Isso foi um golpe calculado, e nós temos de descobrir como isso aconteceu... E o que os diretores estão fazendo esse tempo todo? Dei ordens para que ninguém descesse até o setor de iluminação e coloquei um bombeiro em frente à cabina do iluminador ao lado do órgão. Isso não foi o certo a fazer?

— Sim, sim, muito certo. E, agora, vamos esperar pelo comissário.

O contrarregra saiu andando, dando de ombros, murmurando insultos para aqueles covardes que continuavam quietinhos em um canto enquanto todo o teatro estava de pernas para o ar.

Gabriel e Mercier não estavam tão tranquilos assim, só que eles haviam recebido uma ordem que os paralisava. Os diretores não deveriam ser perturbados por motivo algum. Remy violara essa ordem e não fora bem-sucedido em sua tarefa.

Naquele instante, ele voltava de sua nova expedição, curiosamente alarmado.

— Bem, você os viu? — quis saber Mercier.

— Moncharmin abriu a porta, por fim. Seus olhos estavam saltando de sua cara. Eu achei que ele fosse me bater. Não consegui dizer nenhuma palavra, e sabe o que ele gritou para mim? "Você tem um alfinete de segurança?" "Não!" "Bem, então caia fora!" Eu tentei contar a ele sobre uma coisa nunca vista antes, que acontecera no palco, mas ele rugiu: "Um alfinete de segurança, imediatamente!". Um menino ouviu-o, ele estava berrando como um touro, e subiu correndo com um alfinete de segurança para dá-lo a ele, depois do que Moncharmin bateu a porta na minha cara, e eis o que houve!

— E você não poderia ter dito "Christine Daaé".

— Eu gostaria de ter visto você em meu lugar. Ele estava espumando. Não pensava em nada além de seu alfinete de segurança. Acredito que, se não lhe tivessem trazido um imediatamente, ele teria sucumbido a um acesso! Ah, tudo isso não é natural, e nossos diretores estão ficando doidos... Além do mais, as coisas não podem continuar assim! Não estou acostumado a ser tratado desse jeito!

De repente, Gabriel sussurrou:

— Trata-se de outro truque do fantasma.

Remy abriu um largo sorriso, Mercier soltou um suspiro e parecia prestes a falar alguma coisa... mas, deparando-se com o olhar de Gabriel, não disse nada.

No entanto, Mercier sentiu que sua responsabilidade aumentava conforme os minutos se passavam sem o aparecimento dos diretores e, por fim, não conseguia aguentar mais.

— Olha aqui, eu mesmo vou caçar aqueles dois!

Gabriel, ficando muito melancólico e sério, impediu-o.

— Tome cuidado com o que está fazendo, Mercier! Se eles estão no escritório, é provavelmente porque têm de fazer isso! O fantasma tem mais de um truque na manga!

Mas Mercier balançou a cabeça, em negativa.

— Isso é problema deles! Estou indo! Se as pessoas tivessem me dado ouvidos, a polícia já teria ficado sabendo de tudo faz tempo!

E ele se foi.

— Tudo, o quê? — quis saber Remy. — O que há para ser contado à polícia? Por que você não me responde, Gabriel? Ah, então você sabe de alguma coisa! Bem, seria melhor que você me contasse, também, se não quiser que eu grite que vocês todos estão ficando loucos... Sim, é isto que vocês são: loucos!

Gabriel assumiu ares de tolo e fingiu não ter entendido o inconveniente rompante do secretário particular.

— O que seria essa "alguma coisa" de que eu deveria saber? — disse ele. — Não sei do que você está falando.

Remy começou a perder a paciência.

— Nessa noite, Richard e Moncharmin estavam se comportando como lunáticos, entre um ato e outro da Ópera.

— Em momento algum notei isso — rosnou Gabriel, muitíssimo irritado.

— Então você é o único! Você acha que eu não os vi? E aquele Sr. Parabise, o diretor do Crédito Central, não notou nada? E o tal Sr. de La Borderie, o embaixador, não tem olhos para ver? Oras, todos os assinantes estavam apontando para nossos diretores!

— Mas o que os nossos diretores estavam fazendo? — quis saber Gabriel, assumindo seu ar mais inocente.

— O que eles estavam fazendo? Você sabe melhor do que ninguém o que eles estavam fazendo... Você estava lá! E estava observando-os, você e Mercier! E vocês dois foram os únicos que não riram.

— Não estou entendendo!

Gabriel ergueu os braços e deixou-os pender nas laterais de seu corpo novamente, um gesto que pretendia exprimir a ideia de que a questão não lhe interessava nem um pouco. Remy prosseguiu:

— Qual é o sentido dessa nova mania deles? *Por que eles não querem que ninguém se aproxime deles?*

— *O quê? Ninguém deve se aproximar deles?*

— *E eles não deixam que ninguém encoste neles!*

— É mesmo? Você notou *que eles não deixam que ninguém encoste neles?* Isso é certamente esquisito!

— Ah, então você admite isso! Já não era sem tempo! E então, eles andam para trás!

— *Para trás!* Você viu nossos diretores *andarem para trás?* Ora, eu achei que só caranguejos andavam para trás!

— Não dê risada, Gabriel... não ria!

— Não estou rindo — protestou Gabriel, parecendo tão solene quanto um juiz.

— Talvez você possa me dizer isso, Gabriel, visto que é amigo íntimo da diretoria: quando fui lá em cima falar com o Sr. Richard, do lado de fora do vestíbulo, durante o intervalo do Jardim, com a mão esticada diante de mim, por que foi que o Sr. Moncharmin sussurrou, às pressas: "Vá embora! Vá embora! O que quer que você tenha de fazer, não encoste no Sr. Diretor!". Por acaso eu tenho alguma doença infecciosa?

— Isso é incrível!

— E, um pouco mais tarde, quando o Sr. de La Borderie subiu para falar com Richard, você não viu Moncharmin jogar-se entre eles e exclamar: "Sr. Embaixador, eu rogo-lhe que não encoste no Sr. Diretor"?

— Isso é terrível... E o que Richard estava fazendo enquanto isso?

— O que ele estava fazendo? Oras, você o viu! Ele virou-se, curvou-se *em reverência, embora não houvesse ninguém à sua frente, e recuou, andando para trás.*

— *Andando para trás?*

— E Moncharmin, atrás dele, também se virou; isso é, traçou um semicírculo atrás de Richard e também foi andando para trás! E eles foram andando daquele jeito até a escadaria que dá para o escritório dos diretores: *para trás, para trás, para trás!* Bem, se eles não estão malucos, você poderia explicar o que isso significa?

— Talvez estivessem ensaiando um número do balé — sugeriu Gabriel, sem muita convicção na voz.

O secretário ficou furioso com essa piada infeliz, feita em um momento tão dramático. Ele franziu o cenho e contraiu os lábios. Então levou a boca junto ao ouvido de Gabriel:

— Não banque o espertinho, Gabriel. Há coisas acontecendo pelas quais você e Mercier são parcialmente responsáveis.

— O que você quer dizer? — perguntou o outro.

— Christine Daaé não é a única que desapareceu essa noite.

— Ah, bobagem!

— Não é nenhuma bobagem. Talvez você possa me dizer por que, quando a Mãe Giry desceu até o saguão, há pouco, Mercier pegou-a pela mão e levou-a embora correndo com ele?

— É mesmo? — disse Gabriel. — Eu não vi isso.

— Você viu isso, sim, Gabriel, pois foi junto com Mercier e a Mãe Giry até o escritório dele. Desde então, vocês dois foram vistos, mas ninguém viu a Mãe Giry.

— Você acha que nós a devoramos?

— Não, mas a trancafiaram no escritório, e qualquer um que esteja de passagem por lá pode ouvir os gritos dela: "Ah, os patifes! Os patifes!".

Neste ponto dessa conversa singular, Mercier chegou, totalmente sem fôlego.

— Pronto! — disse ele, com uma voz sombria. — Está pior do que nunca! Eu gritei: "Trata-se de um assunto sério! Abram a porta! Sou eu, Mercier". Ouvi passadas. A porta abriu-se, e Moncharmin apareceu. Ele estava muito pálido. Ele disse: "O que você quer?". Respondi: "Alguém raptou Christine Daaé". O que vocês acham que ele disse? "Muito bem!" E fechou a porta, depois de colocar isso na minha mão.

Mercier abriu a mão, e os outros olharam para ela.

— O alfinete de segurança! — exclamou Remy.

— Que estranho! Estranho! — murmurou Gabriel, que não conseguia não tremer.

De repente, uma voz fez com que os três se virassem.

— Com licença, cavalheiros. Vocês poderiam me dizer onde está Christine Daaé?

Apesar da seriedade das circunstâncias, o absurdo da pergunta teria feito com que eles caíssem na gargalhada, não tivessem visto uma face tão abalada pela tristeza a ponto de serem de imediato tomados pela piedade. Era o Visconde Raoul de Chagny.

CAPÍTULO 11

CHRISTINE! CHRISTINE!

O primeiro pensamento de Raoul, depois do fantástico desaparecimento de Christine Daaé, foi o de acusar Erik. Ele não mais duvidava dos poderes quase sobrenaturais do Anjo da Música, naquele domínio da Ópera em que ele havia montado seu império. E Raoul foi correndo até o palco, em um acesso insano de amor e desespero.

— Christine! Christine! — gemeu, chamando-a como sentia que ela deveria estar chamando-o das profundezas daquele poço escuro para o qual o monstro a havia levado. — Christine! Christine!

E ele parecia ouvir os gritos da moça em meio às frágeis tábuas que o separavam dela. Ele curvou-se para a frente, ficou ouvindo... Vagava pelo palco como um homem ensandecido. Ah, descer, descer naquele poço de trevas cujas entradas todas estavam para ele fechadas... pois as escadas que davam para debaixo do palco estavam proibidas para todos, naquela noite!

— Christine! Christine!

As pessoas empurravam-no para o lado, rindo. Zombavam dele. Achavam que o cérebro do pobre enamorado se fora!

Por que estrada insana, por quais corredores de mistério e trevas conhecidos por ele somente, havia Erik arrastado aquela criança de alma pura até aquele lugar horrível e assombrado, com a sala de Luís Filipe, que se abria para o lago?

— Christine! Christine... Por que não responde? Você está viva?

Hediondos pensamentos passavam como lampejos pelo cérebro congestionado de Raoul. Estava claro que Erik devia ter descoberto o segredo deles; que ele sabia que Christine o havia enganado. Que vingança seria a dele!

E Raoul pensou novamente nas estrelas amarelas que tinham vindo, na noite anterior, e vagado pela sua sacada. Por que não as apagara para sempre? Os olhos de alguns homens dilatavam-se na escuridão e brilhavam como estrelas, ou como os olhos de um gato. Certamente albinos, que pareciam ter olhos de coelhos durante o dia, tinham olhos de gato durante a noite: todo mundo sabia disso! Sim, sim, ele havia, sem sombra de dúvida, atirado em Erik. Por que não o havia matado? O monstro fugira pela caleira como um gato ou um condenado que — todo mundo também sabia disso — escalaria os próprios céus, com a ajuda de uma caleira... Sem dúvida que Erik estava, naquele momento, contemplando algum passo decisivo contra Raoul, mas, em vez disso, ficara ferido e fugira para virar-se contra a pobre Christine.

Tais eram os pensamentos cruéis que assombravam Raoul enquanto ele corria para o camarim da cantora.

— Christine! Christine!

Lágrimas amargas faziam arder levemente suas pálpebras quando ele viu, espalhadas por cima dos móveis, as roupas que sua bela noiva haveria de usar na hora da fuga deles. Oh, por que ela se recusara a fugir mais cedo?

Por que ela havia brincado com a ameaçadora catástrofe? Por que havia brincado com o coração do monstro? Por que, em um acesso final de pena, insistira em dedicar-se, como último suborno, à sua canção divina:

"Sagrado anjo, no Céu abençoado,
Meu espírito anseia por contigo repousar!"

Raoul, cuja garganta estava cheia de soluços mesclados com choro, juramentos e insultos, tateava, desajeitado, o grande espelho que havia se aberto certa noite, diante de seus olhos, para permitir a passagem de Christine para a obscura morada lá embaixo. Ele empurrou, pressionou, tateou pelos arredores, mas aparentemente o espelho não obedecia a ninguém que não fosse Erik... Talvez não fosse o suficiente mexer em um espelho daquele tipo? Talvez se esperasse que ele pronunciasse certas palavras? Quando ele era pequeno, Raoul ouvira que existiam coisas que obedeciam à palavra falada!

De repente, lembrou-se de alguma coisa em relação a um portão que se abria para a Rua Scribe, uma passagem subterrânea que dava direto para ela, a partir do lago... Sim, Christine falara a respeito disso... E, quando ele descobriu que a chave não estava mais na caixa, não obstante correu até a Rua Scribe. Lá fora, ele passou suas mãos trêmulas por sobre as imensas pedras, tateando em busca de saídas... deparou-se com barras de ferro... Seriam aquelas? Ou essas? Ou poderia ser aquele respiradouro? Ele mergulhou os olhos impotentes através das barras... Como estava escuro ali dentro! Ele ficou ouvindo... Tudo estava silencioso. Ele deu a volta no edifício e deparou-se com barras maiores, portões imensos. Era a entrada do Pátio da Administração.

Raoul entrou correndo na guarita da zeladora.

— Com licença, madame, a senhora poderia me dizer onde encontro um portão ou uma porta, feito de barras, barras de ferro, que se abre para a Rua Scribe... e dá para o lago? A senhora sabe de que lago estou falando? Sim, o lago subterrâneo... debaixo da Ópera.

— Sim, senhor, eu sei que há um lago debaixo da Ópera, mas não sei que porta dá para lá. Eu nunca estive lá!

— E a Rua Scribe, madame? A senhora nunca esteve na Rua Scribe?

A mulher deu risada, até gritou de tanto rir! Raoul afastou-se rapidamente, rugindo de raiva, subiu correndo as escadas, quatro degraus de cada vez, desceu, passou correndo por todo o lado administrativo da casa de ópera, e encontrava-se mais uma vez na luz do tablado.

Ele parou, o coração batendo forte em seu peito: e se Christine Daaé tivesse sido encontrada? Ele viu um grupo de homens e perguntou:

— Com licença, cavalheiros. Vocês poderiam me dizer onde está Christine Daaé?

E alguém deu risada.

No mesmo instante, o palco zunia com um novo som e, em meio a uma multidão de homens de fraque, todos conversando e gesticulando, apareceu um homem que parecia muito calmo e apresentava uma face agradável, toda cor-de-rosa e bochechuda, coroada por cabelos cacheados e iluminada por um par de maravilhosamente serenos olhos azuis. Mercier, o diretor em exercício, chamou a atenção do Visconde de Chagny para aquele homem e disse:

— Esse é o cavalheiro a quem você deve fazer sua pergunta, meu senhor. Deixe-me apresentá-lo a Mifroid, o comissário de polícia.

— Ah, o Sr. Visconde de Chagny! Que prazer conhecê-lo, meu senhor — disse o comissário. — O senhor se importaria de vir comigo? E agora, onde estão os diretores... Onde estão os diretores?

Mercier não respondeu, e Remy, o secretário, voluntariou-se a passar a informação de que eles estavam trancados em seu escritório e que ainda não sabiam de nada do que havia acontecido.

— Não me diga isso! Vamos até lá!

E o Sr. Mifroid, seguido de uma multidão que só aumentava, virou-se em direção ao lado da administração do prédio. Mercier aproveitou-se da confusão para colocar, sorrateiramente, uma chave na mão de Gabriel:

— Isso tudo está indo de mal a pior — sussurrou ele. — Seria melhor se você deixasse sair a Mãe Giry.

E Gabriel se foi.

Logo eles chegaram à porta do diretor. Mercier chegou tempestuosamente ali em vão: a porta permanecia fechada.

— Abram, em nome da lei! — exigiu o Sr. Mifroid, falando alto e um tanto ansioso.

Por fim a porta foi aberta. Todos entraram correndo no escritório, seguindo o comissário.

Raoul foi o último a entrar. Quando estava prestes a acompanhar o restante das pessoas sala adentro, alguém colocou a mão em seu ombro, e ele ouviu estas palavras sendo faladas ao seu ouvido:

*— O segredo de Erik não diz respeito a ninguém
a não ser a ele mesmo!*

Raoul virou-se, soltando uma exclamação abafada. A mão que fora colocada em seu ombro agora estava nos lábios de uma pessoa com uma pele de ébano, olhos de jade e um gorro de astracã na cabeça: o Persa! O estranho continuou fazendo o gesto que recomendava discrição e, então, no momento em que o pasmado visconde estava prestes a perguntar o motivo de sua misteriosa intervenção, curvou a cabeça em reverência e foi embora.

CAPÍTULO III

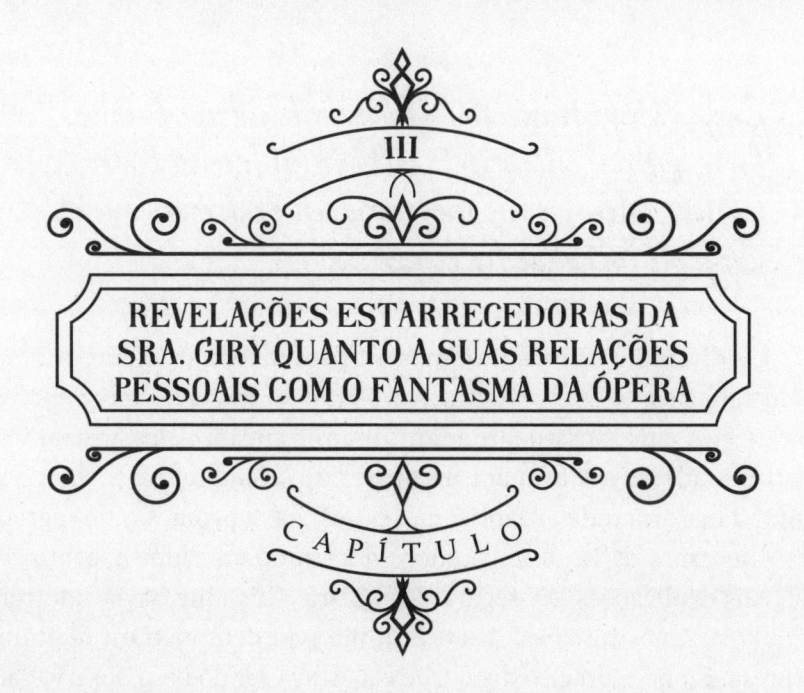

REVELAÇÕES ESTARRECEDORAS DA SRA. GIRY QUANTO A SUAS RELAÇÕES PESSOAIS COM O FANTASMA DA ÓPERA

Antes de acompanhar o comissário até o interior do escritório dos diretores, eu devo descrever certas ocorrências extraordinárias que se passaram naquele escritório em que Remy e Mercier haviam, em vão, tentando entrar, e no qual os Srs. Richard e Moncharmin se trancaram com um objetivo ainda desconhecido do leitor, mas que é meu dever, como historiador, revelar sem mais tardar.

Tive oportunidades de dizer que o humor dos diretores havia passado por uma mudança desagradável nos últimos tempos e comunicar o fato de que essa mudança não se devia somente à queda do candelabro na famosa noite da apresentação de gala.

O leitor deve saber que o fantasma havia tranquilamente recebido seus primeiros vinte mil francos. Oh, houve lamúrias e ranger de dentes, de fato! E a coisa havia acontecido de forma tão simples quanto possível.

Certa manhã, os diretores encontraram, em cima de sua mesa, um envelope endereçado ao "Senhor F. da Ó. (confidencial)", acompanhado por um bilhete do próprio F. da Ó.:

> *Chegou a hora de executar a cláusula do caderno de notas. Por favor, queiram colocar vinte notas de mil francos dentro deste envelope, selem-no com seu próprio selo e entreguem-no à Sra. Giry, que fará o que for necessário.*

Os diretores não hesitaram, sem perder tempo se perguntando como aquelas malditas comunicações eram entregues em um escritório que eles cuidadosamente mantinham trancado; eles agarraram a oportunidade de pôr as mãos no misterioso chantagista. E, depois de contar a história toda a Gabriel e Mercier, sob a promessa de segredo, eles colocaram os vinte mil francos dentro do envelope e, sem pedir por mais explicações, entregaram-no à Sra. Giry, que havia sido reintegrada em suas funções. A lanterninha não demonstrara nenhuma surpresa. Eu nem preciso dizer que ela estava sendo bem observada. A senhora foi direto para o camarote do fantasma e colocou o precioso envelope na pequena prateleira presa ao peitoril do camarote. Os dois diretores, assim como Gabriel e Mercier, estavam escondidos de tal forma que não perderam de vista o envelope por um segundo que fosse durante a apresentação, e até mesmo depois disso, pois, visto que o envelope não havia saído do lugar, aqueles que o observavam também não saíram, e a Sra. Giry foi embora enquanto os diretores, Gabriel e Mercier, ainda estavam lá. Por fim, eles ficaram cansados de esperar e abriram o envelope, depois de se certificarem de que o selo não tinha sido partido.

À primeira vista, Richard e Moncharmin acharam que as notas ainda estavam lá; no entanto, logo perceberam que não eram as mesmas. As vinte notas verdadeiras haviam se ido e tinham sido trocadas por vinte notas do "Banco da Santa Farsa"!

A fúria e o horror dos diretores eram inconfundíveis. Moncharmin queria mandar chamar o comissário de polícia, ao que Richard se opôs. Sem sombra de dúvida, ele tinha um plano, pois disse:

— Não vamos nos permitir ser ridicularizados! Toda Paris haverá de rir de nós. O fantasma ganhou a primeira rodada: nós ganharemos a segunda.

Ele estava pensando no pagamento do mês seguinte.

Não obstante, eles tinham sido tão completamente enganados que acabaram sofrendo de uma certa depressão. E devo dizer que isso não era difícil de entender. Nós não devemos nos esquecer de que os diretores tinham uma ideia, lá no fundo, de que aquele estranho incidente poderia ser uma desagradável peça pregada por parte de seus predecessores e que não seria divulgada prematuramente. Por outro lado, Moncharmin às vezes ficava perturbado, suspeitando do próprio Richard, que às vezes tinha caprichos estranhos. E, então, eles contentaram-se em esperar pelos eventos, enquanto continuavam de olho na Mãe Giry. Richard não deixou que ninguém falasse com ela.

— Se ela fosse cúmplice — disse ele —, as notas teriam sumido há muito tempo. Mas, na minha opinião, ela é meramente uma idiota.

— Ela não é a única idiota, nesse negócio — disse Moncharmin, pensativo.

— Bem, quem poderia ter pensado nisso? — gemeu Richard. — Mas não tema... da próxima vez, vou tomar minhas precauções.

A próxima vez recaiu no mesmo dia do desaparecimento de Christine Daaé. Pela manhã, um bilhete do fantasma os lembrou de que o dinheiro era devido. O bilhete dizia o seguinte:

> *Façam exatamente como da última vez. Vocês se saíram muito bem. Coloquem os vinte mil dentro do envelope e entreguem-no à nossa excelente Sra. Giry.*

E o bilhete estava acompanhado do costumeiro envelope, no qual eles tinham somente de inserir as notas.

Isso foi feito cerca de meia hora antes de a cortina ser erguida no primeiro ato de Fausto. Richard mostrou o envelope a Moncharmin. Então ele contou as vinte notas de mil francos na frente dele e as colocou dentro do envelope, mas sem o fechar.

— E agora — disse ele —, deixemos a Mãe Giry entrar.

Mandaram chamar a velha mulher, que entrou fazendo uma reverência de grande efeito. Ela ainda trajava seu vestido preto de tafetá, cuja cor estava rapidamente assumindo tons de ferrugem e lilás, sem mencionar o chapéu encardido. Ela parecia de bom humor e logo disse:

— Boa-noite, cavalheiros! Imagino que tenham me chamado por causa do envelope, não?

— Sim, Sra. Giry — disse Richard, em um tom muito amigável. — Por causa do envelope... e mais uma coisa, além disso.

— Aos seus serviços, Sr. Richard, aos seus serviços. E o que seria a outra coisa, queira me dizer, por favor?

— Em primeiro lugar, Sra. Giry, eu tenho uma pergunta a lhe fazer.

— Certamente, Sr. Richard. A Sra. Giry está aqui para lhe responder.

— A senhora ainda se dá bem com o fantasma?

— A nossa relação não poderia estar melhor, senhor, não poderia estar melhor.

— Ah, que deleite... Olhe aqui, Sra. Giry — disse Richard, no tom de alguém que está fazendo uma importante confidência. — Nós podemos bem lhe dizer, cá entre nós... que a senhora não é nenhuma tola!

— Ora, senhor! — exclamou a lanterninha, parando o agradável assentir das penas pretas em seu chapéu encardido. — Eu lhe garanto que ninguém nunca duvidou disso!

— Estamos bem de acordo e logo vamos nos entender. A história do fantasma não passa de um embuste, não é? Bem, ainda cá entre nós... isso já durou tempo suficiente.

A Sra. Giry olhou para os diretores como se estivessem falando grego. Ela foi até a mesa de Richard e perguntou, um tanto ansiosa:

— O que o senhor quer dizer com isso? Não estou entendendo.

— Ah, a senhora está entendendo muito bem. Em todo caso, tem de entender... E, primeiro de tudo, diga-nos qual é o nome dele.

— Nome de quem?

— O nome do homem de quem a senhora é cúmplice, Sra. Giry!

— Eu sou cúmplice do fantasma? Eu? Cúmplice dele em quê, diga?

— A senhora faz tudo o que ele quer.

— Ah! Ele não é muito incômodo, vocês sabem.

— E ele ainda lhe dá gorjetas?

— Não tenho do que reclamar.

— Quanto lhe dá para que leve este envelope a ele?

— Dez francos.

— Pobrezinha! Isso não é muito, é?

— Por quê?

— Eu vou lhe dizer em breve, Sra. Giry. Agora nós gostaríamos de saber por que motivo extraordinário a senhora se entregou de corpo e alma a esse fantasma... Não se compra a amizade e a devoção da Sra. Giry por cinco ou dez francos.

— Isso é bem verdade... E eu posso lhes dizer qual é o motivo, senhor. Não há nenhuma desonra nisso ... pelo contrário.

— Estamos bem certos disso, Sra. Giry...

— Bem, é assim... só que o fantasma não gosta que eu fale dos negócios dele.

— É mesmo? — perguntou Richard, em tom de mofa.

— Mas essa é uma questão que diz respeito somente a mim... Bem, eu estava, certa noite, no Camarote Cinco e me deparei com uma carta endereçada a mim, uma espécie de bilhete escrito em tinta vermelha. Eu não preciso ler a carta para o senhor, eu a sei de cor, e nunca haverei de esquecê-la, nem que eu viva cem anos!

E a Sra. Giry, empertigando-se, recitou a carta com uma eloquência tocante:

Senhora,

1825. Srta. Menetrier, líder do balé, tornou-se a Marquesa de Cussy.

1832. Srta. Marie Taglioni, uma dançarina, tornou-se a Condessa Gilbert des Voisins.

1846. La Sota, uma dançarina, casou-se com um irmão do Rei da Espanha.

1847. Lola Montes, uma dançarina, tornou-se a morganática esposa do Rei Luís da Bavária e tornou-se a Condessa de Landsfeld.

1848. Srta. Maria, uma dançarina, tornou-se a Baronesa de Herneville.

1870. Theresa Hessier, uma dançarina, casou-se com Dom Fernando, irmão do Rei de Portugal.

Richard e Moncharmin ficaram ouvindo a velha mulher, que, enquanto procedia a enumerar esses gloriosos casamentos, elevava-se, criava coragem e, por fim, em uma voz que explodia de orgulho, soltou a última sentença da profética carta:

1885. Meg Giry, Imperatriz!

Exausta por esse esforço supremo, a lanterninha caiu em uma cadeira, dizendo:

— Cavalheiros, a carta estava assinada pelo "Fantasma da Ópera". Eu havia ouvido muita coisa sobre isso, mas apenas meio que acreditava nele. A partir do dia em que ele declarou que minha pequena Meg, carne da minha carne, fruto do meu ventre, seria imperatriz, acreditei nele por completo.

E realmente não era necessário fazer um longo estudo das feições animadas da Sra. Giry para entender o que poderia ser obtido daquele fino intelecto com as duas palavras "fantasma" e "imperatriz".

No entanto, a questão era: quem é que puxava os fios daquela extraordinária marionete?

— A senhora nunca o viu, ele fala com a senhora e você acredita em tudo o que ele diz? — perguntou Moncharmin.

— Sim. Para começo de conversa, eu devo a ele o fato de minha pequena Meg ter sido promovida a corifeia. Eu disse ao fantasma: "Se for para ela tornar-se imperatriz em 1885, não há tempo a perder: ela deve tornar-se uma corifeia imediatamente". Ele disse: "Considere isso feito". E ele trocou só uma palavrinha como o Sr. Poligny, e estava feito.

— Então a senhora está dizendo que o Sr. Poligny viu o fantasma!

— Não, não o viu, assim como eu não o vi. Mas ele o ouviu. O fantasma disse uma palavra ao ouvido dele, sabe, na noite em que ele deixou o Camarote Cinco, com uma aparência tão terrivelmente pálida.

Moncharmin soltou um suspiro.

— Que coisa! — grunhiu ele.

— Ah! — disse a Sra. Giry. — Eu sempre achei que houvesse segredos entre o fantasma e o Sr. Poligny. Qualquer coisa que o fantasma pedisse a ele, ele fazia. O Sr. Poligny não conseguia recusar nada ao fantasma.

— Está ouvindo, Richard? Poligny não conseguia recusar nada ao fantasma!

— Sim, sim, estou ouvindo! — disse Richard. — Ele é amigo do fantasma, e, visto que a Sra. Giry é amiga do Sr. Poligny, aqui estamos! Mas eu não dou a mínima para ele — acrescentou, em um tom rude. — A única pessoa cujo destino realmente me interessa é você, Sra. Giry... Você sabe o que há dentro deste envelope?

— Ora, é claro que não — disse ela.

— Bem, veja.

A Sra. Giry olhou dentro do envelope com um olhar embotado, que logo recobrou seu brilho.

— Notas de mil francos! — ela gritou.

— Sim, Sra. Giry, notas de mil francos! E a senhora sabia disso!

— Eu, senhor? Eu... eu juro...

— Não jure, Sra. Giry! E, agora, eu lhe contarei qual é o segundo motivo pelo qual mandei chamar a senhora: vou mandar que a prendam.

As duas penas pretas no chapéu encardido, que geralmente assumiam ares de dois pontos de interrogação, transformaram-se em dois pontos de exclamação; quanto ao chapéu em si, oscilou em ameaça no tempestuoso coque dos cabelos da velha senhora. Surpresa, indignação, protesto e horror foram ainda mais exibidos por parte da mãe da pequena Meg, em uma espécie de movimento extravagante de virtude ofendida, e ela meio que pulou, meio que deslizou, o que a levou a ficar direto debaixo do nariz do Sr. Richard, que não conseguiu não empurrar sua cadeira para trás.

— Mandar me prender!

A boca que proferia essas palavras parecia prestes a cuspir na face de Richard os três dentes que ainda continha.

O Sr. Richard comportou-se como um herói. Ele não recuou mais. Seu indicador ameaçador já parecia estar indicando a lanterninha do Camarote Cinco para os magistrados que estavam ausentes.

— Vou mandar prendê-la, Sra. Giry, como ladra!

— Diga isso novamente!

E a Sra. Giry deu um forte tapa na orelha do Sr. Richard, antes que o Sr. Moncharmin tivesse tempo de intervir. No entanto, não foi a mão atrofiada da enraivecida velha senhora que foi de encontro ao ouvido do diretor, mas o próprio envelope, a causa de todos os males: o envelope mágico, que se abriu com o golpe, espalhando as notas de dinheiro, que escaparam em um fantástico giro, como se fossem borboletas gigantescas.

Os dois diretores soltaram um grito, e o mesmo pensamento fez com que ambos se prostrassem de joelhos, febris, pegando e examinando às pressas os preciosos pedaços de papel.

— Ainda são verdadeiras, Moncharmin?

— Ainda são verdadeiras, Richard?

— Sim, ainda são verdadeiras!

Acima das cabeças deles, os três dentes da Sra. Giry batiam em uma contestação ruidosa, cheia de horrendas interjeições. No entanto, tudo que podia ser claramente distinguido do que ela dizia era o seguinte:

— Eu, ladra! Eu, ladra, eu?

Ela engasgava-se com a fúria. Ela gritou:

— Eu nunca ouvi tal coisa antes, em toda a minha vida!

E, de súbito, ela voltou-se rapidamente de novo para Richard.

— Em todo caso — gritou ela —, você, Sr. Richard, deve saber melhor do que eu aonde foram parar os vinte mil francos!

— Eu? — perguntou-lhe Richard, espantado. — E como eu deveria saber?

Moncharmin, parecendo sério e descontente, de imediato insistiu para que a boa dama se explicasse.

— O que isso significa, Sra. Giry? — ele perguntou. — Por que a senhora está dizendo que o Sr. Richard deveria saber melhor do que a senhora aonde foram parar os vinte mil francos?

Quanto a ele, que sentia que ficava ele mesmo vermelho sob o olhar de Moncharmin, tomou o pulso da Sra. Giry e o sacudiu com violência. Em uma voz que grunhia e trovejava, ele rugiu:

— Por que eu deveria saber melhor do que a senhora aonde foram parar os vinte mil francos? Por quê? Responda-me!

— Porque eles foram parar dentro do seu bolso! — disse a velha mulher, ofegante, olhando para ele como se ele fosse a encarnação do próprio diabo.

Richard teria se precipitado para cima da Sra. Giry, se Moncharmin não tivesse segurado sua mão vingadora e se apressado a perguntar a ela, em um tom mais gentil:

— Como a senhora pode suspeitar que o meu parceiro tenha embolsado vinte mil francos?

— Em momento algum eu disse isso — declarou a Sra. Giry —, visto que fui eu mesma quem colocou os vinte mil francos dentro do bolso do Sr. Richard. — E ela acrescentou, baixinho: — Pronto! Falei... E que o fantasma me perdoe!

Richard começou a berrar novamente, mas Moncharmin, com autoridade, ordenou que ele se calasse.

— Permita-me! Permita-me! Deixe que a mulher se explique. Permita-me questioná-la. — E ele acrescentou: — É realmente incrível que você esteja assumindo um tom como esse... Nós estamos prestes a esclarecer todo o mistério. E você está tendo um acesso de fúria! Você está errado, comportando-se assim... Estou me divertindo imensamente.

A Sra. Giry, como a mártir que era, ergueu a cabeça, com o rosto reluzindo com a fé em sua própria inocência.

— O senhor está me dizendo que havia vinte mil francos no envelope que coloquei no bolso do Sr. Richard, mas eu lhe digo novamente que eu não sabia de nada disso... Nem o Sr. Richard, a propósito!

— A-ha! — disse Richard, subitamente assumindo ares de superioridade, de que Moncharmin não gostou. — Eu também não sabia de nada! A senhora colocou vinte mil francos no meu bolso, e eu também não sabia de nada! Fico muito feliz ao ouvir isso, Sra. Giry!

— Sim — concordou a terrível dama. — Sim, é verdade. Nenhum de nós dois sabia de nada. No entanto, o senhor, o senhor deve ter acabado descobrindo isso!

Se Moncharmin não estivesse lá, certamente Richard teria engolido a Sra. Giry viva! Mas o outro a protegeu e recomeçou suas perguntas:

— Que tipo de envelope a senhora colocou no bolso do Sr. Richard? Não foi aquele que lhe demos, aquele que a senhora levou para o Camarote Cinco diante dos nossos olhos, e, ainda assim, era o envelope que continha os vinte mil francos.

— Com licença. O envelope que o Sr. Diretor me deu foi o que coloquei furtivamente dentro do bolso do Sr. Diretor — explicou a Sra. Giry. — Aquele que eu levei para o camarote do fantasma foi outro, exatamente como aquele, que o fantasma me deu de antemão e que eu escondi na minha manga.

Assim dizendo, a Sra. Giry pegou de sua manga um envelope pronto, preparado e endereçado, similar àquele que continha os vinte mil francos. Os diretores tomaram o envelope dela, examinaram-no e viram que estava fechado com selos estampados de seu próprio sinete diretorial. Eles o abriram e viram que continha vinte notas do "Banco da Santa Farsa", como aquelas que os havia deixado espantados no mês anterior.

— Que simples! — disse Richard.

— Que simples! — repetiu Moncharmin, que continuava de olhos fixos na Sra. Giry, como se tentasse hipnotizá-la.

— Então foi o fantasma que lhe deu esse envelope e lhe disse para substituí-lo por aquele que demos à senhora? E foi ele que disse para colocar o outro envelope dentro do bolso do Sr. Richard?

— Sim, foi o fantasma.

— Então a senhora não se incomodaria de nos demonstrar um pouco de seus pequenos talentos? Eis o envelope. Aja como se não soubéssemos de nada.

— Como quiserem, cavalheiros.

A Sra. Giry pegou o envelope que continha as vinte notas e foi em direção à porta. Ela estava prestes a ir embora quando os dois diretores correram até ela:

— Ah, não! Ah, não! Nós não vamos cair nessa uma segunda vez! Depois da primeira, estamos precavidos!

— Com licença, cavalheiros — disse a velha mulher, desculpando-se —, mas vocês me disseram para agir como se não soubessem de nada... Bem, se vocês não soubessem de nada, eu deveria ir embora com seu envelope!

— E então como é que a senhora o colocaria dentro do meu bolso? — argumentou Richard, em quem Moncharmin tinha o olho esquerdo fixo, enquanto mantinha seu olho direito na Sra. Giry, em um procedimento que provavelmente forçaria sua vista, mas ele estava preparado para fazer de tudo para descobrir a verdade.

— Eu devo colocá-lo sorrateiramente em seu bolso quando o senhor menos esperar, senhor. O senhor sabe que eu sempre dou uma voltinha nos bastidores, no decorrer da noite, e com frequência vou com minha filha até o saguão do balé, o que tenho direito de fazer, sendo mãe dela. Levo até ela suas sapatilhas, quando o balé está prestes a começar... Na verdade, eu venho e vou conforme for do meu agrado. Os assinantes vão e vêm... O senhor também. Há muitas pessoas nos arredores... Vou atrás do senhor e coloco furtivamente o envelope no bolso de trás de sua casaca. Não existe nenhuma feitiçaria nisso!

— Nenhuma feitiçaria! — grunhiu Richard, revirando os olhos como se fosse Júpiter tonitruante. — Nenhuma feitiçaria! Oras, acabei de pegá-la em uma mentira, sua bruxa velha!

A Sra. Giry enfureceu-se, colocando seus três dentes para fora.

— E por que, posso saber?

— Porque eu passei aquela noite observando o Camarote Cinco e o falso envelope que a senhora colocou lá. Eu não fui nem por um segundo ao saguão do balé.

— Não, senhor, e não lhe dei o envelope naquela noite, mas na apresentação seguinte... na noite em que o subsecretário de Belas Artes do Estado...

Com essas palavras, o Sr. Richard repentinamente interrompeu a Sra. Giry:

— Sim, isso é verdade, estou me lembrando, agora! O subsecretário foi até os bastidores. Ele mandou me chamar. Desci até o saguão do balé por um instante. Eu estava nos degraus do saguão... O subsecretário e seu escrivão-chefe estavam lá. De repente, eu me virei. A senhora havia passado atrás de mim, Sra. Giry... Parecia que a senhora passou por mim me empurrando... Ah, consigo vê-la, ainda; consigo vê-la, ainda!

— Sim, foi isso, senhor, foi isso. Eu tinha acabado de terminar meu serviço. Aquele seu bolso, senhor, vem bem a calhar!

E a Sra. Giry mais uma vez igualou o gesto à sua palavra. Ela passou por trás do Sr. Richard e, com muita agilidade, com a qual o próprio Moncharmin ficou impressionado, colocou sorrateiramente o envelope dentro do bolso de trás da casaca de Richard.

— É claro — exclamou Richard, um pouco pálido. — Isso é muito esperto por parte do fantasma. O problema que ele tinha de resolver era o seguinte: como se livrar de qualquer intermediário perigoso entre o homem que dá os vinte mil francos e o homem que os recebe. E, de longe, a melhor coisa que ele poderia fazer seria vir pegar o dinheiro do meu bolso sem que eu notasse, visto que eu mesmo não sabia que o dinheiro estava lá. É maravilhoso!

— Oh, maravilhoso, sem sombra de dúvida! — concordou Moncharmin. — Só que você se esquece, Richard, de que eu forneci dez mil dos vinte mil francos, e ninguém colocou nada no meu bolso!

CAPÍTULO IV
O ALFINETE DE SEGURANÇA DE NOVO

A última frase de Moncharmin expressou tão claramente a suspeita que tinha de seu parceiro que estava fadada a receber uma explicação tempestuosa, ao final da qual foi acordado que Richard deveria ceder a todos os desejos de Moncharmin, com o objetivo de ajudá-lo a descobrir o cafajeste que os estava vitimando.

Isso nos leva ao entreato após o Ato do Jardim, com a estranha conduta observada pelo Sr. Remy e aqueles curiosos lapsos da dignidade que era esperada dos diretores. Ficou acertado, entre os dois, primeiramente, que Richard deveria repetir os exatos movimentos que fizera na noite do desaparecimento dos vinte mil francos e, em segundo lugar, que Moncharmin não deveria, nem por um instante, perder de vista o bolso traseiro da casaca de Richard, dentro do qual a Sra. Giry haveria de colocar os vinte mil francos.

O Sr. Richard colocou-se no lugar idêntico ao em que estivera quando se curvara em reverência ao subsecretário de Belas Artes. O Sr. Moncharmin assumiu sua posição uns poucos passos atrás dele.

A Sra. Giry passou, esbarrando no Sr. Richard, livrou-se dos vinte mil francos no bolso da casaca do diretor e desapareceu... Ou melhor, foi chamada para longe dali. De acordo com as instruções recebidas de Moncharmin uns poucos minutos antes, Mercier levou a boa dama até o escritório do diretor em exercício e trancou-a ali à chave, impossibilitando-a de se comunicar com seu fantasma.

Nesse ínterim, o Sr. Richard estava se curvando, fazendo reverências e andando de um lado para o outro e para trás, exatamente como se tivesse na sua frente aquele alto e poderoso ministro, o subsecretário de Belas Artes. Só que, embora essas marcas de educação não fossem criar nenhum assombro se o subsecretário do Estado realmente estivesse na frente dele, causou uma surpresa facilmente compreensível para os espectadores daquela cena muito natural, porém um tanto quanto inexplicável, quando o Sr. Richard não tinha ninguém à sua frente.

O Sr. Richard se curvava... para ninguém, curvava as costas... diante de ninguém, e andava para trás... diante de ninguém. E, uns poucos passos atrás dele, o Sr. Moncharmin fazia a mesma coisa, além de empurrar o Sr. Remy para longe e implorar ao Sr. de La Borderie, o embaixador, e ao diretor do Crédito Central, para que "não tocassem no Sr. Diretor".

Moncharmin, que tinha suas próprias ideias, não queria que Richard logo depois, quando os vinte mil francos tivessem sumido, chegasse até ele e dissesse:

— Talvez tenha sido o embaixador... ou o diretor do Crédito Central... ou Remy.

Ainda mais que, quando da primeira cena, segundo o próprio Richard admitiu, ele não havia encontrado ninguém naquela parte do teatro, depois que a Sra. Giry passara de raspão nele...

Tendo começado a andar para trás de modo a se curvar em reverência, Richard continuou a fazer isso por prudência, até que chegou ao corredor que dava para os escritórios da diretoria. Desse jeito, ele estava sendo constantemente observado por Moncharmin, por trás, além de ele mesmo ficar de olho em qualquer um que se aproximasse pela frente. Mais uma vez, esse novo método de andar nos bastidores, adotado pelos diretores de nossa Academia Nacional de Música, chamou a atenção; mas os próprios diretores não pensavam em nada que não seus vinte mil francos.

Ao chegar no corredor, que estava meio às escuras, Richard disse a Moncharmin, baixinho:

— Eu tenho certeza de que ninguém encostou em mim... Seria melhor que, agora, você ficasse a uma certa distância e me observasse até que eu chegue à porta do escritório. É melhor não levantar suspeitas, e nós poderemos ver qualquer coisa que se passar.

Mas Moncharmin respondeu:

— Não, Richard, não! Você vai na frente e eu vou imediatamente atrás de você! Não vou deixá-lo nem por um passo que seja!

— Mas, nesse caso — exclamou Richard —, eles nunca vão nos roubar os vinte mil francos!

— Eu espero que não roubem, mesmo! — declarou Moncharmin.

— Então o que estamos fazendo é absurdo!

— Nós estamos fazendo exatamente o que fizemos da última vez... Da última vez eu me juntei a você enquanto você estava saindo do palco e o segui bem de perto por esse corredor abaixo.

— Isso é verdade — suspirou Richard, balançando a cabeça e, passivamente, obedecendo a Moncharmin.

Dois minutos depois, os diretores conjuntos trancaram-se em seu escritório. O próprio Moncharmin colocou a chave em seu bolso:

— Nós permanecemos trancados, assim, da última vez — disse ele —, até que você saiu da Ópera para ir para sua casa.

— Isso mesmo. Ninguém veio nos perturbar, suponho?

— Ninguém.

— Então — disse Richard, que estava tentando puxar as coisas de sua memória —, então eu devo certamente ter sido roubado no caminho para minha casa.

— Não — disse Moncharmin, em um tom de voz mais seco do que nunca —, não, isso é impossível. Pois eu o deixei no meu táxi. Os vinte mil francos desapareceram na sua casa: não há dúvida quanto a isso.

— Isso é inacreditável! — protestou Richard. — Confio nos meus criados... e, se algum deles tivesse feito isso, teria desaparecido desde então.

Moncharmin deu de ombros, como se para dizer que não desejava entrar em detalhes, e Richard começou a achar que ele o estava tratando de um jeito muito insuportável.

— Moncharmin, já chega disso!

— Richard, eu já me cansei!

— Você se atreve a suspeitar de mim?

— Sim, de uma brincadeira idiota.

— Não se brinca com vinte mil francos.

— É isso o que eu penso — declarou Moncharmin, desdobrando um jornal e, de forma ostentosa, estudando seu conteúdo.

— O que você está fazendo? — perguntou Richard. — Vai ler o jornal agora?

— Sim, Richard, até que eu o deixe em casa.

— Como da última vez?

— Sim, como da última vez.

Richard arrancou o jornal das mãos de Moncharmin, que se levantou, mais irritado do que nunca, e encontrava-se cara a cara com um exasperado Richard, que, cruzando os braços no peito, disse:

— Escuta aqui, estou pensando nisso... *Estou pensando no que eu poderia pensar se*, como da última vez, depois de passar a noite sozinho com você, você me levasse até em casa e se, naquele momento da despedida, eu percebesse que vinte mil francos haviam desaparecido do bolso do meu casaco... como da última vez.

— E no que você poderia pensar? — quis saber Moncharmin, vermelho de raiva.

— Eu poderia pensar que, visto que você não ficou em nenhum momento longe de mim e, por seu próprio desejo, você foi o único a aproximar-se de mim, como da última vez, eu poderia pensar que, se aqueles vinte mil francos não estavam mais no meu bolso, haveria uma chance muito boa de que estivessem no seu!

Moncharmin deu um pulo com a sugestão.

— Oh! — gritou ele. — Um alfinete de segurança!

— Para que você quer um alfinete de segurança?

— Para prender ele a você! Um alfinete de segurança... Um alfinete de segurança!

— Você quer me prender com um alfinete de segurança?

— Sim, para prender você aos vinte mil francos! Então, seja aqui, no caminho daqui para sua casa, ou lá mesmo, você haverá de sentir a mão que puxar algo do seu bolso e verá se é a minha! Ah, então você está suspeitando de mim, agora, não é? Um alfinete de segurança!

E foi naquele momento que Moncharmin abriu a porta do corredor e gritou:

— Um alfinete de segurança! Alguém me dê um alfinete de segurança!

E nós sabemos como, naquele exato momento, Remy, que não tinha nenhum alfinete de segurança, foi recebido por Moncharmin, enquanto um menino procurava pelo objeto que ele tanto desejava. E o que se sucedeu foi o seguinte: o diretor primeiramente trancou a porta outra vez. Em seguida, ajoelhou-se atrás das costas de Richard.

— Eu espero — disse ele — que as notas ainda estejam aí!

— Eu também — disse Richard.

— As verdadeiras? — perguntou Moncharmin, decidido a não ser enganado dessa vez.

— Veja você mesmo — disse Richard. — Eu me recuso a colocar as mãos nelas.

Moncharmin pegou o envelope do bolso de Richard e tirou as notas dali com a mão tremendo, pois, para verificar com frequência a presença das notas, ele não havia selado o envelope, nem mesmo o prendera. Ele sentiu-se tranquilizado ao descobrir que todas as notas ali estavam, e eram bem autênticas. Ele as colocou de volta no bolso da casaca do parceiro e prendeu-as com grande cuidado. Em seguida, sentou-se atrás do casaco de Richard e manteve os olhos fixos nele, enquanto o outro, sentado à sua escrivaninha, não se mexia.

— Um pouco de paciência, Richard — disse Moncharmin. — Nós só temos de esperar alguns minutos... O relógio logo dará meia-noite. Da última vez, nós fomos embora com a última badalada da meia-noite.

— Ah, terei toda a paciência que for necessária!

O tempo passou devagar, pesado, misterioso, sufocante. Richard tentou não dar risada.

— Acabarei acreditando na onipotência do fantasma — disse ele. — Agora mesmo, você não está achando nada de desconfortável, inquietante, alarmante na atmosfera deste recinto?

— Você está bem certo — disse Moncharmin, que estava realmente impressionado.

— O fantasma! — continuou Richard, falando em voz baixa, como se temesse ser ouvido por ouvidos invisíveis. — O fantasma! Suponha, ainda assim, que houvesse um fantasma que coloca envelopes mágicos na mesa... que fala no Camarote Cinco... que matou Joseph Buquet... que soltou o candelabro... e que nos rouba! Pois, afinal de contas, não há ninguém aqui além de você e de mim, e, se as notas desaparecerem e nenhum de nós tiver alguma coisa a ver com isso, teremos de acreditar no fantasma... no fantasma.

Naquele instante, o relógio na cornija da lareira deu seu clique de aviso e emitiu o primeiro badalo da meia-noite.

Os diretores estremeceram. O suor escorria por suas testas. A décima segunda badalada soou entranha aos ouvidos deles.

Quando o relógio parou, eles soltaram um suspiro e levantaram-se de suas cadeiras.

— Acho que podemos ir agora — disse Moncharmin.

— Creio que sim — concordou Richard.

— Antes disso, você se importa se eu der uma olhada no seu bolso?

— Mas é claro, Moncharmin, *você deve!* Bem? — perguntou, enquanto ele estava tateando seu bolso.

— Bem, eu consigo sentir o alfinete.

— É claro, como você disse, nós não podemos ser roubados sem notar que isso aconteceu.

Mas Moncharmin, cujas mãos ainda estavam tateando o bolso, berrou:

— Eu consigo sentir o alfinete, mas não consigo sentir as notas!

— Vamos, sem brincadeiras, Moncharmin... Isso não é hora de brincar.

— Bem, sinta você mesmo.

Richard tirou seu casaco. Os dois diretores viraram o bolso do avesso. O bolso estava vazio. E a coisa curiosa era que o alfinete permanecia ali, preso no mesmo lugar.

Richard e Moncharmin ficaram pálidos. Não havia mais nenhuma dúvida quanto à feitiçaria.

— O fantasma! — murmurou Moncharmin.

Mas Richard, de repente, pulou para cima de seu parceiro.

— Ninguém além de você colocou a mão no meu bolso! Devolva-me meus vinte mil francos! Devolva-me meus vinte mil francos!

— Pela minha alma — suspirou Moncharmin, que estava prestes a desmaiar —, pela minha alma, eu juro que não estão comigo!

Então alguém bateu à porta. Moncharmin abriu-a automaticamente, parecendo mal reconhecer Mercier, seu gerente, trocou com ele algumas palavras, sem saber o que estava dizendo e, com um movimento inconsciente, colocou o alfinete de segurança, para o qual ele não tinha mais nenhum uso, nas mãos de seu confuso subordinado...

CAPÍTULO V
O COMISSÁRIO, O VISCONDE E O PERSA

As primeiras palavras do comissário de polícia, ao entrar no escritório dos diretores, foram perguntando sobre a desaparecida prima-dona.

— Christine Daaé está aqui?

— Christine Daaé, aqui? — ecoou Richard. — Não. Por quê?

Quanto a Moncharmin, não tinha forças para pronunciar uma palavra que fosse.

Richard repetiu o que dissera, pois o comissário e a compacta multidão que o havia acompanhado até o escritório estavam em um impressionante silêncio.

— Por que me pergunta se Christine Daaé está aqui, *Sr. Comissário*?

— Porque é preciso encontrá-la – declarou o comissário de polícia, solene.

— O que o senhor quer dizer com isso? Ela desapareceu?

— No meio do espetáculo!

— No meio do espetáculo? Isso é fora do comum!

— Não é? E o que é tão fora do comum quanto isso é que vocês estejam sabendo disso primeiramente por meio da minha pessoa!

— Sim — disse Richard, levando as mãos à cabeça e murmurando. — Que nova história é essa? Ah, isso é o bastante para fazer um homem pedir demissão!

E ele puxou uns poucos pelos de seu bigode sem nem mesmo notar que estava fazendo isso.

— Então ela... então ela desapareceu no meio do espetáculo? – repetiu.

— Sim, ela foi raptada no Ato da Prisão, no instante em que fazia a invocação dos anjos, mas duvido que ela tenha sido levada por um anjo.

— E eu estou certo de que ela foi levada por um anjo!

Todo mundo se virou. Um homem jovem, pálido, e que tremia de excitação, repetiu:

— Eu tenho certeza disso!

— Certeza disso, o quê? — perguntou-lhe Mifroid.

— De que Christine Daaé foi levada por um anjo, *Sr. Comissário*, e eu posso lhe dizer o nome dele.

— A-ha, Sr. Visconde de Chagny! Então o senhor sustenta a ideia de que Christine Daaé foi raptada por um anjo: um anjo da Ópera, sem dúvida, não?

— Sim, meu senhor, por um anjo da Ópera, e eu vou lhes dizer onde ele vive... quando estivermos a sós.

— O senhor está certo, meu senhor.

E o comissário de polícia, convidando Raoul a pegar uma cadeira, mandou que saíssem todos os outros, exceto pelos diretores.

Então Raoul disse:

— Sr. Comissário, o anjo se chama Erik, ele mora na Ópera e é o Anjo da Música!

— O Anjo da Música! É mesmo! Isso é muito curioso... O Anjo da Música! — E virando-se para os diretores, o Sr. Mifroid perguntou: — Vocês têm um Anjo da Música em suas dependências, cavalheiros?

Richard e Moncharmin balançaram as cabeças em negativa, sem nem mesmo falarem.

— Oh — disse o visconde —, estes cavalheiros ouviram falar do Fantasma da Ópera. Bem, eu me encontro em uma posição na qual posso declarar que o Fantasma da Ópera e o Anjo da Música são a mesma pessoa, e o nome verdadeiro dele é Erik.

O Sr. Mifroid levantou-se e olhou com atenção para Raoul.

— Perdão, meu senhor, mas é sua intenção zombar da lei? E, se não for, que história é essa de "Fantasma da Ópera"?

— Estou dizendo que estes cavalheiros já ouviram falar nele.

— Cavalheiros, parece que vocês conhecem o Fantasma da Ópera, não?

Richard levantou-se, com os pelos remanescentes de seu bigode na mão.

— Não, Sr. Comissário, nós não o conhecemos, mas gostaríamos, pois, nesta mesma noite, ele nos roubou vinte mil francos!

E Richard virou um olhar terrível para Moncharmin, que parecia dizer "Devolva-me os vinte mil francos, ou vou contar a história toda". Moncharmin entendeu o que ele quis dizer, pois, com um gesto confuso e agitado, disse:

— Ah, conte tudo e acabe logo com isso!

Quanto a Mifroid, alternava-se entre olhar para os diretores e para Raoul e se perguntava se haveria entrado em um hospício. Passou a mão pelos cabelos.

— Um fantasma — disse ele —, que, na mesma noite, rapta uma cantora de ópera e rouba vinte mil francos é um fantasma que deve estar com as mãos muito cheias! Se vocês não se importarem, vamos lidar com as questões em ordem. Primeiro a cantora, depois os vinte mil francos. Vamos, Sr. de Chagny, vamos tentar conversar a sério. O senhor acredita que a Srta. Christine Daaé foi levada por um indivíduo chamado Erik. O senhor conhece essa pessoa? O senhor o viu?

— Sim.

— Onde?

— No cemitério em uma igreja.

O Sr. Mifroid teve um sobressalto, começou a escrutinizar Raoul novamente e disse:

— É claro! É onde os fantasmas geralmente andam... E o que o senhor estava fazendo nesse cemitério?

— Meu senhor — disse Raoul —, eu posso bem entender o quão absurdas minhas respostas devem parecer. Mas eu lhe imploro que acredite que eu estou em plena posse das minhas faculdades mentais. Está em jogo a segurança da pessoa que me é mais querida no mundo.

Eu gostaria de convencê-lo com umas poucas palavras, pois o tempo está passando e cada minuto é valioso. Infelizmente, se eu não lhe contar a mais estranha história desde o começo, o senhor não acreditará em mim. Vou lhe contar tudo o que sei sobre o Fantasma da Ópera, Sr. Comissário. Ai de mim, que não sei muita coisa...

— Não importa, vá em frente, vá em frente! — exclamaram Richard e Moncharmin, de súbito altamente interessados na história.

Infelizmente para as esperanças deles de ficarem sabendo de algum detalhe que pudesse colocá-los no rastro de seu impostor, logo foram compelidos a aceitar o fato de que o Sr. Raoul de Chagny havia perdido a cabeça por completo. Toda aquela história sobre Perros-Guirec, caveiras e violinos encantados só poderia ter nascido do cérebro desordenado de um jovem louco de amor. Ficou evidente que o Sr. Comissário Mifroid partilhava do ponto de vista deles, e o magistrado certamente teria interrompido a narrativa incoerente se as circunstâncias não a tivessem interrompido por si.

A porta abriu-se, e um homem entrou, curiosamente trajado em um imenso fraque e com uma cartola, ao mesmo tempo surrada e brilhante, que vinha até suas orelhas. Ele foi até o comissário e falou com ele em um tom sussurrado. Sem sombra de dúvida se tratava de um detetive, que vinha trazer uma comunicação importante.

Durante essa conversa, o Sr. Mifroid não tirou os olhos de Raoul. Por fim, abordando-o, disse:

— Meu senhor, nós já falamos o bastante sobre o fantasma. Agora vamos falar um pouco sobre o senhor, caso não tenha nenhuma objeção: você deveria raptar a Srta. Christine Daaé essa noite?

— Sim, Sr. Comissário.

— Depois do espetáculo?

— Sim, Sr. Comissário.

— Todos os arranjos para isso foram feitos?

— Sim, Sr. Comissário.

— A carruagem que o trouxe até aqui deveria levá-los embora... Havia cavalos descansados em prontidão em todos os estágios...

— Isso é verdade, Sr. Comissário.

— E, não obstante, sua carruagem ainda está do lado de fora da Rotunda, esperando suas ordens, não está?

— Sim, Sr. Comissário.

— O senhor sabia que há outras três carruagens lá, além da do senhor?

— Não prestei a mínima atenção nisso.

— Eram carruagens da Srta. Sorelli, que não conseguiu achar lugar no Pátio da Administração, de Carlotta e do seu irmão, o Sr. Conde de Chagny...

— Bem provável...

— O que se sabe ao certo é que, embora sua carruagem, a de Sorelli e a de Carlotta ainda estejam lá, perto da calçada da Rotunda, a do Sr. Conde de Chagny se foi.

— Isso não tem nada a ver com...

— Perdoe-me, mas o Sr. Conde não se opunha ao seu casamento com a Srta. Daaé?

— Essa é uma questão que diz respeito apenas à família.

— O senhor respondeu à minha pergunta: ele se opunha ao casamento, e era por isso que o senhor haveria de levar Christine Daaé para fora do alcance de seu irmão... Bem, Sr. de Chagny, permita-me informá-lo de que ele foi mais esperto do que você! Foi ele quem raptou Christine Daaé!

— Oh, impossível! — gemeu Raoul, pressionando a mão no coração. — Tem certeza?

— Imediatamente depois do desaparecimento da artista, que se deu por meios que nós ainda temos de averiguar, ele foi correndo até sua carruagem, que seguiu direto cruzando Paris em um ritmo furioso.

— Cruzando Paris? — perguntou o pobre Raoul, com a voz rouca. — O que o senhor quer dizer com "cruzando Paris"?

— Cruzando e saindo de Paris... pela estrada de Bruxelas.

— Oh! — gritou o jovem. — Haverei de pegá-los! — E saiu correndo do escritório.

— E traga-os de volta até nós! — gritou o comissário, animado. — Ah, eis um truque duas vezes digno do Anjo da Música!

E, virando-se para seu público, o Sr. Mifroid fez um pequeno discurso sobre os métodos da polícia.

— Eu não sei se foi o Sr. Conde de Chagny quem realmente raptou Christine Daaé ou não... mas quero saber e acredito que, nesse instante, ninguém esteja mais ansioso para nos informar isso do que o irmão dele. E, agora, ele está voando atrás do irmão! Ele é meu principal ajudante! Essa, cavalheiros, é a arte da polícia, que se crê complicada e que, não obstante, torna-se tão simples assim que se percebe que consiste em obter o seu trabalho realizado por meio de pessoas que nada têm a ver com ele.

No entanto, o comissário de polícia Mifroid não teria ficado tão satisfeito consigo mesmo se soubesse que a corrida de seu rápido emissário fora interrompida na entrada do primeiríssimo corredor. Uma alta figura bloqueava o caminho de Raoul.

— Aonde o senhor vai tão rápido, Sr. de Chagny? — perguntou-lhe uma voz.

Impaciente, Raoul ergueu os olhos e reconheceu o gorro de astracã de uma hora antes. Ele parou:

— É você! — gritou ele, em uma voz febril. — Você que conhece os segredos de Erik e não quer que eu fale deles. Quem é você?

— O senhor sabe quem eu sou... Eu sou o Persa!

CAPÍTULO VI

O VISCONDE E O PERSA

Raoul agora se lembrava de que seu irmão havia uma vez lhe mostrado aquela pessoa misteriosa, de quem nada se sabia exceto que ele era persa e morava em um apartamento à moda antiga na Rua de Rivoli.

O homem com a pele cor de ébano, olhos de jade e gorro de astracã curvou-se sobre Raoul.

— Eu espero, Sr. de Chagny — disse —, que o senhor não tenha traído o segredo de Erik.

— E por que eu deveria hesitar em trair aquele monstro, senhor? — respondeu Raoul, arrogante, tentando dispensar o intruso. — Ele é seu amigo, por acaso?

— Eu espero que o senhor não tenha dito nada sobre Erik, porque o segredo dele também é o segredo de Christine Daaé, e falar de um é também falar do outro!

— Ah, senhor — disse Raoul, ficando cada vez mais impaciente —, você parece saber de muitas coisas que me interessam, e, ainda assim, eu não tenho tempo para lhe dar ouvidos!

— Mais uma vez, Sr. de Chagny, aonde o senhor está indo tão rápido?

— Não consegue adivinhar? Ajudar Christine Daaé...

— Então, senhor, fique aqui, pois Christine Daaé está aqui!

— Com Erik?

— Com Erik.

— Como é que você sabe?

— Eu estava na apresentação, e ninguém no mundo além de Erik poderia tramar um rapto como aquele! Ah — disse ele, com um profundo suspiro —, eu reconheço o toque do monstro...

— O senhor o conhece, então?

O Persa não respondeu, mas soltou um novo suspiro.

— Senhor — disse Raoul —, eu não sei quais são suas intenções, mas você pode fazer alguma coisa para me ajudar? Quero dizer, para ajudar Christine Daaé?

— Creio que sim, Sr. de Chagny, e eis o porquê de eu falar com o senhor.

— O que o senhor pode fazer?

— Tentar levá-lo até ela... e até ele.

— Se o senhor puder me fazer este serviço, minha vida é sua! Mais uma palavra: o comissário de polícia me disse que Christine Daaé tinha sido raptada pelo meu irmão, o Conde Philippe.

— Oh, Sr. de Chagny, eu não acredito nem um pouco nisso.

— Não é possível, é?

— Não sei se é ou não possível, mas existem muitas formas de se raptar alguém, e o Conde Philippe nunca teve, até onde eu saiba, nada a ver com feitiçaria.

— Seus argumentos são convincentes, senhor, e eu sou um tolo! Ah, vamos nos apressar! Eu me coloco totalmente em suas mãos... Como eu deveria não acreditar no senhor, quando é o único que em mim acredita... quando é o único a não sorrir quando o nome de Erik é mencionado?

E o jovem homem, impetuosamente, tomou as mãos do Persa, que estavam frias como gelo.

— Silêncio! — disse ele, parando e escutando os sons distantes do teatro. — Nós não devemos mencionar esse nome aqui. Vamos usar "ele" e "dele", então haverá menos perigo de chamar a atenção dele.

— O senhor acha que ele está por perto?

— Isso é bem possível, senhor, se ele não estiver com sua vítima, na casa no lago.

— Ah, então o senhor sabe daquela casa também?

— Se ele não estiver lá, pode estar aqui, nessa parede, nesse piso, nesse teto! Venha!

E o Persa, pedindo que Raoul amortecesse o som de suas passadas, conduziu-o por passagens que este nunca tinha visto antes, nem mesmo quando Christine costumava levá-lo para caminhadas por aquele labirinto.

— Se ao menos Darius já tivesse chegado! — disse o Persa.

— Quem é Darius?

— Darius? Meu criado.

Eles estavam no centro de uma praça deserta, em um imenso apartamento parcamente iluminado por uma pequena lamparina. O Persa parou Raoul e, no mais baixo dos sussurros, perguntou:

— O que você disse ao comissário?

— Eu disse que o sequestrador de Christine Daaé era o Anjo da Música, um *pseudônimo* do Fantasma da Ópera, e que seu nome verdadeiro era...

— Shhhhh! E ele acreditou em você?

— Não.

— Ele não deu nenhuma importância ao que você disse?

— Não.

— Ele tomou-o por louco?

— Sim.

— Melhor assim! — disse o Persa, suspirando.

E eles continuaram seu caminho. Depois de subirem e descerem por várias escadarias que Raoul nunca vira antes, os dois homens encontraram-se na frente de uma porta que o Persa abriu com uma chave-mestra. Os dois estavam com roupas de gala, mas, enquanto Raoul estava com uma cartola, o Persa usava seu gorro de astracã, o que era uma violação das regras que insistiam que se usasse uma cartola nos bastidores; mas, na França, todas as licenças são permitidas a estrangeiros: os ingleses e seus gorros de viagem, o Persa e seu gorro de astracã.

— Senhor — disse o Persa —, sua cartola o atrapalhará, seria melhor que a deixasse no camarim.

— Que camarim? — perguntou Raoul.

— O de Christine Daaé.

E o Persa, deixando que Raoul passasse pela porta que ele havia acabado de abrir, mostrou a ele o camarim da atriz, em frente. Eles estavam no final do corredor pelo qual Raoul estava acostumado a cruzar antes de bater à porta de Christine.

— Como você conhece bem a Ópera, senhor!

— Não tão bem quanto "ele"! — disse o Persa, com modéstia.

E ele empurrou o jovem para dentro do camarim de Christine, que se encontrava como Raoul o havia deixado uns poucos minutos antes.

Fechando a porta, o Persa foi até uma divisória minúscula que separava o camarim de um grande armário ao lado. Ele ficou ouvindo e, então, tossiu alto.

Seguiu-se o som de alguma coisa se agitando no armário e, uns poucos segundos depois, um dedo bateu à porta.

— Entre — disse o Persa.

Um homem entrou, também trajando um gorro de astracã e um longo sobretudo. Ele curvou-se em reverência e tirou de sob o casaco uma caixa ricamente entalhada, colocou-a em cima do toucador. Curvou-se em reverência mais uma vez e foi até a porta.

— Ninguém viu você entrar, Darius?

— Não, mestre.

— Não deixe que ninguém o veja saindo.

O criado olhou de relance pelo corredor abaixo e desapareceu com rapidez.

O Persa abriu a caixa, que continha um par de pistolas longas.

— Quando Christine Daaé foi raptada, senhor, mandei meu criado me trazer estas pistolas. Tenho-as há tempos, e pode-se confiar nelas.

— O senhor pretende lutar em um duelo? — perguntou o jovem.

— Certamente será um duelo em que teremos de lutar — disse o outro, examinando suas pistolas para ver se estavam carregadas. — E que duelo! — entregando uma das armas a Raoul, disse ainda: — Nesse duelo, seremos dois contra um, mas o senhor deve estar preparado para tudo, pois estaremos lutando com o mais terrível adversário que se possa imaginar. Mas você ama Christine Daaé, não ama?

— Eu venero o próprio chão em que ela pisa! Mas o senhor, que não a ama, diga-me por que o encontro pronto para arriscar sua vida por ela! Você deve odiar Erik!

— Não, senhor — disse o Persa, em um tom triste —, eu não o odeio. Se o odiasse, há muito que ele teria parado de fazer o mal.

— Ele lhe fez algum mal?

— Eu o perdoei pelo mal que me fez.

— Eu não o entendo. O senhor o trata como se fosse um monstro, fala de seu crime, ele lhe fez o mal e eu o encontro com a mesma piedade inexplicável que me levou ao desespero quando eu a vi em Christine!

O Persa não lhe respondeu. Ele pegou um banco e o colocou junto à parede, de frente para o grande espelho que enchia todo o espaço da parede oposta. Em seguida, subiu no banco e, com o nariz no papel de parede, parecia procurar por alguma coisa.

— Ah — disse ele, depois de uma longa busca —, achei!

E, erguendo o dedo acima de sua cabeça, pressionou-o junto a um canto no desenho do papel. Em seguida, virou-se e desceu em um pulo:

— Em meio minuto — disse ele —, ele estará *a caminho de sua perdição!* — E, cruzando toda a extensão do camarim, tateou o grande espelho. — Não, ainda não está cedendo — murmurou.

— Oh, vamos sair pelo espelho? — quis saber Raoul. — Como Christine Daaé.

— Então o senhor sabia que Christine Daaé saía por esse espelho?

— Isso se deu diante dos meus olhos, senhor! Eu estava escondido atrás da cortina do banheiro, e a vi desaparecer não pelo espelho, mas dentro dele!

— E o que foi que o senhor fez?

— Achei que se tratasse de uma aberração dos meus sentidos, um sonho louco.

— Ou de alguma novidade do fantasma! — riu o Persa. — Ah, Sr. de Chagny — prosseguiu, ainda com a mão no espelho —, se tivéssemos de lidar com um fantasma! Nós então poderíamos deixar nossas pistolas em sua caixa... Largue sua cartola, por favor, ali... e agora cubra a frente de sua camisa o máximo que puder com seu casaco, como estou fazendo... Traga as lapelas para a frente... vire o colarinho para cima. Nós devemos nos tornar o mais invisíveis quanto possível.

Apoiando-se junto ao espelho, depois de um curto silêncio, ele disse:

— Leva um tempo para soltar o contrapeso, quando se pressiona a mola de dentro do quarto. É diferente quando se está atrás da parede e se pode agir diretamente nele. Então o espelho vira imediatamente e se move com uma incrível rapidez.

— Que contrapeso? — perguntou Raoul.

— Oras, o contrapeso que levanta toda essa parede em seu pivô. Certamente que o senhor não espera que ela se mova sozinha, por meio de algum encantamento! Se ficar observando, verá que o espelho primeiramente se ergue uns dois a cinco centímetros e depois se desloca a mesma distância da esquerda para a direita. Então ficará em cima de um pivô e girará.

— Ele não está girando! — disse Raoul, impaciente.

— Ah, espere! O senhor tem tempo o bastante para ficar impaciente! É óbvio que o mecanismo está enferrujado, ou então a mola não está funcionando... A menos que se trate de alguma outra coisa — acrescentou o Persa, ansioso.

— O quê?

— Ele pode ter simplesmente cortado a corda do contrapeso e bloqueado todo o aparato.

— Por que ele faria uma coisa dessas? Ele não sabe que estamos vindo por aqui!

— Eu me atrevo a dizer que ele suspeite disso, pois sabe que eu entendo o sistema.

— Não está girando... E Christine, senhor, Christine?

O Persa disse, com frieza:

— Nós haveremos de fazer tudo o que for humanamente possível!... Mas ele pode nos impedir no primeiro passo! Ele comanda as paredes, as portas e os alçapões. No meu país, ele era conhecido por um nome que significa "amante de alçapões".

— Mas por que essas paredes obedecem a ele apenas? Ele não as construiu!

— Sim, senhor, foi exatamente isso que ele fez!

Raoul olhou para ele, pasmado; mas o Persa fez um sinal para que ficasse em silêncio e apontou para o espelho... Havia ali uma espécie de reflexo trêmulo. A imagem deles estava agitada, como em uma lâmina ondulante de água, e então tudo ficou imóvel novamente.

— Está vendo, não está girando! Vamos por outro caminho!

— Nesta noite, não há nenhum outro caminho! — declarou o Persa, em uma voz singularmente pesarosa. — E agora, atenção! E fique preparado para atirar.

Ele ergueu sua pistola em frente ao espelho. Raoul fez o mesmo. Com seu braço livre, o Persa puxou o jovem para junto de seu peito e, de repente, o espelho virou, em um ofuscante cruzamento de luzes: girou como uma daquelas portas giratórias de muitos restaurantes, carregando consigo Raoul e o Persa, e, de repente, lançou-os da plena luz na mais profunda escuridão.

VII
NOS SUBTERRÂNEOS DA ÓPERA
CAPÍTULO

ão para cima, preparado para atirar! — repetiu o companheiro de Raoul, rapidamente.

A parede, tendo completado a volta, fechou-se novamente atrás deles, e os dois homens ficaram ali, sem se mexer, prendendo a respiração por um instante.

Por fim, o Persa decidiu fazer um movimento, e Raoul ouviu quando ele se pôs de joelhos e tateou em busca de alguma coisa no escuro. De repente, era possível enxergar em meio à escuridão por meio de um candeeiro, e Raoul instintivamente recuou como se para escapar do escrutínio de um inimigo secreto. Mas logo ele percebeu que a luz era do Persa, cujos movimentos ele observava com atenção. O pequeno disco vermelho foi virado em todas as direções, e Raoul viu que o piso, as paredes e o teto eram formados por tábuas. Devia ter sido essa a via ordinária que Erik tomara para chegar ao camarim de Christine e impor-se sobre a inocência dela. E Raoul, lembrando-se do comentário do Persa, achou que isso havia sido construído misteriosamente pelo próprio fantasma. Posteriormente, ficou sabendo que Erik havia encontrado, totalmente preparada para ele, uma passagem secreta, há muito de conhecimento só dele e elaborada na época da Comuna de Paris, de modo a permitir que os carcereiros levassem seus prisioneiros diretamente até as masmorras que haviam sido construídas nos subterrâneos, pois os federados haviam ocupado a casa de ópera imediatamente depois do dia dezoito de março e tinham feito um ponto de partida no topo para seus balões de ar quente, que carregavam suas proclamações incendiárias aos departamentos, e uma prisão estadual bem no fundo.

O Persa ficou de joelhos e colocou o candeeiro no chão. Ele parecia estar trabalhando no assoalho e, então, apagou a luz. Então Raoul ouviu um fraco clique e viu um quadrado luminoso muito pálido no piso da passagem. Era como se uma janela tivesse sido aberta nos subterrâneos da Ópera, que ainda estavam iluminados. Raoul não mais via o Persa, mas sentiu-o a seu lado e ouviu-o sussurrar:

— Siga-me e faça tudo o que eu fizer.

Raoul virou-se para a abertura luminosa. Então ele viu o Persa, que ainda estava de joelhos, pendurar-se pelas mãos na beira da abertura, com sua pistola entre os dentes, e deslizar para dentro do subterrâneo abaixo.

Curiosamente o bastante, o visconde tinha total confiança no Persa, embora não soubesse nada sobre ele. A emoção do homem ao falar do "monstro" soava-lhe sincera e, se tivesse cultivado quaisquer propósitos sinistros contra ele, não o teria armado. Além disso, Raoul deveria chegar até Christine a qualquer custo. Portanto, ficou de joelhos também e pendurou-se no alçapão com ambas as mãos.

— Solte! — disse uma voz.

E ele caiu nos braços do Persa, que lhe disse para deitar-se com a barriga no chão, fechar o alçapão acima dele e agachar-se a seu lado. Raoul tentou fazer uma pergunta, mas a mão do homem estava em sua boca, e ele ouviu uma voz que reconheceu como sendo do comissário de polícia.

Raoul e o Persa estavam completamente escondidos atrás de uma divisória de madeira. Perto deles, uma curta escadaria dava para um pequeno quarto em que o comissário parecia estar andando para cima e para baixo, fazendo perguntas. A fraca luz era apenas o suficiente para distinguir a silhueta de coisas ao redor dele. E ele não conseguiu conter um grito embotado: havia três cadáveres ali.

O primeiro jazia no estreito patamar da pequena escadaria, e os outros dois haviam rolado para a parte de baixo da escada. Raoul poderia ter encostado em um dos dois pobres diabos ao passar os dedos pela divisória.

— Silêncio! — sussurrou o Persa.

Ele também tinha visto os corpos e deu uma palavrinha de explicação:

— *Ele!*

A voz do comissário agora era ouvida mais distintamente. Ele estava pedindo informações sobre o sistema de iluminação, que o contrarregra forneceu. Portanto, o comissário deveria estar no "órgão", ou em sua cercania imediata.

Ao contrário do que se poderia pensar, especialmente quando se fala de uma casa de ópera, o "órgão" não é um instrumento musical. Naqueles tempos, a eletricidade era empregada apenas para uns poucos efeitos cênicos e para os sinos. O imenso edifício e o palco em si ainda eram iluminados a gás; hidrogênio era usado para regular e modificar a iluminação de uma cena, e isso era feito por meio de um aparato especial que, por causa da multiplicidade de seus tubos, era conhecido como "órgão". Havia um nicho reservado ao lado do buraco do ponto para o encarregado da iluminação, que dali dava suas ordens para seus assistentes e conferia se as ordens eram executadas. Mauclair ficava nesse nicho durante todas as apresentações.

Mas Mauclair não estava em seu nicho, e seus assistentes não estavam em seus lugares.

— Mauclair! Mauclair!

A voz do contrarregra ecoou pelos subterrâneos, mas Mauclair não respondeu.

Eu havia dito que uma porta se abria em uma pequena escadaria que dava para o segundo andar subterrâneo. O comissário a empurrou, mas ela apresentou resistência.

— Estou dizendo — ele falou ao contrarregra — que não estou conseguindo abrir essa porta: ela é sempre assim tão difícil de se abrir?

O contrarregra forçou a porta para abri-la com o ombro. Ele viu que, ao mesmo tempo, estava empurrando um corpo humano e não conseguiu conter uma exclamação, pois reconheceu o corpo de imediato:

— Mauclair! Pobre diabo! Ele está morto!

No entanto, o Comissário Mifroid, a quem nada surpreendia, estava debruçado sobre aquele corpo grande.

— Não — disse —, ele está é passado de bêbado, o que não é bem a mesma coisa.

— Se esse é o caso, é a primeira vez — disse o contrarregra.

— Então alguém deu a ele algum narcótico. Isso é bem possível. Mifroid desceu alguns degraus e disse:

— Veja!

Iluminados pela luz de uma pequena lanterna vermelha, aos pés da escada, eles viram outros dois corpos. O contrarregra reconheceu os assistentes de Mauclair. Mifroid desceu e escutou a respiração deles.

— Eles estão dormindo profundamente — disse. — Que coisa curiosa! Algum desconhecido deve ter interferido com o homem da iluminação e seus subordinados... e essa pessoa desconhecida obviamente estava trabalhando em nome do sequestrador. Mas que ideia engraçada essa de sequestrar uma atriz no palco! Mande chamar o médico do teatro, por favor! — E Mifroid repetiu: — Coisa curiosa, decididamente curiosa!

Então ele se virou para a pequena sala, abordando as pessoas que Raoul e o Persa não conseguiam ver, de onde estavam.

— O que vocês dizem de tudo isso, cavalheiros? Vocês são os únicos que não apresentaram seus pontos de vista. E, ainda assim, devem ter algum tipo de opinião.

Em seguida, Raoul e o Persa viram as faces alarmadas dos codiretores aparecerem acima do patamar e ouviram a voz agitada de Moncharmin:

— Estão acontecendo coisas aqui, Sr. Comissário, que somos incapazes de explicar.

E as duas faces desapareceram.

— Obrigado pela informação, cavalheiros — disse Mifroid, com um tom de escárnio.

No entanto, o contrarregra, com a mão no queixo, em uma atitude de pensamento profundo, disse:

— Não é a primeira vez que Mauclair dorme no teatro. Eu me lembro de tê-lo encontrado, certa noite, roncando em seu pequeno recesso, com sua tabaqueira a seu lado.

— Isso faz muito tempo? — perguntou o Sr. Mifroid, limpando cuidadosamente seus óculos.

— Não, não faz tanto tempo assim... Espere um pouco! Foi na noite... é claro, sim. Foi na noite em que Carlotta... o senhor sabe, Sr. Comissário, deu seu famoso "coaxo"!

— É mesmo? Na noite em que Carlotta deu seu famigerado "coaxo"?

E o Sr. Mifroid, recolocando seus óculos reluzentes no nariz, fixou um olhar contemplativo no contrarregra.

— Então Mauclair cheira rapé, é? - perguntou ele, com indiferença.

— Sim, Sr. Comissário... Veja, eis a tabaqueira dele naquela pequena prateleira. Ah, ele é um grande cheirador de rapé!

— Eu também sou — disse Mifroid, e colocou a tabaqueira dentro de seu bolso.

Raoul e o Persa, sem serem vistos, observavam a remoção dos três corpos por vários operadores de cenários, que foram seguidos pelo comissário e por todas as pessoas que estavam com ele. Seus passos foram ouvidos por alguns minutos no palco acima. Quando eles estavam sozinhos de novo, o Persa fez um sinal para que Raoul se levantasse. O homem fez o que ele mandou, mas, visto que não ergueu a mão na frente de seus olhos, pronto para disparar, o Persa lhe disse para fazer isso e continuar assim, não importando o que acontecesse.

— Mas isso cansa desnecessariamente a mão — sussurrou Raoul. — Se eu realmente tiver de atirar, não estarei certo de minha mira.

— Então mude a pistola para sua outra mão — disse o Persa.

— Não sei atirar com a mão esquerda.

Foi então que o Persa deu esta estranha resposta, que certamente não foi calculada com o propósito de esclarecer nada no cérebro confuso do jovem:

— Não se trata de atirar com a mão direita ou com a esquerda; trata-se de manter uma de suas mãos como se você fosse puxar o gatilho de uma pistola com seu braço dobrado. Quanto à pistola em si, você pode colocá-la no bolso! — e ele acrescentou: — Que isso fique claramente entendido, ou não responderei por nada. É uma questão de vida ou morte. E agora, silêncio e me acompanhe!

Os subterrâneos da Ópera eram imensos, havia cinco andares. Raoul seguia o Persa e se perguntava o que teria feito sem seu companheiro naquele extraordinário labirinto. Eles desceram até o terceiro subterrâneo, e seu progresso ainda era iluminado por uma lamparina distante.

Quanto mais para baixo iam, mais precauções parecia tomar o Persa. Ele continuava virando-se para Raoul, para ver se ele estava segurando sua arma do jeito certo, mostrando a ele como ele mesmo levava a mão, como se em todos os momentos estivesse pronto para atirar, embora a pistola estivesse em seu bolso.

De repente, uma voz alta fez com que eles parassem. Alguém acima deles gritava:

— Todos os fechadores de portas, para o palco! O comissário de polícia quer falar com eles!

Passos foram ouvidos, e sombras deslizavam pela escuridão. O Persa puxou Raoul para trás de um suporte de cena. Eles viram passar diante e acima deles velhos homens curvados pela idade e pelo fardo passado nos cenários de ópera. Alguns mal conseguiam arrastar-se; outros, por força do hábito, com os corpos curvados e as mãos estiradas, procuravam portas para fechar.

Eles eram os fechadores de portas, os velhos, cansados, operadores de cenários, de quem uma caridosa administração tinha tido pena, dando-lhes o trabalho de fechar portas acima e abaixo do palco. Eles andavam pelos arredores incessantemente, de cima a baixo do edifício, fechando as portas, e também eram chamados de "caçadores de lufadas de ventos", pelo menos naquela época, pois eu tenho pouca dúvida de que agora todos eles estejam mortos. Lufadas de ventos são ruins para a voz, de onde quer que venham.[1]

Os dois homens poderiam ter tropeçado neles, poderiam tê-los acordado e provocado um pedido de explicações. Por ora, a investigação do Sr. Mifroid os salvava de tais encontros desagradáveis.

---

1. O próprio Sr. Pedro Gailhard me contou que ele havia criado uns poucos postos extras de fechadores de portas para velhos carpinteiros de palco que ele não estava disposto a demitir dos trabalhos na Ópera.

O Persa e Raoul achavam esse incidente bem-vindo, o qual os livrava de testemunhas inconvenientes, pois alguns desses fechadores de portas, não tendo mais nada a fazer e nenhum lugar onde dormir, permaneciam na Ópera, por ócio ou necessidade, e passavam a noite toda lá.

No entanto, eles não puderam gozar de sua solidão por muito tempo. Outras sombras desciam pelo mesmo caminho pelo qual os fechadores de portas haviam subido. Cada uma delas carregava uma pequena lanterna e a movia pelos arredores, acima, abaixo, por toda parte, como se estivessem procurando alguma coisa ou alguém.

— Maldição! — murmurou o Persa. — Eu não sei o que eles estão procurando, mas eles poderiam facilmente nos encontrar... Vamos sair daqui, rápido! Sua mão para cima, senhor, preparada para atirar! Dobre seu braço... mais... isso! Mão na altura dos olhos, como se estivesse lutando em um duelo e esperando pela palavra para atirar! Ah, deixe sua pistola no seu bolso. Rápido, venha comigo, vamos descer. Na altura dos olhos! Questão de vida ou morte! Aqui, por aqui, por essas escadas! — eles chegaram ao quinto subsolo. — Ah, que duelo, senhor, que duelo!

Assim que chegou ao quinto subsolo, o Persa respirou. Ele parecia desfrutar agora de uma sensação maior de segurança do que o que exibira quando eles dois pararam no terceiro, no entanto, em momento algum mudou a posição de sua mão. E Raoul, lembrando-se da observação do Persa — "Eu sei que se pode confiar nestas pistolas" —, estava cada vez mais pasmado, perguntando-se por que alguém deveria sentir-se tão gratificado por ser capaz de confiar em uma pistola que ele não pretendia usar!

Todavia, o Persa não lhe deu tempo para reflexões. Mandando Raoul ficar onde estava, subiu correndo alguns degraus da escadaria pela qual eles haviam acabado de vir e então voltou.

— Que burrice a nossa! — sussurrou ele. — Logo nos livraremos daqueles homens com suas lanternas. São os bombeiros, fazendo seus turnos.[II]

II. Naquela época, ainda fazia parte do dever dos bombeiros cuidar da segurança da casa de ópera, mesmo quando não havia apresentações sendo feitas, mas esse serviço foi, desde então, extinto. Perguntei ao Sr. Pedro Gailhard o motivo, e ele me respondeu: "Foi porque a diretoria temia que, em sua completa inexperiência em relação aos subsolos da Ópera, os bombeiros acabassem colocando fogo no edifício!".

Os dois homens esperaram mais cinco minutos. Então o Persa levou Raoul pelas escadas acima mais uma vez, mas, de repente, fez ele parar com um gesto. Alguma coisa se mexia na escuridão diante deles.

— De bruços no chão! — sussurrou o Persa.

Os dois homens puseram-se no chão.

Bem a tempo. Uma sombra, dessa vez não portando nenhuma luz, apenas uma sombra em meio às sombras, passou. Passou perto deles, próxima o bastante para encostar neles.

Eles sentiram a quentura de seu manto em cima deles. Pois eles podiam distinguir a sombra o suficiente a ponto de ver que ela trajava um manto que a envolvia da cabeça aos pés. Na cabeça, a sombra tinha um chapéu macio de feltro…

A sombra afastou-se, raspando as paredes com os pés e, às vezes, chutando algum canto.

— Ufa! — disse o Persa. — Escapamos por um triz! Aquela sombra me conhece e duas vezes me levou até o escritório dos diretores.

— É alguém que faz parte da polícia do teatro? – quis saber Raoul.

— É alguém muito pior! — respondeu-lhe o Persa, sem dar mais nenhuma explicação além dessa.[III]

— Não é… ele?

— Ele? Se ele não vier por trás, nós sempre haveremos de ver seus olhos amarelos! Essa é mais ou menos nossa proteção, nessa noite. Mas ele pode vir por trás, furtivamente, e seremos homens mortos caso não mantenhamos nossas mãos como se estivéssemos prestes a atirar, na altura dos nossos olhos!

[III]. Como o Persa, eu não posso fornecer mais explicações no tocante à aparição dessa sombra. Enquanto que, nessa narrativa histórica, todo o resto será normalmente explicado, por mais anormal que o decorrer dos eventos possa parecer, não posso dar ao leitor expressamente o entendimento do que o Persa quis dizer com aquelas palavras "É alguém muito pior!". O leitor deve tentar adivinhar por si, pois prometi ao Sr. Pedro Gailhard, o antigo diretor da Ópera, que guardaria seu segredo em relação à extremamente interessante e útil personalidade da sombra errante que trajava um manto, a qual, embora condenada a viver nos subterrâneos da Ópera, provia imensos serviços àqueles que, em noite de gala, por exemplo, aventuravam-se a vagar para longe do palco. Estou falando de serviços estatais e, mediante minha palavra de honra, não posso falar mais do que isso.

O Persa mal havia acabado de falar quando uma face fantástica entrou no campo de visão deles. Uma face totalmente em chamas, e não apenas dois olhos amarelos!

Sim, uma cabeça de fogo veio em sua direção, com a altura de um homem, mas sem nenhum corpo a ela preso. Ela soltava fogo e se parecia, no escuro, com uma chama moldada na forma do rosto de um homem.

— Ah — disse o Persa, entre dentes. — Eu nunca tinha visto isso antes... Papin não estava louco, afinal de contas: ele tinha visto isso! O que pode ser essa chama? Não é ele, mas ele pode tê-la mandado... Tome cuidado! Tome cuidado... Mantenha a mão na altura dos olhos, pelos Céus, na altura dos seus olhos! Conheço a maioria dos truques dele... mas não esse... Venha, vamos correr... é mais seguro. Mão na altura dos olhos!

E eles saíram correndo pelo longo corredor que se abria diante deles.

Depois de uns poucos segundos, que pareceram longos minutos, eles pararam.

— Ele não vem por este caminho com frequência — disse o Persa. — Esse lado não tem nada a ver com ele. Esse lado não dá para o lago, nem para a casa do lago... Mas talvez ele saiba que estamos nos calcanhares dele, embora eu tenha prometido que o deixaria em paz e nunca me meteria nos negócios dele novamente!

Assim dizendo, ele virou a cabeça, e Raoul fez o mesmo; e, mais uma vez, eles viram a cabeça de fogo atrás de si. Aquilo os havia seguido. E devia ter corrido, também, e talvez mais rápido do que eles, pois parecia estar mais perto.

Ao mesmo tempo, eles começaram a perceber um certo ruído cuja natureza não conseguiam adivinhar. Eles simplesmente notaram que o som parecia mover-se e aproximar-se junto com a face em chamas. Era um ruído como se fossem mil unhas sendo raspadas em um quadro-negro, o barulho perfeitamente insuportável que, às vezes, é produzido por uma pequena pedra no giz que raspa o quadro-negro.

Eles continuaram a recuar, mas a face de fogo vinha para a frente, avançava, ganhando vantagem sobre eles. Eles podiam ver claramente as feições dela. Os olhos eram redondos e fixos; o nariz, um pouco torto; e a boca era grande, com o lábio inferior pendurado, muito como os olhos, o nariz e o lábio da lua, quando a lua está bem vermelha, de um vermelho brilhante.

Como a lua vermelha conseguira deslizar pela escuridão, na altura de um homem, sem nada para sustentá-la, pelo menos aparentemente? E como fez isso tão rápido, em linha reta em frente, com olhos tão fixos, tão fixos? E o que era aquele som arranhado, raspado, rangido, que trazia consigo?

O Persa e Raoul não conseguiam mais recuar e ficaram grudados na parede, sem saber o que estava acontecendo por causa daquela incompreensível cabeça de fogo, e, especialmente naquele momento, por causa do som mais intenso, pululante, vivo, "numeroso", pois certamente o som era feito de centenas de pequenos sons, que se moviam no escuro, sob a face de fogo.

E ela vinha... com seu ruído... ficou na altura deles!

E os dois companheiros, grudados na parede, sentiram seus pelos arrepiarem com o horror, pois agora eles sabiam o que eram aqueles milhares de ruídos. Eles vinham em um bando, rolando na sombra por meio de inúmeras e apressadas pequenas ondas, mais rápidas do que as ondas que se precipitam sobre as areias com a maré cheia, pequenas ondas noturnas espumando sob a lua, sob a cabeça de fogo que era como uma lua. E essas pequenas ondas passavam entre as pernas deles, subiam por suas pernas, irresistivelmente, e tanto Raoul quanto o Persa não mais conseguiram conter seus gritos de horror, pavor e dor. Nem conseguiam mais manter as mãos na altura dos olhos: elas desceram para junto de suas pernas, para empurrar as ondas para trás, que estavam cheias de pequenas pernas, unhas, garras e dentes.

Sim, Raoul e o Persa estavam prestes a desmaiar, como Papin, o bombeiro. No entanto, a cabeça de fogo virou-se em resposta aos gritos deles e falou:

— Não se mexam! Não se mexam! O que quer que façam, não venham atrás de mim! Eu sou o pegador de ratos... Deixem-me passar, junto com meus ratos!

E a cabeça de fogo desapareceu, sumiu na escuridão, enquanto o corredor na frente dela se iluminou, como resultado da mudança na direção da luz que o pegador de ratos tinha feito em seu candeeiro. Antes, de modo a não assustar os ratos na frente dele, ele havia virado seu candeeiro para si, iluminando sua própria cabeça, agora, para apressar a fuga deles, ele iluminava o espaço escuro à sua frente. E então ele deu um pulo, arrastando consigo as ondas de ratos que rangiam, com todos os seus milhares de sons.

 Raoul e o Persa respiraram novamente, embora ainda tremessem.

 — Eu deveria ter me lembrado de que Erik me falou sobre o apanhador de ratos — disse o Persa. — Porém, ele nunca me disse que a aparência dele era essa... e é engraçado que eu nunca o tenha encontrado antes... É claro, Erik nunca vem até esta parte da Ópera!

 — Nós estamos muito longe do lago, senhor? — quis saber Raoul. — Quando chegaremos lá? Leve-me até o lago, oh, leve-me até o lago! Quando estivermos lá, vamos chamá-la... Christine haverá de nos ouvir! E ele nos ouvirá, também... E, visto que você o conhece, falaremos com ele!

 — Criança! — disse o Persa. — Nós nunca entraremos na casa do lago pelo lago! Eu mesmo nunca pisei na outra margem... a margem onde fica a casa... Deve-se cruzar o lago, primeiro... e ele é bem guardado! Eu temo que mais do que um daqueles homens, velhos operadores de cenários, velhos fechadores de portas, que nunca mais foram vistos aqui de novo foram simplesmente tentados a cruzar o lago. Isso é terrível... Eu mesmo quase teria sido morto lá... se o monstro não tivesse me reconhecido a tempo! Um conselho, senhor: nunca chegue perto do lago... E, acima de tudo, feche seus ouvidos, caso ouça a voz cantando debaixo d'água, a voz da sereia!

 — Mas então para que estamos aqui? — perguntou Raoul, em um arroubo febril, de impaciência e de raiva. — Se você não pode fazer nada por Christine, pelo menos me deixe morrer por ela!

 O Persa tentou acalmar o jovem rapaz.

 — Nós só temos um meio de salvar Christine Daaé, acredite em mim, que é entrar na casa sem sermos percebidos pelo monstro.

 — E existe alguma esperança de que isso vá acontecer, senhor?

 — Ah, se eu não tivesse essa esperança, eu não teria ido buscá-lo!

 — E como se pode entrar na casa no lago sem cruzar o lago?

 — Do terceiro subsolo, do qual tão desafortunadamente fomos afastados. Voltaremos até lá agora. Eu vou lhe dizer — falou o Persa, com uma mudança súbita na voz —, vou lhe dizer qual é o lugar exato: fica entre um apoio de cena e um cenário descartado de Rei de Lahore, exatamente onde morreu Joseph Buquet... Venha, senhor, tome coragem e me siga! E mantenha sua mão na altura dos olhos!... Mas onde estamos?

O Persa acendeu seu candeeiro novamente e lançou seus raios por dois enormes corredores abaixo, os quais se cruzavam em ângulos retos.

— Nós devemos estar — disse ele — na parte usada mais particularmente para as instalações de distribuição de água. Não estou vendo nenhum fogo vindo das fornalhas.

Ele foi na frente de Raoul, procurando seu caminho, parando abruptamente quando temia encontrar algum dos homens que trabalhava no sistema de água. Então eles tinham de se proteger contra o brilho de uma espécie de forja subterrânea, que os homens estavam apagando, e na qual Raoul reconheceu os demônios que Christine vira quando fora feita cativa pela primeira vez.

Desse jeito, eles pouco a pouco chegaram debaixo dos imensos subterrâneos sob o palco. A essa altura eles deviam estar bem no fundo da "cuba" e a uma profundidade extremamente grande, quando nos lembramos de que a terra foi escavada a mais de quinze metros debaixo do lençol freático que ficava sob toda aquela parte de Paris.[IV]

O Persa tocou em uma divisória na parede e disse:

— Se não estou enganado, essa é uma parede que poderia facilmente pertencer à casa do lago.

Ele estava batendo em uma divisória da parede da "cuba", e talvez seria bom que o leitor soubesse como o fundo e as divisórias da cuba foram construídos. De modo a impedir que a água que cercava as operações de construção ficassem em contato direto com as paredes que suportavam todo o maquinário do teatro, o arquiteto viu-se obrigado a construir um duplo invólucro em todas as direções. O trabalho de construção dele levou um ano inteiro. Foi na parede do primeiro invólucro que o Persa bateu, quando estava falando com Raoul sobre a casa no lago. Para qualquer um que entendesse a arquitetura do edifício, a ação do Persa parecia indicar que a misteriosa casa de Erik havia sido construída dentro do invólucro duplo, formada por uma espessa parede

---

IV. Toda a água teve de ser drenada, no edifício da Ópera. Para se ter uma ideia da quantidade de água que era bombeada, posso dizer ao leitor que representava a área do pátio do Louvre e a metade da altura das torres de Notre-Dame de profundidade. Não obstante, os engenheiros tiveram de deixar um lago ali.

construída como um aterro ou uma barragem, então uma parede de tijolos, uma estupenda camada de cimento e mais uma outra parede com muitos metros de espessura.

Com as palavras do Persa, Raoul lançara-se à parede e pôs-se a escutar avidamente. Mas ele não ouviu nada... nada, exceto o distante som de passos no piso das partes superiores do teatro.

O Persa escureceu seu candeeiro novamente.

— Cuidado! — disse ele. — Mantenha sua mão para cima! E silêncio! Devemos tentar outra forma de entrar.

E ele levou-o até a pequena escadaria pela qual eles haviam descido havia pouco tempo.

Eles subiram, parando a cada degrau, espiando na escuridão e no silêncio, até que chegaram ao terceiro subsolo. Lá, o Persa fez um movimento indicando que Raoul deveria ficar de joelhos e, dessa forma, rastejando com ambos os joelhos e uma das mãos no chão — pois a outra fora mantida na posição indicada —, eles chegaram até a parede do fundo.

Junto a esta parede havia um grande cenário descartado de *Rei de Lahore*. Perto deste, havia um suporte. Entre eles havia apenas espaço para um corpo... para um corpo que um dia fora encontrado ali pendurado. O corpo de Joseph Buquet.

O Persa, ainda ajoelhado, parou e pôs-se a escutar. Por um instante, pareceu hesitar e olhou para Raoul, então virou os olhos para cima, em direção ao segundo subsolo, o que fez com que o fraco brilho do candeeiro iluminasse abaixo, por uma fenda entre duas tábuas. Esse brilho parecia perturbar o Persa.

Por fim, ele jogou a cabeça para trás e decidiu agir. Deslizou por entre o suporte e o cenário de *Rei de Lahore*, com Raoul seguindo em seus calcanhares. Com a mão livre, o Persa tateou a parede. Raoul viu-o empurrá-la com força, exatamente como havia feito na parede do camarim de Christine. Então uma pedra cedeu, deixando um buraco na parede.

Dessa vez, o Persa pegou a pistola de seu bolso e fez um sinal para que Raoul fizesse o mesmo. Ele armou a pistola.

E, decidido, ainda de joelhos, ele se contorceu e passou pelo buraco na parede. Raoul, que havia desejado passar primeiro, teve de se contentar em segui-lo.

O buraco era muito estreito. O Persa parou quase de imediato. O outro ouviu-o tateando as pedras em volta dele. Então o homem pegou seu candeeiro de novo, inclinou-se para a frente, examinou alguma coisa que estava debaixo dele e apagou sua lanterna imediatamente. Raoul ouviu-o dizer, em um sussurro:

— *Teremos de saltar alguns metros, sem fazer nenhum barulho. Tire suas botas.*

O Persa entregou seus próprios sapatos a Raoul.

— Coloque-os do lado de fora da parede — disse ele. — Nós os encontraremos e pegaremos quando formos embora.[V]

Ele rastejou mais um pouco, de joelhos, e depois se virou para a direita e disse:

— Eu vou me pendurar com as mãos no peitoril da pedra e cair dentro da casa dele. Você deve fazer exatamente o mesmo. Não tenha medo. Haverei de segurá-lo.

Raoul logo ouviu um som embotado, evidentemente produzido pela queda do Persa, e então ele mesmo caiu.

Raoul viu-se pego nos braços do Persa.

— Shhhhh! — disse o Persa.

E eles ficaram ali, sem se mexer, ouvindo.

A escuridão era profunda ao redor deles, o silêncio, pesado e terrível.

Então o Persa começou a brincar com seu candeeiro, virando os raios sobre a cabeça deles, procurando pelo buraco pelo qual eles tinham vindo e não o encontrando:

— Oh! — disse ele. — A pedra fechou-se sozinha!

E a luz do candeeiro varreu a parede abaixo e acima do chão.

O Persa inclinou-se e pegou alguma coisa, uma espécie de corda, que ele examinou por um segundo e jogou longe, com horror.

— O laço do Punjab! — murmurou.

[V]. Esses dois pares de botas, que foram colocados, segundo os documentos do Persa, logo entre o suporte de cena e o cenário de Rei de Lahore, no lugar onde Joseph Buquet foi encontrado enforcado, nunca foram encontrados. Devem ter sido pegos por algum carpinteiro de palco ou "fechador de porta".

— O que é isso? — perguntou Raoul.

O Persa estremeceu.

— Poderia bem ser a corda com a qual o homem foi enforcado e que se procurou por tanto tempo.

E, de repente, tomado por uma nova onda de ansiedade, ele moveu o pequeno disco vermelho de sua lanterna pelas paredes. Desse jeito, iluminou uma coisa curiosa: o tronco de uma árvore, que parecia ainda estar bem viva, com suas folhas, e os ramos daquela árvore subiam pelas paredes e desapareciam no teto.

Por causa da pequenez do disco luminoso, a princípio era difícil discernir a aparência das coisas: eles viram um canto de um ramo... e uma folha... e mais uma folha... e, ao lado desta, nada que fosse, nada além do raio de luz que parecia refletir a si mesmo. Raoul passou a mão por cima daquele nada, por cima daquele reflexo.

— Veja! — disse ele. — A parede é um espelho!

— Sim, um espelho! — disse o Persa, em um tom de profunda emoção. E, passando a mão que segurava a pistola sobre sua testa úmida, disse: — Nós caímos na câmara de tortura!

O que o Persa sabia sobre esta câmara de tortura e o que aconteceu com ele e seu companheiro será contado nas próprias palavras dele, conforme um manuscrito que ele deixou para trás e que copio *palavra por palavra*.

VIII

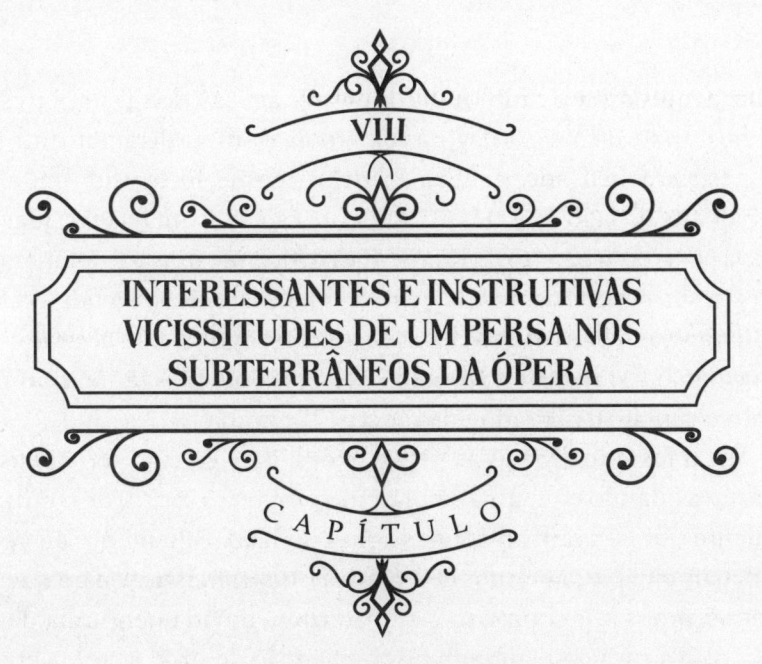

INTERESSANTES E INSTRUTIVAS VICISSITUDES DE UM PERSA NOS SUBTERRÂNEOS DA ÓPERA

CAPÍTULO

A narrativa do Persa

Era a primeira vez que eu entrava na casa no lago. Com frequência eu pedia ao "amante de alçapões", como costumávamos chamar Erik no meu país, que abrisse suas misteriosas portas para mim. Ele sempre se recusava. Fiz muitas tentativas, em vão, de entrar lá. Eu podia observá-lo, depois que fiquei sabendo que ele tomara sua morada permanente na Ópera, mas a escuridão era sempre intensa demais para que me permitisse ver como ele lidava com a porta na parede do lago. Certo dia, quando achei que estava sozinho, entrei no bote e remei em direção àquela parte da parede pela qual eu vira Erik desaparecer. Foi então que entrei em contato com a sereia que guardava a aproximação, cujo encanto quase foi fatal para mim.

Eu mal havia deixado a margem quando o silêncio em meio ao qual eu flutuava na água foi perturbado por uma espécie de cantar sussurrado que pairava por todo o meu redor. Era meio respiração, meio música; aquilo se erguia suavemente das águas do lago e me cercava, e eu não sabia por meio de qual artifício. Aquilo me seguia, movia-se junto comigo, tão baixinho que não me alarmava. Pelo contrário, no meu anseio por aproximar-me da fonte daquela doce e sedutora harmonia, me debrucei por cima do meu pequeno bote sobre a água, pois não havia dúvida em minha mente de que o canto vinha da própria água. A essa altura, eu estava sozinho no bote no meio do lago; a voz — pois agora era distintamente uma voz — estava a meu lado, na água. Eu debrucei-me, inclinando-me ainda mais adiante. O lago estava perfeitamente calmo, e um feixe de luar que passava pelo respiradouro da Rua Scribe não me mostrava absolutamente nada em sua superfície, macia e preta como nanquim. Sacudi a cabeça para livrar-me de um possível zumbido, mas logo tive de aceitar o fato de que não havia nenhum zumbido nos meus ouvidos tão harmonioso quanto o cantar sussurrado que me seguia e atraía.

Se eu fosse inclinado às superstições, com certeza teria pensado que estava lidando com uma sereia, cujo propósito seria o de confundir o viajante que se aventurasse nas águas do lago. Felizmente eu venho de um país em que gostamos demais de coisas fantásticas para que não as conheçamos por completo e eu não tinha dúvida nenhuma de que estava cara a cara com alguma nova invenção de Erik. Mas ela era tão perfeita que, enquanto eu me debruçava para fora do barco, fui impelido menos por um desejo de descobrir seu truque do que o de desfrutar seu encanto, e me debrucei para fora do bote; fiz isso até que quase o virei.

De repente dois braços monstruosos saíram do seio das águas e me agarraram pelo pescoço, arrastando-me para baixo, para as profundezas, com uma força irresistível. Eu certamente estaria perdido, se não tivesse tido tempo de soltar um grito, pelo qual Erik soube se tratar de mim. Pois era ele e, em vez de me afogar, como certamente fora sua primeira intenção, ele nadou comigo e me colocou com gentileza na margem do lago:

— Como você é imprudente! — disse ele, enquanto se postava à minha frente, escorrendo água. — Por que tentar entrar na minha casa? Eu nunca o convidei! Eu não quero você aqui, nem ninguém! Você salvou a minha vida só para torná-la insuportável? Por maior que tenha sido o serviço que você lhe prestou, Erik pode acabar se esquecendo disso, e você sabe que nada pode segurar Erik, nem mesmo ele próprio.

Ele falava, mas eu não tinha nenhum outro desejo que não fosse o de saber qual era o que eu já chamava de "truque da sereia". Ele satisfez minha curiosidade, pois Erik, que é realmente um monstro — eu o vi em ação na Pérsia, ai de mim! —, também é, em determinados aspectos, uma verdadeira criança, vaidosa e orgulhosa, e não há nada que ele ame mais, depois de pasmar as pessoas, quanto provar toda a realmente milagrosa engenhosidade de sua mente.

Ele deu risada e me mostrou um longo junco.

— É o truque mais bobo que você já viu — disse ele —, mas é muito útil para respirar e cantar na água. Aprendi isso com os piratas de Tonquim, que conseguem permanecer escondidos durante horas nos leitos dos rios.[1]

Falei com ele em um tom severo.

— É um truque que quase me matou! — falei. — E pode ter sido fatal para outros! Você sabe o que você me prometeu, Erik? Chega de assassinatos!

— Eu realmente cometi assassinatos? — perguntou ele, assumindo seu ar mais amigável.

— Homem infeliz! — gritei. — Você se esqueceu das horas róseas de Mazenderan?

— Sim — respondeu-me ele, em um tom mais triste —, eu prefiro esquecê-las. Mas eu costumava fazer a pequena sultana rir!

— Tudo isso faz parte do passado — declarei —, mas temos o presente... e você é responsável diante mim pelo presente, porque, se eu assim o tivesse desejado, não haveria nenhum presente que fosse para você. Lembre-se disto, Erik: eu salvei a sua vida!

Eu me aproveitei da virada na conversa para falar com ele sobre uma coisa que havia muito estava na minha cabeça:

— Erik — falei —, Erik, jure que...

— O que foi? — retorquiu ele. — Você sabe que nunca mantenho meus juramentos. Juramentos são feitos para com eles se apanhar trouxas.

— Diga-me... você pode me dizer, em tod o caso...

— Bem?

— Bem, o candelabro... o candelabro, Erik?

— O que tem o candelabro?

— Você sabe o que quero dizer.

— Oh — disse ele, abafando o riso —, eu não me importo de falar a você sobre o candelabro... *Não fui eu!* O candelabro estava muito velho e gasto.

---

[1]. Um relatório oficial de Tonquim, recebido em Paris, no fim de julho de 1909, relata como o famoso pirata-chefe De Tham foi rastreado por nossos soldados, junto com seus homens, e como todos eles conseguiram fugir graças a esse truque dos juncos.

Quando Erik ria, ele ficava mais terrível do que nunca. Ele pulou para dentro do bote, dando risada de um jeito tão horrível que eu não conseguia não tremer.

— Muito velho e gasto, meu caro daroga!II Muito velho e gasto, o candelabro... Ele caiu sozinho! Caiu e espatifou-se! E agora, daroga, tome meu conselho e vá se secar, ou vai pegar um resfriado. E nunca mais entre no meu bote. E, faça o que fizer, não tente entrar na minha morada: nem sempre estou lá... daroga! E eu lamentaria muito ter de dedicar minha Missa do Réquiem a você!

Assim dizendo, remando para a frente e para trás como um macaco, e ainda rindo, ele levou o bote para longe da margem e logo desapareceu na escuridão do lago.

A partir daquele dia, eu desisti de todos os pensamentos de entrar na casa dele no lago. Aquela entrada ficava obviamente muito bem guardada, especialmente visto que ele soube que eu tinha conhecimento dela. No entanto, senti que deveria haver uma outra entrada, pois com frequência eu vira Erik desaparecer no terceiro subsolo, quando eu o estava observando, embora não conseguisse imaginar como.

Desde o momento em que descobri que Erik havia se instalado na Ópera, eu vivia em um estado de terror perpétuo em relação a suas horríveis fantasias, não por causa da minha pessoa, mas eu temia por tudo com relação aos outros.III

E sempre que algum acidente, algum evento fatal acontecia, eu sempre pensava comigo mesmo: "Eu não ficaria surpreso se fosse o Erik", até mesmo enquanto outros costumavam dizer "É o fantasma!". Com que frequência eu ouvi as pessoas proferirem aquela frase com um sorriso! Pobres diabos! Se eles soubessem que o fantasma existia em carne e osso, eu juro que eles não haveriam de ter dado risada!

II. *"Daroga"* é a palavra em persa para chefe de polícia.

III. O Persa poderia ter facilmente admitido que o destino de Erik também lhe interessava, pois ele estava bem ciente de que, se o governo de Teerã ficasse sabendo que Erik ainda estava vivo, colocaria um fim à modesta pensão do outrora *daroga*. É apenas justo, contudo, acrescentar que o Persa tinha um coração nobre e generoso, e eu não duvido por um momento que as catástrofes que ele temia por outrem ocupavam e muito sua mente. Sua conduta, durante todo aquele caso, é prova disso e está acima de todos os louvores.

Embora Erik tivesse anunciado para mim muito solenemente que ele havia mudado e que se tornara o mais virtuoso dos homens desde que ele mesmo começara a amar — uma frase que, a princípio, me deixara terrivelmente perplexo —, não consegui evitar e tremia quando pensava no monstro. Sua horrível, única e repulsiva feiura colocava-o à margem da humanidade, e com frequência me parecia que, por esse motivo, ele não mais acreditava que tivesse nenhum dever com relação à raça humana. A forma como ele falava de seus assuntos amorosos apenas fez aumentar meu alarme, pois previ a causa de novas e mais hediondas tragédias nesse evento a que ele aludia com tanto orgulho.

Por outro lado, logo descobri o curioso tráfego moral estabelecido entre o monstro e Christine Daaé. Escondendo-me na despensa ao lado do camarim da jovem prima-dona, ouvi as maravilhosas exibições musicais que evidentemente a lançavam em um maravilhoso êxtase, mas, mesmo assim, nunca teria pensado que a voz de Erik — que era alta como o trovão ou suave como as vozes dos anjos, conforme a vontade dele — poderia ter feito com que ela se esquecesse de sua feiura. Entendi tudo quando fiquei sabendo que Christine ainda não o tinha visto! Tive a oportunidade de ir até o camarim e, lembrando-me das lições que ele havia uma vez me dado, não tive dificuldades em descobrir o truque que fazia com que a parede com o espelho girasse e verifiquei que, por meio de tijolos ocos, e assim por diante, ele fazia com que sua voz fosse levada até Christine, como se ela a estivesse ouvindo bem perto, ao lado dela. Desse jeito, eu também descobri a trilha que dava para o poço e a masmorra — a masmorra dos comunistas — além do alçapão que permitia que Erik fosse direto para os subterrâneos debaixo do palco.

Uns poucos dias depois, qual não foi meu deslumbramento ao ficar sabendo, com meus próprios olhos e ouvidos, que Erik e Christine Daaé viram um ao outro, e pegar o monstro debruçando-se sobre o pequeno poço, na trilha dos comunistas, e borrifando água na testa da cantora, que havia desmaiado. Um cavalo branco, saído d'*O Profeta*, que havia desaparecido dos estábulos debaixo da Ópera, estava parado, quieto, ao lado deles. Eu me deixei ser visto. Foi terrível. Vi faíscas voarem daqueles olhos amarelos e, antes que tivesse tempo de dizer uma palavra que fosse, recebi uma pancada na cabeça que me deixou atordoado.

Quando voltei a mim, Erik, Christine e o cavalo branco haviam desaparecido. Tive certeza de que a pobre moça era prisioneira na casa do lago. Sem hesitar, decidi voltar à margem do lago, não obstante o perigo iminente. Durante vinte e quatro horas fiquei esperando que o monstro aparecesse, pois eu sentia que ele deveria sair, movido pela necessidade de conseguir provisões. E, em relação a isso, posso dizer que, quando ele saía nas ruas ou se aventurava a mostrar-se em público, usava um nariz de papelão com um bigode preso, em vez do horrível buraco que tinha como nariz. Isso não o desprovia de seu ar cadavérico, mas quase o tornava, e eu digo quase, suportável de se ver.

Portanto fiquei observando na margem do lago e, cansado pela longa espera, estava começando a achar que ele tivesse saído pela outra porta, a no terceiro subsolo, quando ouvi um leve borrifo no escuro, e vi os dois olhos amarelos brilhando como velas, e logo o bote encostou na margem. Erik pulou para fora e veio andando até mim:

— Você está aqui há vinte e quatro horas — disse ele — e está me incomodando. Eu lhe digo que isso haverá de terminar muito mal. E você terá causado isso a si mesmo, pois eu venho sendo extraordinariamente paciente com você. Você acha que está me seguindo, seu grande tolo, quando sou eu que o estou seguindo, e eu sei de tudo que você sabe sobre mim, aqui. Poupei você ontem, na minha via dos comunistas, mas estou lhe avisando, sério, não me deixe pegá-lo lá novamente! Dou-lhe a minha palavra, você não me parece capaz de entender uma indireta!

Ele estava tão furioso que eu não pensei, naquele momento, em interrompê-lo. Depois de bufar e soprar como uma morsa, ele colocou em palavras seu horrível pensamento:

— Sim, você deve aprender, de uma vez por todas, a entender uma indireta! Você já foi duas vezes preso pela sombra de chapéu de feltro, que não sabia o que você estava fazendo nos subterrâneos e o levou até os diretores, que olharam para você como um Persa excêntrico interessado no mecanismo do palco e na vida nos bastidores: eu sei de tudo em relação a isso, eu estava lá, no escritório, você sabe que estou em toda parte... Bem, eu lhe digo que, com sua imprudência, eles acabarão se perguntando atrás do que você está aqui. E acabarão sabendo que você está atrás do Erik... e então eles mesmos estarão atrás do Erik e descobrirão a casa no lago... Se eles fizerem isso, será péssimo para você, velho camarada, péssimo! Não responderei por nada.

Mais uma vez ele bufou e soprou como uma morsa.

— Não responderei por nada! Se os segredos do Erik deixarem de ser os segredos do Erik, *será péssimo para um número considerável de membros da raça humana!* Isso é tudo que eu tenho a lhe dizer, e, a menos que você seja um grande tolo, isso deve ser o bastante... a menos que você não saiba entender uma indireta.

Ele havia se sentado na popa de seu bote e estava chutando com os calcanhares as tábuas da pequena embarcação, esperando ouvir o que eu tinha a responder. Falei simplesmente:

— Não é atrás de Erik que estou aqui!

— Então está atrás de quem?

— Você sabe tão bem quanto eu: estou atrás de Christine Daaé — respondi.

Ele retorquiu:

— Eu tenho todos os direitos de vê-la na minha casa. Sou amado pelo que eu sou.

— Isso não é verdade — falei. — Você a sequestrou e está a mantendo trancafiada.

— Escute — disse ele. — Você vai prometer nunca mais se meter nos meus assuntos, se eu lhe provar que sou amado pelo que sou?

— Sim, eu lhe prometo — respondi sem hesitar, pois me senti convencido de que para tal monstro a prova era impossível.

— Bem, então é bem simples... Christine Daaé deixará esse lugar quando ela quiser e voltará! Sim, voltará, porque ela assim o deseja, porque ela me ama por mim mesmo!

— Oh, eu duvido que ela voltará... Mas é seu dever deixar que ela se vá.

— Meu dever, seu grande tolo! É meu desejo... é meu desejo deixar que ela se vá, e ela voltará... pois me ama! Tudo isso acabará em casamento... um casamento na Igreja de Madeleine, seu grande tolo! Você acredita em mim agora? Quando eu lhe digo que minha missa nupcial está escrita... espere até ouvir o *Kyrie*...

Ele marcava o compasso com os calcanhares nas tábuas do bote e cantava:

— *Kyrie! Kyrie... Kyrie Eleison!* Espere até que você ouça, espere até ouvir aquela missa!

— Escute aqui — falei. — Acreditarei em você se eu vir Christine Daaé sair da casa do lago e voltar para lá por sua própria vontade.

— E você não se meterá mais nos meus assuntos?

— Não.

— Muito bem, você haverá de ver isso esta noite. Venha ao baile de máscaras. Eu e Christine daremos uma volta por lá. Então você pode se esconder na despensa e verá ela, que terá ido a seu camarim, sentindo-se deleitada a voltar pela estrada dos comunistas... E, agora, caia fora, pois eu tenho de ir fazer compras!

Para minha intensa surpresa, as coisas aconteceram como ele havia anunciado. Christine Daaé deixou a casa do lago e voltou para ela diversas vezes, sem, aparentemente, ser forçada a fazê-lo. Era muito difícil eu tirar Erik de minha mente. Contudo, decidi ser extremamente prudente e não cometi o erro de voltar à margem do lago, nem de seguir pela estrada dos comunistas. No entanto, a ideia de uma entrada secreta no terceiro andar me assombrava, e repetidas vezes eu fui até lá e fiquei esperando durante horas atrás de um cenário do Rei de Lahore, que tinha sido deixado naquele lugar por algum motivo que fosse. Por fim, fui recompensado por minha paciência. Um dia eu vi o monstro vir na minha direção, de joelhos. Eu estava certo de que ele não podia me ver. Ele passou entre o cenário atrás do qual eu estava e um suporte de cena, foi até a parede e pressionou uma mola que fez mexer uma pedra e lhe permitiu passagem, pela qual ele se foi, e a pedra se fechou atrás dele.

Fiquei esperando por pelo menos trinta minutos e então fiz pressão na mola. Tudo aconteceu como fora com Erik. No entanto, tomei cuidado para não entrar pelo buraco, pois sabia que ele estava lá dentro. Por outro lado, a ideia de que eu poderia ser pego por Erik de repente me fez pensar na morte de Joseph Buquet. Eu não desejava colocar em risco as vantagens de tão grande descoberta, que poderia ser útil para muitas pessoas, "para um número considerável de membros da raça humana", nas palavras de Erik, e deixei os subterrâneos da Ópera depois de cuidadosamente recolocar a pedra no lugar.

Continuei grandemente interessado nas relações entre Erik e Christine Daaé, não devido a nenhuma curiosidade mórbida, mas por causa daquele terrível pensamento que era como uma obsessão na minha mente, de que Erik seria capaz de qualquer coisa, se viesse a descobrir que não era amado pelo que era, como imaginava. Continuei a perambular, cautelosamente, pelos arredores da Ópera, e logo descobri a verdade sobre o sombrio caso de amor do monstro.

Ele ocupava a mente de Christine por meio do terror que lhe inspirava, mas o coração da querida moça pertencia por completo ao Visconde Raoul de Chagny. Enquanto eles brincavam como um inocente casal de noivos, nos andares superiores da Ópera, para evitar o monstro, pouco suspeitavam de que alguém os estava observando. Eu estava preparado para fazer qualquer coisa: para matar o monstro, se fosse necessário, e explicar para a polícia depois. Mas Erik não se mostrou, e não me senti mais confortável com isso.

Devo explicar todo meu plano. Achei que o monstro, impelido para fora de sua casa pelo ciúme, possibilitaria minha entrada nela sem perigo pela passagem no terceiro subsolo. Era importante, para o bem de todos, que eu soubesse exatamente o que havia lá dentro. Um dia, cansado de esperar por uma oportunidade, movi a pedra e, de imediato, ouvi uma música surpreendente: o monstro estava trabalhando em seu *Don Juan Triunfante,* com todas as portas de sua casa escancaradas. Eu sabia que aquela era a obra da vida dele. Tomei cuidado para não me mexer e permaneci, prudentemente, no meu buraco escuro.

Ele parou de tocar por um instante e começou a caminhar pela casa dele, como um homem ensandecido. E ele disse, em voz alta, retumbante:

— É preciso que isso esteja *terminado primeiro!* Bem terminado!

Esse discurso não foi calculado com o propósito de me tranquilizar e, quando a música recomeçou, fechei a pedra muito suavemente.

No dia do rapto de Christine Daaé, não fui ao teatro até bem tarde da noite, tremendo por medo de ouvir más notícias. Eu tinha passado um dia horrível, pois, depois de ler em um jornal matinal o anúncio de um vindouro casamento entre Christine e o Visconde de Chagny, me perguntava se, afinal de contas, eu não deveria denunciar o monstro. No entanto a razão voltou a mim, e fui convencido de que esta ação poderia apenas precipitar uma possível catástrofe.

Quando meu táxi me deixou diante da casa de ópera, eu estava realmente quase pasmado ao vê-la ainda em pé! Mas eu sou um tanto quanto fatalista, como todo bom oriental, e entrei ali preparado para qualquer coisa.

O rapto de Christine Daaé no Ato da Prisão, que naturalmente surpreendeu a todos, encontrou-me preparado. Eu estava bem certo de que ela havia sido sequestrada por Erik, aquele príncipe dos ilusionistas. E eu achava, com alguma certeza, que aquele era o fim de Christine e talvez de todo mundo, tanto que pensei em aconselhar a todas aquelas pessoas que estavam no teatro a fugir logo dali. Senti, contudo, que eu seria visto como louco e me contive.

Por outro lado, resolvi agir sem mais demora, pelo menos em relação a mim mesmo. As chances estavam a meu favor de que Erik, naquele instante, estivesse pensando apenas em sua cativa. Aquele era o momento de entrar na casa dele pelo terceiro subsolo, e eu resolvi levar comigo aquele pobre desesperado do visconde, que, na primeira sugestão, aceitou meu convite, com um grau de confiança em mim que me tocou profundamente. Eu havia mandado que meu criado fosse buscar minhas pistolas. Dei uma delas ao visconde e aconselhei-o a se manter preparado para atirar, pois, afinal de contas, Erik poderia estar esperando por nós atrás da parede. Seguimos pela estrada dos comunistas e passamos pela porta do alçapão.

Vendo minhas pistolas, o jovem visconde me perguntou se eu haveria de lutar em um duelo. Eu disse:

— Sim, e que duelo!

No entanto, é claro que eu não tive tempo de explicar nada. O jovem visconde é um camarada valente, mas ele sabia quase nada em relação a seu adversário, e era muito melhor assim. Meu grande medo era de que ele já estivesse em algum lugar perto de nós, preparando o laço do Punjab. Ninguém sabe melhor do que ele como jogar o laço do Punjab, pois é o rei dos estranguladores tanto quanto é príncipe dos ilusionistas. Quando ele terminava de fazer com que a pequena sultana risse, na época daquelas "horas róseas de Mazenderan", ela mesma costumava pedir que ele a divertisse fazendo com que ela estremecesse. Foi então que ele lhe apresentou o esporte do laço do Punjab.

Ele havia morado na Índia e adquirido uma habilidade incrível na arte da estrangulação. Ele fazia com que o trancafiassem em um pátio aonde eles levavam um guerreiro — geralmente um homem condenado à morte — armado com um longo pique e uma espada de lâmina larga. Erik tinha somente seu laço, e era sempre quando o guerreiro achava que haveria de derrubar Erik com um tremendo golpe que ouvíamos o laço assoviar pelo ar. Girando o pulso, ele apertava o laço em volta do pescoço do adversário e, desse jeito, arrastava-o diante da pequena sultana e suas mulheres, que ficavam sentadas, olhando de uma janela, e aplaudindo. A própria pequena sultana aprendera a utilizar com destreza o laço Punjab e matara várias de suas mulheres e até mesmo amigas que a visitavam. Mas eu prefiro largar mão deste assunto das horas róseas de Mazenderan. Mencionei isso apenas para explicar por que, ao chegar com o Visconde de Chagny nos subterrâneos da Ópera, eu tinha de proteger meu companheiro do sempre ameaçador perigo de morte por estrangulamento. Minhas pistolas poderiam não servir para propósito algum, pois era improvável que Erik se mostrasse, no entanto, ele sempre poderia nos estrangular. Eu não tinha tempo de explicar tudo isso para o visconde; além do mais, não havia nada a se ganhar complicando a situação. Eu simplesmente disse ao Sr. de Chagny para que mantivesse a mão na altura dos olhos, com o braço dobrado, como se estivesse esperando pelo comando para atirar. Com sua vítima nessa posição, é impossível até mesmo para o mais habilidoso dos estranguladores jogar o laço com vantagem. O laço ficaria preso não apenas em volta do pescoço, mas também em volta do braço ou da mão, o que possibilita que se solte facilmente dele, que então se torna inofensivo.

Depois de evitarmos o comissário de polícia, vários fechadores de portas e os bombeiros, depois de nos depararmos com o apanhador de ratos e passarmos despercebidos pelo homem com o chapéu de feltro, eu e o visconde chegamos, sem obstáculos, ao terceiro subsolo, entre o suporte de cena e o cenário de *Rei de Lahore*. Lidei com a pedra, e nós pulamos para dentro da casa que o próprio Erik tinha construído no invólucro duplo das paredes da fundação da Ópera. E isso era a coisa mais fácil do mundo para ele fazer, porque Erik foi um dos principais empreiteiros que trabalhava para Philippe Garnier, o arquiteto da Ópera, e continuou a trabalhar por si mesmo quando as obras foram finalmente suspensas durante a guerra, o cerco de Paris e a Comuna.

Eu conhecia meu Erik bem demais para que me sentisse totalmente confortável pulando para dentro de sua casa. Eu sabia o que ele tinha feito de um certo palácio em Mazenderan. Da mais inocente edificação do mundo, ele logo a transformou na casa do próprio diabo, onde não se podia falar nenhuma palavra que não se ouvisse ou que não fosse repetida por um eco. Com seus alçapões, o monstro era responsável por infinitas tragédias de todos os tipos. Ele tinha invenções espantosas. Destas, a mais curiosa, horrível e perigosa era aquela chamada "câmara da tortura". Exceto em casos especiais, quando a pequena sultana se divertia infligindo sofrimento em algum cidadão inofensivo, não era permitida ali a entrada de ninguém que não fossem os infelizes condenados à morte. E, mesmo então, quando estes haviam "tido o bastante", sempre tinham a liberdade de pôr um fim em suas próprias vidas com um laço Punjab ou uma corda de arco, deixados para seu uso ao pé de uma árvore de ferro.

Meu alarme, portanto, foi grande quando vi que o aposento em que o Sr. Visconde de Chagny e eu havíamos caído era uma cópia exata da câmara de tortura das horas róseas de Mazenderan. Aos nossos pés, deparei-me com o laço Punjab que eu vinha temendo a noite toda. Fiquei convencido de que aquela corda já havia sido usada por Joseph Buquet, o qual, como eu mesmo, devia ter pego Erik uma noite mexendo na pedra no terceiro subsolo. Provavelmente ele tentara fazer isso, caiu na câmara de tortura e só saiu dali enforcado. Eu posso bem imaginar Erik arrastando o corpo, de modo a se livrar dele, até o cenário do *Rei de Lahore*, e pendurando-o lá como exemplo, ou para aumentar o terror supersticioso que o ajudaria a evitar que se aproximassem de seu covil! Então, depois de refletir, Erik voltou para apanhar o laço Punjab, que é curiosamente feito de tripas de gato e que poderia ter posto um magistrado que examinava o caso a pensar. Isso explica o desaparecimento da corda.

E então descobri o laço aos nossos pés, na câmara de tortura! Eu não sou nenhum covarde, mas suor frio cobriu a minha testa enquanto eu movia o pequeno disco vermelho da minha lanterna pelas paredes.

O Sr. de Chagny notou isso e perguntou:

— Qual é o problema, senhor?

Fiz-lhe um violento sinal para que ficasse calado.

CAPÍTULO IX
NA CÂMARA DE TORTURA

Continuação da narrativa do Persa

Nós estávamos no meio de um aposento com seis cantos, cujas laterais estavam cobertas por espelhos de cima a baixo. Nos cantos, podíamos claramente ver as "juntas" dos vidros, os segmentos que tinham o propósito de virar na engrenagem; sim, eu os reconheci e reconheci a árvore de ferro no canto, no fundo de um desses segmentos... a árvore de ferro, com seu galho de ferro, para os homens enforcados.

Peguei no braço de meu companheiro: o Visconde de Chagny estava tremendo tanto, ansioso para gritar que trazia ajuda para sua noiva. Eu temia que ele não fosse conseguir se conter.

De repente, ouvimos um ruído à nossa esquerda. A princípio parecia uma porta sendo aberta e fechada no quarto ao lado, e, depois, era um gemido embotado. Segurei no braço do Sr. de Chagny com ainda mais firmeza, e então nós distintamente ouvimos estas palavras:

— Você deve escolher! A missa de casamento ou a missa do réquiem!

Reconheci a voz do monstro.

Seguiu-se um outro gemido, e, depois, um longo silêncio.

A essa altura, eu estava convencido de que o monstro não estava ciente de nossa presença, pois, se estivesse, ele certamente não teria permitido que o ouvíssemos. Ele só teria tido de fechar a pequena janela invisível através da qual os amantes de tortura olhavam para baixo na câmara de tortura. Além do mais, eu tinha certeza de que, se ele soubesse de nossa presença ali, as torturas teriam começado de imediato.

Era importante não deixar que ele soubesse disso, e eu não temia nada tanto quanto a impulsividade do Visconde de Chagny, que queria atravessar correndo as paredes até Christine Daaé, cujos gemidos continuávamos ouvindo em intervalos.

— A missa do réquiem não é nem um pouco alegre — recomeçou a falar a voz de Erik —, ao passo que a missa do casamento, você pode acreditar na minha palavra, é magnífica! É preciso que decida e saiba o que você quer! Eu não posso continuar vivendo assim, como uma toupeira em uma toca! *Don Juan Triunfante* está finalizado, e eu quero viver como todas as outras pessoas. Quero ter uma esposa como todas as outras pessoas e levá-la para sair aos domingos. Eu inventei uma máscara que me faz parecer um sujeito normal. As pessoas não vão nem mesmo se virar, nas ruas. Você será a mais feliz das mulheres. E nós cantaremos, sozinhos, até desmaiar de deleite. Você está chorando! Você está com medo de mim! E, ainda assim, eu não sou realmente perverso. É só me amar, e você verá! Tudo o que eu queria era ser amado por quem sou. Se você me amar, serei gentil como um cordeiro, e você poderia fazer comigo qualquer coisa que quisesses.

Logo os gemidos que acompanhavam essa espécie de litania amorosa aumentaram cada vez mais. Eu nunca tinha ouvido nada mais desesperador, e eu e o Sr. de Chagny reconhecemos que aquele terrível lamento vinha do próprio Erik. Christine parecia estar parada, entorpecida pelo horror, sem forças para gritar, enquanto o monstro estava de joelhos diante dela.

Por três vezes, Erik lamentou seu fado com ferocidade:

— **Você não me ama! Você não me ama! Você não me ama!**

E então, com mais gentileza:

— Por que você chora? Você sabe que me dói vê-la chorar!

Silêncio.

Cada momento de silêncio renovava nossas esperanças. Dissemos um ao outro:

— Talvez ele tenha deixado Christine atrás da parede.

E nós pensamos somente na possibilidade de avisar a cantora de nossa presença, da qual o monstro não tinha conhecimento. Nós não tínhamos como sair da câmara de tortura a menos que Christine abrisse a porta, e era somente com essa condição que poderíamos ajudá-la, pois nem mesmo sabíamos onde ficava a porta.

De repente o silêncio no aposento ao lado foi perturbado pelo tocar de uma campainha elétrica. Houve um pulo do outro lado da parede e a voz de Erik, que soava como um trovão:

— ALGUÉM ESTÁ TOCANDO A CAMPAINHA. ENTRE, POR FAVOR!

Uma risada sinistra.

— Quem veio incomodar agora? Espere por mim aqui... Eu vou mandar que a sereia abra a porta.

Passos afastaram-se, uma porta foi fechada. Eu não tive tempo de pensar no novo horror que ele estava preparando; esqueci que o monstro estava apenas saindo para perpetrar um novo crime; eu só entendia uma única coisa: Christine estava sozinha atrás da parede!

O Visconde de Chagny já a estava chamando:

— Christine! Christine!

Visto que podíamos ouvir o que era dito na outra sala, não havia nenhum motivo pelo qual meu companheiro não deveria ser ouvido. Não obstante, o visconde teve de repetir seu grito várias vezes.

Por fim, uma fraca voz chegou até nós.

— Estou sonhando — disse ela.

— Christine, Christine, sou eu, Raoul!

Silêncio.

— Responda, Christine! Em nome dos Céus, se você estiver sozinha, me responda!

Então a voz de Christine sussurrou o nome de Raoul.

— Sim! Sim! Sou eu! Não é um sonho!... Christine, confie em mim!... Nós estamos aqui para salvá-la... mas seja prudente! Quando ouvir o monstro, avise-nos!

Então Christine cedeu ao medo. Ela tremia com a possibilidade de que Erik viesse a descobrir onde Raoul estava escondido; ela nos disse, com poucas e apressadas palavras, que Erik havia ficado totalmente louco de amor e que decidira *matar a todos e a ele junto* se ela não consentisse em se tornar esposa dele. Ele havia dado até as onze horas da noite seguinte para que ela refletisse a respeito. Era a última trégua. Ela deveria escolher, como ele dissera, entre a missa de casamento e a do réquiem.

E Erik havia então proferido uma frase que Christine não tinha entendido muito bem:

— Sim ou não! Se sua resposta for não, todo mundo será morto e *enterrado!*

No entanto, eu entendia perfeitamente a sentença, pois ela correspondia, de um jeito terrível, com meu próprio pensamento temeroso.

— Você pode nos dizer onde está Erik? — perguntei a ela.

Ela respondeu que ele devia ter saído da casa.

— Você pode certificar-se disso?

— Não. Estou amarrada. Não consigo mexer nem um dedo.

Quando ouvimos isso, eu e o Sr. de Chagny soltamos um grito de fúria. Nossa segurança, a segurança de todos nós três, dependia da liberdade de movimentos da moça.

— Mas onde vocês estão? — perguntou Christine. — Há apenas duas portas no meu quarto, o quarto de Luís Filipe de que lhe falei, Raoul; uma porta por meio da qual Erik vem e vai, e uma outra que ele nunca abriu diante de mim, e pela qual me proibiu de algum dia cruzar, porque ele diz que se trata da mais perigosa das portas, a da câmara de tortura!

— Christine, eis onde nós estamos!

— Vocês estão na câmara de tortura?

— Sim, mas não conseguimos ver a porta.

— Oh, se eu apenas conseguisse me arrastar até tão longe! Eu bateria à porta, e isso indicaria a vocês a localização dela.

— É uma porta com uma tranca? — perguntei.

— Sim, com uma tranca.

— Senhorita — falei —, é totalmente necessário que a senhorita abra essa porta para nós!

— Mas como? — perguntou a pobre moça, com a voz chorosa.

Nós ouvimos enquanto ela tentava se libertar de suas amarras.

— Eu sei onde está a chave — disse ela, em uma voz que parecia exaurida pelo esforço que fizera. — Mas estou amarrada muito firme... Ah, o miserável!

E ela soltou um soluço mesclado com choro.

— Onde está a chave? — perguntei, fazendo um sinal para que o Sr. de Chagny não falasse nada e deixasse aquilo comigo, pois não tínhamos um instante a perder.

— No quarto ao lado, do lado do órgão, junto com uma outra pequena chave de bronze, que ele também me proibiu de tocar. As duas chaves estão em uma bolsinha de couro que ele chama de bolsa da vida e da morte... Raoul! Raoul! Fuja! Tudo aqui é misterioso e terrível, e logo Erik estará bem ensandecido, e você está na câmara de tortura! Volte por onde veio. Deve haver um motivo pelo qual o aposento tem esse nome!

— Christine — disse o jovem homem. — Nós haveremos de sair daqui juntos ou morreremos juntos!

— Devemos manter a calma — sussurrei. — Por que ele a amarrou, senhorita? Você não tem como escapar dessa casa, e ele sabe disso!

— Eu tentei cometer suicídio! O monstro saiu na noite passada, depois de me carregar até aqui meio desmaiando e meio sob efeito de clorofórmio. Ele ia *até seu banqueiro*, foi o que ele disse... Quando voltou, ele me encontrou com a face coberta de sangue... eu tinha tentado me matar batendo com a testa nas paredes.

— Christine! — grunhiu Raoul, e começou a chorar e soluçar.

— Então ele me atou... Não tenho permissão de morrer até as onze horas da noite de amanhã.

— Senhorita — declarei —, o monstro atou-a... e haverá de desatá-la. A senhorita tem apenas de representar seu papel! Lembre-se de que ele a ama!

— Ai de mim! — nós ouvimos. — Como se eu fosse me esquecer disso!

— Lembre-se disso e sorria para ele... Suplique... Diga-lhe que suas amarras a machucam.

Mas Christine Daaé disse:

— Shhhhh! Estou ouvindo alguma coisa na parede do lago... É ele! Vão embora! Vão embora!

— Nós não poderíamos ir embora nem se quiséssemos — falei, da forma mais impressiva quanto me era possível. — Não temos como sair daqui! E nós estamos na câmara de tortura!

— Shhhhh! — sussurrou Christine novamente.

Pesados passos soavam lentamente atrás da parede, depois pararam e fizeram com que o chão rangesse mais uma vez. Em seguida, ouviu-se um tremendo suspiro, seguido de um grito de horror de Christine, e nós ouvimos a voz de Erik:

— Peço-lhe perdão por permitir que veja uma face como esta. Em que estado me encontro, não é? É culpa do outro! Por que ele tocou a campainha? Eu peço às pessoas que estão de passagem para que me digam que horas são? Ele nunca haverá de perguntar a mais ninguém que horas são! É culpa da sereia.

Mais um suspiro, mais profundo, mais potente ainda, veio das profundezas abismais de uma alma.

— Por que você chorava, Christine?

— Porque estou sentindo dor, Erik.

— Achei que a tivesse amedrontado.

— Erik, solte minhas amarras... Não sou sua prisioneira?

— Você tentará se matar novamente.

— Você me deu até as onze horas de amanhã, Erik.

As passadas arrastaram-se pelo piso novamente.

— Afinal de contas, visto que deveremos morrer juntos... e estou tão ansioso para morrer quanto você... Sim, estou farto desta vida, sabe? Espere, não se mexa, vou soltá-la. Você só tem de dizer uma palavra: "Não!". E, imediatamente, estará tudo acabado *para todo mundo!* Você está certa, você está certa, por que esperar até as onze horas da noite de amanhã? É verdade que seria mais grandioso, mais fino... Mas isso é uma bobagem infantil. Nós só deveríamos pensar em nós mesmos, nessa vida, em nossa própria morte... o resto não importa. *Você está olhando para mim porque estou todo molhado?* Ah, minha querida, está chovendo torrencialmente lá fora! Além disso, Christine, eu acho que estou sujeito a alucinações... Sabe, o homem que tocou à porta da sereia logo agora... Vá ver se ele ainda está tocando no fundo do lago... Bem, ele estava meio que... Pronto, vire-se. Está feliz? Você está livre, agora. Ah, minha pobre Christine, olhe para seus pulsos: diga-me, eu os machuquei? Só isso me faz merecer a morte... Falando em morte, *devo cantar o réquiem dele!*

Ao ouvir esses terríveis comentários, tive um horrível pressentimento. Eu também uma vez tinha tocado à porta do monstro... e, sem saber disso, devo ter ativado alguma corrente de alarme.

E eu me lembro dos dois braços que haviam emergido das águas negras como nanquim... Que pobre diabos havia se perdido naquelas margens? Quem era "o outro", aquele cujo réquiem nós ouvíamos sendo cantado?

Erik cantava como o deus do trovão, cantava um *Dies Irae* que nos envolvia como se estivéssemos em uma tempestade. As intempéries pareciam estar em fúria ao nosso redor. De repente, o órgão e a voz pararam tão subitamente que o Sr. de Chagny foi para trás, do outro lado da parede, com emoção. E a voz, alterada e transformada, rangeu distintamente estas sílabas metálicas:

— O QUE VOCÊ FEZ COM MINHA BOLSA?

CAPÍTULO X
AS TORTURAS COMEÇAM

Continuação da narrativa do Persa

A voz repetiu, com raiva:

— O que você fez com a minha bolsa? Então era para pegar a minha bolsa que você me pediu para soltá-la?

Nós ouvimos passos apressados, Christine voltou correndo para o quarto Luís Filipe, como se estivesse buscando abrigo no outro lado da parede.

— Por que está fugindo? — perguntou-lhe a voz furiosa que a havia seguido. — Devolva-me minha bolsa! Você não sabe que se trata da bolsa da vida e da morte?

— Escute-me, Erik — disse a moça, suspirando. — Visto que está resolvido que viveremos juntos... que diferença isso pode fazer?

— Você sabe que só há duas chaves aí dentro — disse o monstro. — O que você quer fazer?

— Eu quero ver este quarto que nunca vi antes e que você sempre me impede de ver... É curiosidade de mulher! — disse ela, em um tom que ela tentava fazer soar brincalhão.

Mas o truque era infantil demais para que Erik nele caísse.

— Eu não gosto de mulheres curiosas — ele retorquiu —, e seria melhor se você tivesse se lembrado da história do *Barba Azul* e tomasse cuidado... Venha, devolva-me a minha bolsa! Deixe a chave para lá, sua coisinha curiosa!

E ele riu, enquanto Christine soltava um grito de dor. Erik havia, evidentemente, recuperado a bolsa das mãos dela.

Naquele instante, o visconde não conseguiu se conter e soltou uma exclamação de fúria impotente.

— Oras, o que foi isso? — disse o monstro. — Você ouviu, Christine?

— Não, não — respondeu a pobre menina. — Não ouvi nada.

— Achei ter ouvido alguém gritar.

— Um grito! Você está ficando louco, Erik? Quem você espera que grite nesta casa? Eu gritei, porque você me machucou! Não ouvi nada.

— Não gosto do jeito como você disse isso... Você está tremendo... Está um tanto quanto agitada... Está mentindo! Aquilo foi um grito, houve um grito! Há alguém na câmara de tortura! Ah, agora eu entendo!

— Não há ninguém aqui, Erik!

— Eu entendo!

— Ninguém!

— O homem com quem você quer se casar, talvez!

— Eu não quero me casar com ninguém, você sabe que não quero.

Mais uma risada maldosa.

— Bem, não vai demorar muito para descobrir. Christine, meu amor, nós não precisamos abrir a porta para ver o que está acontecendo na câmara de tortura. Você gostaria de ver? Gostaria de ver? Veja lá! Se houver alguém, se alguém realmente estiver lá, você verá a janela invisível acender-se no topo, perto do teto. Nós só precisamos puxar a cortina preta e apagar a luz aqui. Pronto, é isso... Vamos apagar a luz! Você não tem medo do escuro, quando está com seu maridinho!

Então ouvimos a voz de angústia de Christine:

— Não! Eu tenho medo... Eu lhe digo que tenho medo do escuro! Não me importo com aquela sala, agora... Você está sempre me aterrorizando, como a uma criança, com sua câmara de tortura! E então eu fiquei curiosa... Mas eu não me importo mais com ela... nem um pouco... nem um pouco!

E aquilo que eu temia acima de todas as coisas começou, *automaticamente*. De súbito, fomos banhados pela luz! Sim, do nosso lado da parede, tudo parecia reluzir. O Visconde de Chagny estava tão desconcertado que ficou cambaleando. E a voz raivosa rugiu:

— Eu disse a você que havia alguém lá! Está vendo a janela, agora? A janela iluminada, lá em cima? O homem que está atrás da parede não consegue vê-la! Mas você subirá na escada de mão: é para isso que ela está aí... Com frequência você me pediu para lhe dizer, e agora você sabe! Aquilo está ali para que eu possa espiar dentro da câmara de tortura... sua coisinha curiosa!

— Que tortura? Quem está sendo torturado? Erik, Erik, diga que você só está tentando me assustar... Diga isso, se você me ama, Erik! Não existe nenhuma tortura, não é?

— Vá olhar pela janelinha, querida!

Eu não sei se o visconde ouviu a voz de quem ia desmaiar da moça, pois ele estava ocupado demais com o espetáculo surpreendente que agora aparecia diante de seu olhar contemplativo e perturbado. Quanto a mim, eu tinha visto aquilo com muita frequência, através da janelinha, na época das horas róseas de Mazenderan, e eu me importava somente com o que estava sendo dito na porta ao lado, buscando uma pista de como agir, de que resolução tomar.

— Vá espiar pela janelinha! Diga-me como ele é!

Nós ouvimos a escada sendo arrastada para junto da parede.

— Suba, suba! Não... Não, eu mesmo vou subir, querida!

— Oh, muito bem! Eu vou subir! Solte-me!

— Oh, minha querida, minha querida! Que doce da sua parte... Que gentil da sua parte me poupar do esforço com a minha idade... Diga-me como ele é!

Naquele instante, nós ouvimos distintamente estas palavras, acima de nossas cabeças:

— Não há ninguém ali, querido!

— Ninguém? Tem certeza de que não há ninguém ali?

— Oras, é claro que tenho... Ninguém!

— Bem, tudo bem! Qual é o problema, Christine? Você não vai desmaiar, vai... já que não há ninguém ali? Aqui... desça... pronto! Recomponha-se... já que não há ninguém ali! *Mas o que você achou da paisagem?*

— Ah, gostei muito!

— Pronto, assim está melhor! Você está melhor agora, não está? Está tudo bem, você está melhor... Sem agitações! E que casa engraçada, não é, com paisagens como aquela dentro dela?

— Sim, é como o Museu Grevin... Mas me diga, Erik... não há nenhuma tortura ali dentro! Que medo você me deu!

— Oras... visto que não há ninguém lá dentro?

— Foi você que projetou aquela sala? É muito bonita. Você é um grande artista, Erik.

— Sim, um grande artista, na minha própria linha.

— Mas me diga, Erik, por que você chamou aquele quarto de câmara da tortura?

— Ah, isso é muito simples. Primeiro de tudo, o que foi que você viu?

— Eu vi uma floresta.

— E o que há na floresta?

— Árvores.

— E o que há em uma árvore?

— Pássaros.

— Você viu algum pássaro?

— Não, não vi nenhum pássaro.

— Bem, o que foi que você viu? Pense! Você viu galhos. E o que são os galhos? — perguntou a voz terrível. — Uma forca! É por isso que chamo meu bosque de "câmara de tortura"! Está vendo, tudo não passa de uma brincadeira. Eu nunca me expresso como as outras pessoas, mas estou cansado disso... Estou cansado, farto, de ter uma floresta e uma câmara de tortura na minha casa e de viver como um charlatão, em uma casa com um fundo falso... Estou cansado disso! Quero ter um belo e calmo apartamento, com portas comuns, janelas e uma esposa dentro dele, como todo o resto das pessoas! Uma esposa que eu poderia amar e levar para passear nos domingos e manter entretida nos dias de semana... Aqui, devo lhe mostrar alguns truques de cartas? Isso vai nos ajudar a passar uns poucos minutos, enquanto esperamos pelas onze horas da noite de amanhã... Minha queridinha Christine! Você está me ouvindo? Diga que me ama! Não, você não me ama... mas não importa, você vai me amar... Antigamente, você não conseguia olhar para a minha máscara porque sabia o que havia atrás dela... E agora não se importa de olhar para ela e esquece o que há atrás dela! As pessoas conseguem se acostumar a tudo... se desejarem... Muitos jovens que não gostavam um do outro antes do casamento se adoram desde então! Oh, eu não sei do que estou falando! Mas você se divertiria muito comigo. Por exemplo, eu sou o maior ventríloquo do mundo! Você está rindo... Talvez não esteja acreditando em mim? Ouça.

O infeliz, que realmente era o melhor ventríloquo do mundo, só estava tentando desviar a atenção da moça da câmara da tortura, mas era um estratagema tolo, pois Christine não pensava em nada além de nós! Ela suplicou-lhe repetidas vezes, nos tons mais gentis que era capaz de assumir:

— Apague a luz naquela janelinha... Erik, apague a luz na janelinha!

Pois ela viu que essa luz, que aparecera tão de repente e da qual o monstro havia falado em uma voz tão ameaçadora, devia significar algo terrível. Uma coisa devia ter tranquilizado Christine por um instante, que foi ter visto nós dois, atrás da parede, vivos e bem, no meio daquela luz resplandecente. Porém, com certeza ela teria se sentido bem mais tranquila se a luz tivesse sido apagada.

Nesse ínterim, o outro já havia começado a bancar o ventríloquo. Ele disse:

— Aqui, eu ergo um pouco a minha máscara... Ah, só um pouco! Está vendo meus lábios, ah, os lábios que eu tenho. Eles não estão se mexendo! Minha boca está fechada, essa boca que eu tenho, e, ainda assim, você está ouvindo a minha voz... Onde você a quer? No seu ouvido esquerdo? No seu ouvido direito? Na mesa? Naquelas caixinhas de ébano que estão em cima da cornija da lareira? Escute, querida, minha voz está na caixinha à direita da cornija da lareira: o que ela diz? *"Devo virar o escorpião?"*... E agora, *crac!* O que ela diz na caixinha à esquerda? *"Devo virar o gafanhoto?"*... E agora, *crac!* Eis a minha voz na bolsa de couro... O que ela diz? *"Eu sou a bolsinha da vida e da morte!"*... E agora, *crac!* Está na garganta de Carlotta, na garganta de ouro e de cristal de Carlotta! O que ela diz? Ela diz "Sou eu, o Sr. Sapo, e estou cantando! *E sinto sem alarme... Croach! Com sua melodia me envolvendo... Croach!".* E agora, *crac!* Está em uma cadeira no camarote do fantasma e diz:

"*Madame Carlotta está cantando essa noite para trazer abaixo o candelabro!*". E agora, *crac!* A-ha! Onde está a voz de Erik agora? Escute, Christine, querida! Escute! Está atrás da porta da câmara de tortura! Escute! Sou eu mesmo na câmara de tortura! E o que eu digo? Eu digo: "Azar o deles que têm um nariz, um nariz de verdade, e vêm metê-lo na câmara de tortura! Haha, haha, haha!".

Oh, a voz terrível do ventríloquo! Estava por toda parte, por toda parte. Passava pela janelinha invisível, pelas paredes. Estava ao nosso redor, entre nós. Erik estava ali, falando conosco! Nós fizemos um movimento como que para nos jogar em cima dele, mas, já, mais rápida, mais fugaz do que a voz do eco, a voz de Erik já havia pulado novamente para trás da parede!

Logo nós não ouvimos mais nada que fosse, pois o seguinte se sucedeu:

— Erik! Erik! – disse a voz de Christine. — Você está me cansando com sua voz. Não continue, Erik! Não está muito quente aqui?

— Oh, sim – respondeu a voz de Erik —, o calor está insuportável!

— Mas o que isso quer dizer? A parede está ficando realmente bem quente... A parede está queimando!

— Eu vou lhe dizer, Christine, querida: é por causa da floresta no quarto ao lado.

— Bem, o que ela tem a ver com isso? A floresta?

— Oras, você não viu que se trata de uma floresta africana?

E o monstro riu tão alto e de um jeito tão hediondo que não mais conseguíamos distinguir os gritos suplicantes de Christine! O Visconde de Chagny gritava e batia nas paredes como um louco. Eu não pude contê-lo. Mas nós não ouvíamos nada além da risada do monstro, e o próprio não poderia ter ouvido nada além disso. E então veio o som de um corpo caindo no chão e sendo arrastado por ele, de uma porta sendo batida e, depois, nada. Nada mais ao nosso redor além do silêncio causticante do sul no coração de uma floresta tropical!

CAPÍTULO XI

"TONÉIS! TONÉIS! ALGUM TONEL PARA VENDER?"

A narrativa do Persa

Eu disse que a sala em que eu e o Sr. Visconde de Chagny estávamos aprisionados era um hexágono regular, inteiramente formado por espelhos. Muitas dessas salas foram vistas desde então, principalmente em exibições: elas são chamadas de "palácios de ilusões", ou de algum nome similar, mas a invenção pertence inteiramente a Erik, que construiu a primeira deste tipo diante dos meus olhos, na época das horas róseas de Mazenderan. Um objeto de decoração, como uma coluna, por exemplo, era colocado em um dos cantos e imediatamente produzia um corredor de mil colunas, pois, graças aos espelhos, a verdadeira sala era multiplicada por seis salas hexagonais, cada uma da qual, por sua vez, era multiplicada indefinidamente. No entanto, a pequena sultana logo se cansou dessa ilusão infantil, a partir do que Erik alterou sua invenção para uma "câmara de tortura". Pois ele substituiu o motivo arquitetônico colocado em um dos cantos por uma árvore de ferro. Essa árvore, com suas folhas pintadas, era totalmente fiel a uma árvore de verdade, e era feita de ferro de modo a resistir a todos os ataques do "paciente" que estivesse trancado na câmara de tortura. Veremos como a paisagem assim obtida foi duas vezes alterada simultaneamente para duas outras cenas sucessivas, por meio de rotação automática dos tambores ou roladores nos cantos. Estes eram divididos em três seções, encaixando-se nos ângulos dos espelhos e cada um suportando um esquema decorativo que aparecia quando o rolador revolvia em seu eixo.

As paredes dessa estranha sala não ofereciam ao paciente nada em que pudesse se segurar porque, além do sólido objeto decorativo, elas eram simplesmente providas de espelhos, espessos o bastante para aguentar qualquer ataque da vítima, que era jogada na câmara de mãos vazias e descalça.

Não havia nenhum móvel. O teto era capaz de acender-se. Um sistema engenhoso de aquecimento elétrico, que desde então foi imitado, permitia que as temperaturas das paredes e da sala fossem aumentadas de acordo com a vontade da pessoa.

Estou fornecendo todos esses detalhes sobre uma invenção perfeitamente natural, que produzia, com uns poucos galhos pintados, a ilusão sobrenatural de uma floresta equatorial ardente sob o sol tropical, de modo que ninguém possa duvidar do equilíbrio de meu cérebro nem se sentir no direito de dizer que estou louco ou mentindo, ou dizer que estou tomando-o por um imbecil.[1]

Agora retorno aos fatos onde eu os deixei. Quando o teto foi aceso e a floresta tornou-se visível ao nosso redor, a estupefação do visconde foi imensa. Aquela floresta impenetrável, com seus inúmeros troncos e galhos, lançou-o em um terrível estado de consternação. Ele passou as mãos pela testa, como que para afastar um sonho; seus olhos piscaram e, por um instante, ele esqueceu-se de ouvir.

Eu já havia dito que ver essa floresta não havia me surpreendido nem um pouco e, portanto, fiquei ouvindo por nós dois para ver o que estava acontecendo na sala ao lado. Por fim, minha atenção foi especialmente atraída não tanto para o cenário, mas para os espelhos que o produziam. Esses espelhos estavam quebrados em alguns lugares. Estavam marcados e arranhados, estavam "estrelados", apesar de sua

---

1. É muito natural que, na época em que o Persa estava escrevendo, ele tomasse tantas precauções contra qualquer espírito de incredulidade por parte daqueles que provavelmente haveriam de ler sua narrativa. Hoje em dia, quando todos nós já vimos esse tipo de sala, as precauções dele seriam supérfluas.

solidez, e isso provava a mim que a câmara de tortura em que estávamos já havia servido a seu propósito antes.

Sim, algum infeliz, cujos pés não estavam descalços como os daquelas vítimas das horas róseas de Mazandaran, tinha certamente caído naquela "ilusão mortal" e, enfurecido de raiva, havia chutado os espelhos, que, não obstante, continuavam a refletir sua agonia. E o galho da árvore em que ele havia posto um fim a seus próprios sofrimentos fora arranjado de forma tal que, antes de morrer, ele vira, como seu último consolo, mil homens contorcendo-se em sua companhia.

Sim, Joseph Buquet, sem sombra de dúvida, havia passado por tudo aquilo! Será que haveríamos de morrer, como acontecera com ele? Eu não achava que isso fosse acontecer, pois sabia que tínhamos umas poucas horas à nossa frente e que eu poderia usá-las para um propósito melhor do que Joseph Buquet fora capaz de usar. Afinal de contas, eu conhecia a maioria dos "truques" de Erik, e agora ou nunca era a hora de me servir daquele conhecimento.

Primeiramente desisti de todas as ideias de voltar à passagem que havia nos levado até aquela câmara maldita. Não me dei mais ao trabalho de pensar na possibilidade de mexer na pedra que fechava a passagem pelo lado de dentro, e isso pelo simples motivo de que fazer tal coisa estava fora de questão. Nós havíamos caído de uma altura grande demais na câmara de tortura; não havia nenhum móvel para nos ajudar a alcançar a passagem; nem mesmo o galho da árvore de ferro, nem mesmo os ombros um do outro teriam serventia.

Havia apenas uma possível saída: aquela abertura que dava para a sala Luís Filipe em que estavam Erik e Christine Daaé. Porém, embora essa saída se parecesse com uma porta comum do lado de Christine, ela era totalmente invisível para nós. Portanto, nós deveríamos tentar abri-la sem nem mesmo sabermos onde estava.

Quando eu estava bem certo de que não havia mais esperança para nós pelo lado de Christine Daaé, ao ouvir o monstro arrastando a pobre moça do quarto Luís Filipe *para que ela não interferisse em nossas torturas*, decidi me pôr a trabalhar sem demora.

Porém, primeiramente, tive de acalmar o Sr. de Chagny, que já estava andando pelos arredores como um homem louco, soltando gritos incoerentes. Os apanhados de conversa que ele havia captado entre Christine e o monstro não haviam contribuído nem um pouco e levaram-no a ficar fora de si: acrescente-se a isso o choque da floresta mágica e o calor abrasador que começava a fazer o suor escorrer pelas têmporas dele e você não terá dificuldade em entender o estado de espírito do visconde. Ele gritava o nome de Christine, brandia sua pistola, batia com a testa no espelho em seus esforços para correr pelas clareiras de sua floresta ilusória. Em suma, a tortura estava começando a tecer seu feitiço sobre um cérebro que não estava preparado para tal.

Fiz o melhor que pude para induzir o pobre visconde a dar ouvidos à razão. Fiz com que ele tocasse nos espelhos, na árvore de ferro e nos seus ramos e expliquei a ele, por meio de leis da ótica, toda a imagística luminosa pela qual estávamos cercados e da qual nós precisávamos nos permitir não ser vítimas, como pessoas ignorantes e ordinárias seriam.

— Estamos em uma sala, em uma pequena sala: é isso que você deve continuar dizendo a si mesmo. E sairemos dessa sala tão logo encontremos a porta.

E eu prometi a ele que, se me deixasse agir, sem me perturbar gritando e andando para cima e para baixo, eu descobriria o truque da porta em menos de uma hora.

Então ele deitou-se no chão, como se faz em um bosque, e declarou que haveria de esperar até que eu encontrasse a porta da floresta, visto que não havia nada melhor a ser feito! E ele ainda disse que, de onde estava, "a vista era esplêndida!". A tortura estava surtindo efeito, apesar de tudo o que eu havia dito.

Eu mesmo, esquecendo-me da floresta, pus-me a lidar com um painel do espelho e comecei a colocar o dedo em todas as direções, caçando o ponto fraco onde deveria pressionar para girar a porta de acordo com o sistema de pivôs de Erik. Esse ponto fraco poderia ser uma mera manchinha no espelho, não maior do que uma ervilha, sob a qual a mola ficava escondida. Cacei e cacei esse ponto fraco. Tateei até o mais alto quanto minhas mãos conseguiam alcançar. Erik era quase da mesma altura que eu, e eu achava que ele não teria colocado a mola mais alto do que fosse adequado para sua estatura.

Enquanto tateava nos arredores dos sucessivos painéis com o maior dos cuidados, esforçava-me para não perder nem um minuto que fosse, pois estava me sentindo cada vez mais acabrunhado com o calor, e nós estávamos literalmente assando naquela floresta abrasadora.

Eu estava trabalhando assim por meia hora e havia terminado de lidar com três painéis, quando, como quis a má sorte, virei-me ao ouvir uma exclamação murmurada do visconde.

— Estou sufocando — disse ele. — Todos esses espelhos estão enviando um calor infernal! Você acha que vai encontrar essa mola logo? Se demorar muito mais com isso, seremos assados vivos!

Eu não lamentei ao ouvi-lo falar assim. Ele não havia dito nenhuma palavra sobre a floresta, e eu esperava que a razão de meu companheiro fosse segurada por mais tempo contra a tortura. Mas ele acrescentou:

— O que me consola é que o monstro deu a Christine até as onze horas da noite de amanhã. Se não conseguirmos sair daqui para ajudá-la, pelo menos estaremos mortos antes dela! Então a missa de Erik poderá servir a todos nós!

E ele engoliu em seco uma baforada de ar quente que quase fez com que desmaiasse.

Visto que eu não tinha os mesmos motivos desesperados do Sr. Visconde para aceitar a morte, voltei, depois de dar a ele uma palavra de encorajamento, para o meu painel, mas eu tinha cometido o erro de dar uns poucos passos enquanto falava e, no emaranhado da ilusória floresta, eu não mais conseguia encontrá-lo com certeza! Tive de começar tudo de novo, aleatoriamente, tateando, apalpando, buscando.

Agora a febre tomava conta de mim... pois eu nada encontrava, absolutamente nada. Na sala ao lado, tudo estava em silêncio. Nós estávamos um tanto quanto perdidos, sem uma saída, sem uma bússola, nem um guia, nada. Oh, eu sabia o que nos esperava, se ninguém viesse nos ajudar... ou se eu não encontrasse a mola! Porém, por mais que eu procurasse, não encontrava nada além de galhos, belos galhos que estavam bem na minha frente, ou graciosamente estirados por cima da minha cabeça. Mas eles não provinham nenhuma sombra. E isso era bem natural, visto que estávamos em uma floresta equatorial, com o sol bem acima de nossas cabeças, em uma floresta africana.

O Sr. de Chagny e eu tiramos e recolocamos nossos casacos repetidas vezes, achando que, às vezes, eles nos faziam sentir ainda mais quentes e em outras vezes eles nos protegiam do calor. Eu ainda estava fazendo uma resistência moral, mas o Sr. de Chagny me parecia um tanto quanto "perdido". Ele fingia que estivera andando naquela floresta por três dias e três noites, sem parar, procurando por Christine Daaé! Ocasionalmente ele achava que tinha visto a moça atrás do tronco de uma árvore, ou deslizando entre os galhos, e ele a chamava com palavras de súplica que traziam lágrimas aos meus olhos. E então, por fim:

— Oh, como estou com sede! – ele gritava, em inflexões delirantes.

Eu também sentia sede. Minha garganta estava pegando fogo. E, ainda assim, agachado no chão, eu seguia caçando, caçando, caçando pela mola da porta invisível... especialmente visto que era perigoso permanecer na floresta quando a noite se aproximava. As sombras da noite já estavam começando a nos cercar. Tinha acontecido muito rapidamente: a noite cai rápido, em países tropicais... de repente, sem nem bem um crepúsculo.

Oras, a noite nas florestas equatoriais sempre é perigosa, especialmente quando, como nós, não se tem materiais para acender uma fogueira de modo a manter longe os predadores. Eu realmente tentei, por um momento, quebrar um dos galhos, que eu teria acendido com meu candeeiro, mas bati contra os espelhos e me lembrei, a tempo, de que eram apenas imagens dos galhos que eu tinha ali.

O calor não foi embora com a luz do dia; pelo contrário, agora estava ainda mais quente sob os raios da lua. Urgi para que o visconde mantivesse nossas armas em prontidão para atirar e para que não se afastasse do nosso lugar de acampamento, enquanto eu ia procurar minha mola.

De repente, ouvimos um leão rugindo a poucos metros de nós.

— Oh — sussurrou o visconde —, ele está bem perto! Você não o está vendo? Ali... em meio às árvores... naquele emaranhado! Se ele rugir de novo, vou atirar!

E o rugido recomeçou, mais alto do que antes. E o visconde atirou, mas eu não acho que ele acertou o leão; ele só estilhaçou um espelho, como eu percebi na manhã seguinte, ao raiar do dia. Provavelmente cobrimos uma boa distância durante a noite, pois, de repente, nos encontramos na margem do deserto, um imenso deserto de areia, pedras e rochas. Realmente não valia a pena sair da floresta e nos depararmos com o deserto. Cansado, joguei-me no chão ao lado do visconde, pois estava farto de procurar por molas que eu não conseguia encontrar.

Fiquei um tanto quanto surpreso — e disse isso ao visconde — por não termos nos deparado com nenhum outro animal perigoso durante a noite. Geralmente, depois do leão vinha o leopardo, e, às vezes, o zumbido da mosca tsé-tsé. Esses eram efeitos fáceis de se obter, e expliquei ao Sr. de Chagny que Erik imitava o rugido de um leão em um longo tamborim ou adufe, com a pele de um asno em uma de suas extremidades. Sobre essa pele ele prendia uma corda de tripa de gato, amarrada no meio a uma outra corda similar que passava por toda a extensão do tamborim. Erik só tinha de esfregar essa corda com uma luva untada de resina e, do jeito como ele a esfregava, imitava perfeitamente o rugir do leão ou do leopardo, ou até mesmo o zumbido da mosca tsé-tsé.

A ideia de que Erik provavelmente estava na sala ao lado de nós, fazendo seu truque, fez com que eu repentinamente decidisse negociar com ele, pois deveríamos obviamente desistir de todos os pensamentos de pegá-lo de surpresa. A essa altura, ele deveria estar bem ciente de quem eram os ocupantes de sua câmara de tortura. Eu o chamei:

— ERIK! ERIK!

Gritei o mais alto que pude pelo deserto, mas não houve nenhuma resposta para a minha voz. Tudo que havia ao nosso redor era o silêncio e a nua imensidão daquele deserto rochoso. O que haveria de ser de nós no meio daquela solidão horrível?

Estávamos começando a literalmente morrer de calor, de fome e de sede... de sede, especialmente. Por fim, eu vi o Sr. de Chagny levantar-se em seu cotovelo e apontar para um ponto no horizonte. Ele havia descoberto um oásis!

Sim, bem ao longe havia um oásis... um oásis com água límpida, que refletia as árvores de ferro! Ah, era o cenário da miragem... eu o reconheci de imediato... o pior dos três! Ninguém tinha conseguido lutar contra aquilo... ninguém... fiz o melhor que pude para manter a cabeça sã e *não esperar que houvesse água*, porque eu sabia que, se um homem esperasse por ela, a água que refletia a árvore de ferro, e se, depois de esperar que houvesse água, batesse no espelho, só haveria então uma coisa a fazer: enforcar-se na árvore de ferro!

Então eu gritei para o Sr. de Chagny:

— É a miragem! É a miragem! Não acredite na água! É um outro truque dos espelhos...

Então ele me mandou, sem rodeios, calar a boca, com meus truques dos espelhos, minhas molas, minhas portas giratórias e meus palácios de ilusões! Com raiva, ele declarou que eu deveria ser cego ou louco para imaginar que toda a água que ali fluía, em meio àquelas esplêndidas e inúmeras árvores, não era de verdade! E o deserto era real! E a floresta, também! E que era inútil tentar enganá-lo... ele era um velho e experiente viajante... ele tinha estado em toda parte!

E ele arrastou-se, dizendo:

— Água! Água!

E sua boca estava aberta, como se estivesse bebendo.

E minha boca também estava aberta, como se eu estivesse bebendo.

Pois não somente víamos a água, mas nós a ouvíamos, também! Nós ouvíamos a água fluir, nós ouvíamos seu ondular! Vocês entendem a palavra "ondular"? É um som que se ouve com a língua! Coloca-se a língua para fora da boca para ouvi-la melhor!

Por fim — e essa era a mais cruel tortura de todas — nós ouvimos a chuva, e não estava chovendo! Essa era uma invenção infernal... Oh, eu sabia muito bem como Erik conseguia fazer aquilo! Ele enchia uma caixa muito longa e estreita com pedrinhas, uma caixa repartida por dentro com projeções de madeira e de metal. As pedras, ao caírem, batiam nessas projeções e ricocheteavam de uma para a outra, e o resultado era uma série de sons que imitavam exatamente a chuva.

Ah, vocês deveriam ter nos visto colocando nossas línguas para fora e nos arrastando em direção à margem ondulante do rio! Nossos olhos e ouvidos estavam cheios de água, mas nossas línguas estavam secas!

Quando chegamos ao espelho, o Sr. de Chagny o lambeu... e eu também.

Estava ardentemente quente!

Então rolamos no chão com um grito rouco de desespero. O Sr. de Chagny colocou a pistola, que ainda estava carregada, junto à sua têmpora, e eu fiquei fitando o laço Punjab, que estava aos pés da árvore de ferro. Eu sabia que a árvore de ferro havia retornado, nessa terceira mudança de cenário... A árvore de ferro esperava por mim!

No entanto, enquanto eu fitava o laço Punjab, vi uma coisa que me fez ter um sobressalto tão violento que fez o Sr. de Chagny retardar sua tentativa de suicídio. Peguei no braço dele. Tomei a pistola... e então me arrastei de joelhos em direção ao que eu tinha visto.

Eu havia descoberto, perto do laço, em uma ranhura no piso, um prego de cabeça preta cujo uso eu conhecia. Por fim eu havia descoberto onde ficava a mola! Tateei o prego... ergui meu rosto radiante para o Sr. de Chagny... O prego de cabeça preta cedeu à minha pressão...

E então...

E então nós vimos não uma porta aberta na parede, mas um alçapão que se abriu no piso. O ar fresco subiu até nós do buraco negro abaixo. Nos debruçamos sobre aquele quadrado de escuridão como se estivéssemos nos debruçando sobre um poço límpido. Com nossos queixos na sombra refrescante, absorvemos o ar. E nos curvamos cada vez mais baixo sobre o alçapão. O que poderia haver naquele porão que se abrira diante de nós? Água? Água para beber?

Estendi o braço escuridão adentro e me deparei com uma pedra, e depois mais uma: uma escadaria. Uma escadaria escura que dava para o porão. O visconde queria se lançar dentro do buraco, mas eu, temendo um novo truque do monstro, impedi-o, acendi meu candeeiro e desci primeiro.

A escadaria era serpeante e dava lá para baixo, em pleno breu. Mas, ah, o quão deliciosamente frescas eram a escuridão e as escadas! O lago não podia estar muito longe dali.

Logo chegamos ao pé da escada. Nossos olhos estavam começando a se acostumar com o escuro, começavam a distinguir formas ao redor de nós... formas circulares... para as quais virei a luz de minha lanterna.

Tonéis!

Nós estávamos na adega de Erik: era ali que ele devia guardar seu vinho e, talvez, sua água potável. Eu sabia que Erik era um grande amante de bom vinho. Ah, havia muito a se beber, ali!

O Sr. de Chagny dava tapinhas nas formas arredondadas e dizia:

— Tonéis! Tonéis! Quantos tonéis...

De fato, havia uma boa quantidade de tonéis, simetricamente dispostos em duas fileiras, uma em cada lado de nós. Tratavam-se de pequenos barris, e eu achava que Erik devia tê-los escolhido daquele tamanho para facilitar que fossem carregados até a casa do lago.

Nós os examinamos sucessivamente para ver se um deles não tinha uma torneira, mostrando que um pouco de seu conteúdo havia sido retirado em algum momento. No entanto, todos estavam hermeticamente fechados.

Então, depois de meio que erguer um deles para nos certificar de que estava cheio, ficamos de joelhos e, com a lâmina da pequena faca que eu carregava, preparei-me para arrancar a rolha.

Naquele instante, eu pareci ouvir, vindo de longe, uma espécie de cântico monótono que eu bem conhecia, de ouvi-lo com frequência nas ruas de Paris:

— *Tonéis! Tonéis! Algum tonel para vender?*

Minha mão havia desistido de seu trabalho. O Sr. de Chagny também tinha ouvido aquilo. Ele disse:

— Isso é engraçado! Parece que o tonel está cantando!

A canção recomeçou, ao longe:

— *Tonéis! Tonéis! Algum tonel para vender?*

— Ah, eu juro – disse o visconde –, que o canto está dentro do tonel!

Nós nos levantamos e fomos olhar atrás do tonel.

— Está dentro dele — disse o Sr. de Chagny —, está dentro!

No entanto, nós não ouvimos nada lá e fomos impelidos a colocar a culpa disso nas más condições de nossos sentidos. E voltamos à rolha. O Sr. de Chagny colocou suas duas mãos juntas embaixo e, com um último esforço, saquei a rolha.

— O que é isso? — gritou o visconde. — Isso não é água!

O visconde colocou suas duas mãos cheias perto do meu candeeiro... Debrucei-me para olhar... e, de imediato, joguei o candeeiro longe com tanta violência que ele quebrou-se e apagou, deixando-nos na mais completa escuridão.

O que eu tinha visto nas mãos do Sr. de Chagny... era pólvora!

CAPÍTULO XII

O ESCORPIÃO OU O GAFANHOTO: QUAL DELES?

A conclusão da narrativa do Persa

A descoberta lançou-nos em um estado de alarme que nos fez esquecer de todos os nossos sofrimentos passados e presentes.

Nós agora sabíamos o que o monstro queria dizer quando falara a Christine Daaé: "Sim ou não! Se sua resposta for 'não', todo mundo será morto *e enterrado!*"

Sim, enterrados sob as ruínas da Grande Ópera de Paris!

O monstro dera a ela até as onze horas da noite seguinte. Ele escolhera bem seu horário. Haveria muitas pessoas, muitos "membros da raça humana" lá em cima, no resplandecente teatro. Que melhor séquito poderia ser esperado para seu funeral? Ele iria para seu túmulo acompanhado dos mais brancos ombros do mundo, adornados com as mais ricas joias.

Onze horas da noite de amanhã!

Nós todos haveríamos de ser jogados pelos ares no meio da apresentação... caso a resposta de Christine Daaé fosse não!

Onze horas da noite de amanhã!

E o que mais Christine poderia dizer, além de "não"? Não preferiria ela desposar-se da própria morte em vez daquele cadáver vivo? Ela não sabia que de sua aceitação dependia o horrível fado de muitos membros da raça humana!

Onze horas da noite de amanhã!

E nós nos arrastamos pela escuridão, tateando nosso caminho até os degraus de pedra, pois a luz no alçapão lá em cima que dava para a sala dos espelhos agora estava extinta, e repetíamos para nós mesmos:

— Onze horas da noite de amanhã!

Por fim achei a escadaria. No entanto, de repente, estirei-me no primeiro degrau, pois um terrível pensamento havia vindo à minha cabeça:

— Que horas são?

Ah, que horas seriam? Pois, afinal de contas, as onze horas de amanhã poderiam ser agora, poderiam ser naquele exato momento! Quem poderia nos dizer as horas? Nós parecíamos ter ficado aprisionados naquele inferno por dias e dias... por anos... desde o começo do mundo. Talvez fôssemos pelos ares ali, naquele mesmo instante! Ah, um som! Um estalido...

— Você ouviu isso? Ali, no canto... Meu bom Deus! Como o som de um maquinário... Novamente! Ah, uma luz! Talvez seja o maquinário que deve lançar tudo pelos ares! Eu lhe digo: o som de um estalido: o senhor está surdo?

Eu e o Sr. de Chagny começamos a gritar como loucos. O medo nos estimulava a ir mais rápido. Subimos correndo os degraus da escada, tropeçando enquanto subíamos, fazendo qualquer coisa para escapar da escuridão, para voltar à luz mortal da sala dos espelhos!

Nós encontramos o alçapão ainda aberto, mas estava tão escuro na sala dos espelhos quanto na adega que deixáramos para trás. Nós nos arrastamos ao longo do piso da câmara de tortura, o piso que nos separava do paiol de pólvora. Que horas eram? Nós gritamos, nós chamamos: o Sr. de Chagny por Christine, e eu por Erik. Lembrei-o de que eu salvara sua vida. Mas não havia nenhuma resposta, exceto a de nosso desespero, de nossa loucura: que horas seriam? Nós argumentamos, tentamos calcular o tempo que havíamos passado ali, mas éramos incapazes de raciocinar. Se apenas pudéssemos ver a face de um relógio! O meu tinha parado, mas o do Sr. de Chagny ainda funcionava... Ele me disse que dera corda nele antes de se vestir para a Ópera... Nós não tínhamos nenhum fósforo... e, ainda assim, tínhamos de saber... O Sr.

de Chagny quebrou o vidro de seu relógio de pulso e tateou os dois ponteiros. Ele interrogava os ponteiros do relógio com as pontas dos dedos, guiando-se pela posição do anel do relógio. Julgando pelo espaço entre os ponteiros, ele achava que poderiam ser exatamente onze horas!

Mas talvez não fossem as onze horas que temíamos. Talvez ainda tivéssemos doze horas à nossa frente!

De repente, exclamei:

— Shhhhh!

Ouvi passadas na sala ao lado. Alguém batia na parede. A voz de Christine Daaé dizia:

— Raoul! Raoul!

Nós então estávamos falando todos ao mesmo tempo, em cada lado da parede. Christine chorava e soluçava, ela não sabia se ainda encontraria o Sr. de Chagny vivo. O monstro tinha sido terrível, ao que tudo indica, não tinha feito nada além de delirar, esperando que ela lhe desse o "sim" que ela se recusava a dar. E, ainda assim, ela havia prometido a ele esse "sim", se ele a levasse até a câmara de tortura. No entanto, ele havia obstinadamente se recusado a fazer isso e proferira ameaças hediondas a todos os membros da raça humana! Por fim, depois de horas e horas daquele inferno, ele tinha saído naquele instante, deixando-a a sós para refletir pela última vez.

— Horas e horas? Que horas são agora? Que horas são, Christine?

— São onze horas! Faltam apenas cinco minutos para as onze!

— Mas que onze horas?

— As onze horas que são para decidir entre a vida e a morte! Ele me disse isso antes de ir... Ele é terrível... Ele está insano: arrancou a máscara e seus olhos amarelos lançaram chamas! Ele não fez nada além de dar risada! Ele disse: "Dou-lhe cinco minutos para que não fique envergonhada! Aqui", disse ele, pegando uma chave da bolsinha da vida e da morte, "aqui está a pequena chave de bronze que abre as duas caixas de ébano que estão em cima da cornija da lareira na sala Luís Filipe. Em uma das caixas, você encontrará um escorpião, na outra, um gafanhoto, ambos muito claramente imitados em bronze japonês: eles haverão de dizer sim ou não por você. Se você girar o escorpião, isso significará para mim, quando eu voltar, que sua resposta foi sim. O gafanhoto significará um não". E ele ria como um demônio bêbado.

Eu não fiz nada além de suplicar que ele me desse a chave da câmara de tortura, prometendo ser sua esposa se me concedesse isso... Mas ele me disse que não haveria nenhum uso futuro para aquela chave e que ele ia jogá-la dentro do lago! E ele riu de novo como um demônio bêbado e me deixou. Ah, suas últimas palavras foram: "O gafanhoto! Tome cuidado com o gafanhoto! Um gafanhoto não apenas gira: ele pula! Ele pula! E pula alto que é uma beleza!".

Os cinco minutos haviam quase se passado, e esse assunto do escorpião e do gafanhoto estava me deixando confuso. Não obstante, eu tinha lucidez suficiente para entender que, se o gafanhoto fosse girado, ele haveria de ir pelos ares... e com ele, muitos membros da raça humana! Não havia nenhuma dúvida de que o gafanhoto controlava uma corrente elétrica que haveria de incendiar o paiol de pólvora!

O Sr. de Chagny, que parecia ter recobrado toda sua força moral ao ouvir a voz de Christine, explicou a ela, em poucas e apressadas palavras, a situação na qual todos nós e a Ópera nos encontrávamos. Ele disse para ela girar o escorpião imediatamente.

Seguiu-se uma pausa.

— Christine – gritei –, onde está você?

— Perto do escorpião.

— Não coloque a mão nele!

A ideia tinha vindo a mim, pois eu conhecia meu Erik, de que talvez o monstro houvesse enganado a moça mais uma vez. Talvez o escorpião fizesse com que tudo fosse pelos ares. Afinal de contas, por que ele não estava ali? Os cinco minutos haviam se passado fazia tempo, e ele não tinha voltado... Talvez tivesse buscado um abrigo e estivesse esperando pela explosão! Por que não havia retornado? Ele não poderia realmente esperar que Christine em algum momento fosse consentir em tornar-se sua presa voluntária... Por que ele não havia voltado?

— Não encoste no escorpião! — falei.

— Aqui vem ele! — gritou Christine. — Estou ouvindo-o! Aqui está ele!

Nós ouvimos os passos dele aproximando-se da sala Luís Filipe. Ele chegou em Christine, mas não disse nada. Então ergui a minha voz:

— Erik! Sou eu! Você está me reconhecendo?

Com uma calma extraordinária, ele me respondeu de imediato:

— Então vocês não estão mortos, aí dentro? Bem, então fiquem quietos.

Eu tentei falar, mas ele disse, com frieza:

— Nenhuma palavra, *daroga*, ou haverei de explodir tudo! — E ele acrescentou: — A honra cabe à senhorita... A senhorita não encostou no escorpião... — o quão deliberadamente ele falava "A senhorita não encostou no gafanhoto" com aquela compustura!— Mas não é tarde demais para fazer a coisa certa. Eis que eu abro as caixas sem uma chave, pois sou um amante de alçapões e abro e fecho o que eu quiser e conforme eu quiser. Eu abro as pequenas caixas de ébano: senhorita, olhe para essas belezinhas aqui dentro. Não são bonitas? Se girar o gafanhoto, nós iremos pelos ares. Há pólvora o bastante debaixo de nossos pés para fazer ir pelos ares todo um quarteirão de Paris. Se girar o escorpião, toda essa pólvora será encharcada e afogada. Senhorita, para celebrar nosso casamento, você fará um belo presente para umas poucas centenas de parisienses que, neste momento, estão aplaudindo uma pobre obra-prima de Meyerbeer... a senhorita dará a eles o presente de suas vidas. Pois, com suas próprias e belas mãos, virará o escorpião... E, felizes, felizes, estaremos casados!

Uma pausa, e então:

— Se, dentro de dois minutos, senhorita, você não tiver girado o escorpião, eu virarei o gafanhoto... e o gafanhoto, eu lhe digo, *pula alto que é uma beleza*!

O terrível silêncio foi retomado. O Visconde de Chagny, percebendo que não restara nada a ser feito além de rezar, pôs-se de joelhos e rezou. Quanto a mim, meu sangue pulsava tão ferozmente que eu tive de segurar meu coração com as duas mãos, com medo de que fosse explodir. Por fim, ouvimos a voz de Erik:

— Os dois minutos se passaram... Adeus, senhorita... Pule, gafanhoto!

— Erik — gritou Christine —, você jura para mim, monstro, você jura que é o escorpião que devo girar?

— Sim, para pular para as nossas núpcias.

— Ah, está vendo? Você disse "para pular"!

— Em nosso casamento, criança astuta! O escorpião abre o baile... Mas já chega! Não quer o escorpião? Então girarei o gafanhoto!

— Erik!

— Já chega!

Eu estava gritando junto com Christine. O Sr. de Chagny ainda estava de joelhos, rezando.

— Erik! Eu girei o escorpião!

Oh, o segundo pelo qual nós passamos!

Esperando! Esperando nos encontrarmos em pedaços, em meio ao estrondo e às ruínas!

Sentindo algo estalar debaixo de nossos pés, ouvindo um aterrador sibilar pelo alçapão aberto, como o primeiro som de um foguete!

A princípio, esse sibilar veio baixinho, e, depois, mais alto. Em seguida, muito alto. No entanto, não se tratava do sibilar do fogo. Era mais como o sibilar de água. E agora se tornava um som de algo gorgolhando.

Corremos até o alçapão. Toda a nossa sede, que desaparecera quando veio o terror, voltou com o marulhar da água.

A água erguia-se no porão, acima dos tonéis, os tonéis de pólvora — "Tonéis! Tonéis! Algum tonel para vender?"—, e nós descemos nela com as gargantas mortas de sede. A água ergueu-se até nossos queixos, até nossas bocas. E nós a bebemos. Estávamos em pé no chão da adega e bebíamos a água. E subimos novamente a escada, no escuro, degrau por degrau, e a água continuava subindo.

A água saía da adega conosco e espalhava-se pelo piso da sala. Se isso continuasse, a casa no lago inteira ficaria inundada. O chão da câmara de tortura em si já havia se tornado um pequeno lago, no qual nossos pés borrifavam a água para os lados. Com certeza que havia água o bastante! Erik tinha de fechar a torneira!

— Erik! Erik! Isso é água o bastante para a pólvora! Feche a torneira! Desligue o escorpião!

No entanto, Erik não respondeu. Nós não ouvíamos nada além da água subindo: ela estava na altura de nossos joelhos!

— Christine! — gritou o Sr. de Chagny. — Christine! A água está na altura de nossos joelhos!

Mas Christine não respondeu... Nós não ouvíamos nada, além da água subindo.

Ninguém, ninguém na sala ao lado, ninguém para fechar a torneira, ninguém para girar o escorpião!

Nós estávamos completamente sozinhos, no escuro, com a água escura que nos agarrava e nos prendia e nos congelava!

— Erik! Erik!

— Christine! Christine!

A essa altura, havíamos perdido o apoio, e estávamos girando na água, carregados para longe por um redemoinho ao qual não conseguíamos resistir, pois a água girava conosco e nos atirava contra o espelho escuro, que nos lançava de volta, e nossas gargantas, erguidas acima do redemoinho, rugiam alto.

Será que haveríamos de morrer lá, afogados na câmara de tortura? Eu nunca tinha visto uma coisa daquelas. Erik, na época das horas róseas de Mazenderan, nunca havia me mostrado isso, através da janelinha invisível.

— Erik! Erik! — gritei. — Eu salvei a sua vida! Lembre-se disso! Você estava condenado à morte! Não fosse por mim, você estaria morto, agora... Erik!

Nós rodopiávamos na água como destroços de um naufrágio. Porém, de súbito, minhas mãos errantes agarraram-se ao tronco da árvore de ferro. Chamei o Sr. de Chagny, e nós dois seguramos no galho da árvore de ferro.

E a água erguia-se ainda mais alto.

— Oh! Oh! Você consegue se lembrar? Quanto espaço há entre o galho da árvore e o teto em forma de domo? Tente lembrar! Afinal de contas, a água pode parar, ela deve encontrar seu nível... Ali, eu acho que está parando! Não, não, oh, horrível! Nade! Nade, se quiser viver!

Nossos braços ficaram presos uns nos do outro no esforço de nadar, nós nos engasgamos, lutamos na água escura, já mal conseguíamos respirar o ar escuro acima da água, o ar que escapava, que podíamos ouvir escapando por algum respiradouro ou algum outro buraco.

— Oh, vamos girar e girar até encontrarmos o respiradouro e depois grudaremos nossas bocas nele!

No entanto, eu perdi minha força; tentei me agarrar nas paredes. Oh, como aquelas paredes de vidro deslizavam sob meus dedos que a tateavam! Nós rodopiamos novamente... Começamos a afundar... Um último esforço! Um último grito:

— Erik! Christine!

No fundo da água escura, nossos ouvidos escutavam apenas gorgolejos.

E, antes de perder totalmente a consciência, parece que ouvi, entre dois deles:

— *Tonéis! Tonéis! Algum tonel para vender?*

XIII
O FIM DA HISTÓRIA DE AMOR DO FANTASMA

CAPÍTULO

Apesar dos horrores de uma situação que parecia definitivamente abandoná-los a suas mortes, o Sr. de Chagny e seu companheiro foram salvos pela sublime devoção de Christine Daaé. E eu tive o restante da história contada pelos lábios do próprio *daroga*.

Quando fui vê-lo, ele ainda estava morando em seu pequeno apartamento na Rua de Rivoli, em frente ao Palácio das Tulherias. Ele estava muito doente, e foi necessário todo o meu ardor para com a verdade como historiador para persuadi-lo a reviver a incrível tragédia por mim. Seu fiel e velho criado, Darius, levou-me à presença dele. O *daroga* recebeu-me junto de uma janela que dava para o jardim das Tulherias. Ele ainda tinha olhos magníficos, mas seu pobre rosto parecia esgotado. Ele raspara toda a cabeça, que geralmente ficava coberta com o gorro de astracã; trajava um longo e simples casaco e divertia-se girando inconscientemente os polegares dentro das mangas, porém, sua mente estava bem clara, e ele me contou sua história com perfeita lucidez.

Parece que, quando abriu os olhos, o *daroga* encontrava-se deitado em uma cama. O Sr. de Chagny estava em um sofá, ao lado do guarda-roupa. Um anjo e um diabo estavam olhando para os dois.

Depois dos engodos e das ilusões da câmara de tortura, a precisão dos detalhes daquela tranquila salinha de classe média parecia ter sido inventada para o expresso propósito de perturbar a mente do mortal imprudente o bastante para entrar na moradia do pesadelo vivo. A cama de madeira, as cadeiras de mogno enceradas, a cômoda, aquelas peças de latão, os pequenos quadrados de capas protetoras cuidadosamente colocados nos espaldares das cadeiras, o relógio na cornija da lareira e as aparentemente inofensivas caixas de ébano, uma em cada ponta e, por fim, o pequeno armário cheio de prateleiras, com almofadinhas vermelhas para alfinetes, com barcos de madrepérola e um imenso ovo de avestruz, tudo discretamente iluminado por um abajur em cima de uma pequena mesa redonda: essa coleção de móveis razoáveis, feios, tranquilos, *no fundo dos porões da Ópera,* desconcertava a imaginação mais do que todos os últimos acontecimentos fantásticos.

E a figura do homem mascarado parecia ainda mais formidável naquele cenário antiquado, simples e organizado. Ele curvou-se sobre o Persa e disse, ao seu ouvido:

— Está melhor, *daroga*? Está olhando para os meus móveis? Isso é tudo que restou da minha pobre e infeliz mãe.

Christine Daaé não disse nenhuma palavra: movia-se pelos arredores sem fazer barulho, como uma irmã de caridade que houvesse feito um voto de silêncio. Ela trouxe uma xícara de elixir, ou de chá quente, ele não se lembrava de qual. O homem da máscara pegou a xícara das mãos dela e deu ao Persa. O Sr. de Chagny ainda estava dormindo.

Erik despejou uma gota de rum na xícara do *daroga* e, apontando para o visconde, disse:

— Ele se recobrou bem antes de sabermos se você ainda estava vivo, *daroga*. Ele está muito bem. Não devemos acordá-lo.

Erik saiu do quarto por um momento, e o Persa ergueu-se apoiado no cotovelo, olhou a seu redor e viu Christine Daaé sentada perto da lareira. Ele falou com ela, chamou-a, mas ainda estava muito fraco e voltou a cair em seu travesseiro. Ela veio até ele, colocou a mão em sua testa e foi embora novamente. E o Persa lembrava-se de que, enquanto se ia, ela não olhou nem de relance para o Sr. de Chagny, o qual, é verdade, estava dormindo em paz, e sentou-se novamente em sua cadeira perto do canto da chaminé, silenciosa.

Erik voltou com algumas garrafas que ele colocou em cima da cornija da lareira. E, novamente sussurrando, como que para não acordar o Sr. de Chagny, disse ao Persa, depois de sentar-se e sentir a pulsação dele:

— Vocês estão agora salvos, vocês dois. E logo eu os levarei para a superfície da terra *para agradar a minha esposa*.

Então se levantou, sem mais explicações, e desapareceu mais uma vez.

O Persa agora olhava para o perfil calado de Christine à luz da lamparina. Ela lia um livro minúsculo, com bordas douradas, como um livro religioso. Há edições assim de *Imitação de Cristo*. O Persa ainda tinha em seus ouvidos o tom natural em que o outro havia dito "para agradar a minha esposa". Com muita gentileza, chamou-a mais uma vez; no entanto, Christine estava totalmente envolvida com sua leitura e não o ouviu.

Erik voltou, misturou uma bebida para o *daroga* e informou-o de que não deveria falar com "sua esposa" novamente, nem com ninguém, *porque isso poderia ser muito perigoso para a saúde de todo mundo*.

Por fim, o Persa caiu no sono, como o Sr. de Chagny, e não acordou até estar em seu próprio quarto, sendo cuidado por seu fiel Darius, que lhe disse que, na noite anterior, ele havia sido encontrado apoiado na porta de seu apartamento, ao qual fora trazido por um estranho, que tocou a campainha antes de ir embora.

Tão logo o *daroga* recobrou sua força e suas faculdades mentais, mandou alguém ir até a casa do Conde Philippe para saber da saúde do visconde. A resposta foi de que o jovem homem não tinha sido visto e de que o Conde Philippe estava morto. Seu corpo fora encontrado na margem do lago da Ópera, no lado da Rua Scribe. O Persa lembrava-se da missa do réquiem que ele ouvira detrás da parede da câmara de tortura e não tinha nenhuma dúvida em relação ao crime e ao criminoso. Conhecendo Erik como ele conhecia, reconstruiu facilmente a tragédia. Pensando que seu irmão havia fugido com Christine Daaé, Philippe se lançara em perseguição a ele ao longo da Estrada de Bruxelas, onde ele sabia que tudo estava preparado para a fuga para o casamento. Não encontrando o casal, voltou às pressas para a Ópera, lembrou-se da estranha confidência de Raoul sobre seu fantástico rival e ficou sabendo que o visconde havia feito todos os esforços para entrar nos subterrâneos do teatro e que ele tinha desaparecido, deixando seu chapéu no camarim da prima-dona, ao lado de uma caixa vazia de pistolas. E o conde, que não tinha mais nenhuma dúvida da loucura de seu irmão, lançou-se a entrar naquele labirinto infernal subterrâneo. Isso era o bastante, aos olhos do Persa, para explicar a descoberta do cadáver do Conde de Chagny na margem do lago, onde a sereia, a sereia de Erik, mantinha vigilância.

O Persa não hesitou. Ele estava determinado a informar a polícia disso. Agora o caso estava nas mãos de um magistrado chamado Faure, um tipo incrédulo, comum e superficial (escrevo o que penso), com uma mente totalmente despreparada para receber uma confidência desse tipo. O Sr. Faure tomou o depoimento do daroga e passou a tratá-lo como se fosse um louco.

Desesperado, achando que nunca seria ouvido, o Persa sentou e pôs-se a escrever. Como a polícia não queria as provas dele, talvez a imprensa fosse ficar feliz com elas, e ele havia acabado de escrever a última linha da narrativa que citei nos capítulos precedentes quando Darius anunciou a visita de um estranho que se recusou a dizer seu nome, que não mostrava seu rosto e declarava simplesmente que não pretendia deixar o lugar até que tivesse falado com o *daroga*.

O Persa imediatamente sentiu quem era seu visitante singular, e ordenou que o fizessem entrar. O *daroga* estava certo. Era o fantasma, era Erik!

Ele parecia extremamente fraco e apoiou-se na parede, como se estivesse com medo de cair. Tirando o chapéu, revelou uma testa branca como cera. O restante de sua horrível face estava oculto pela máscara.

O Persa pôs-se de pé, quando Erik entrou.

— Assassino do Conde Philippe, o que você fez com o irmão dele e Christine Daaé?

Erik ficou cambaleando sob aquele ataque direto, manteve-se em silêncio por um instante, arrastou-se para uma cadeira e soltou um profundo suspiro. Em seguida, falando em frases curtas e ficando ofegante entre as palavras, disse:

— *Daroga*, não fale comigo... sobre o Conde Philippe... Ele estava morto... na hora em que... saí da minha casa. Ele estava morto... quando a sereia cantou. Foi um... acidente... um triste... muito triste... acidente. Ele caiu mui desastradamente... mas simples e naturalmente... dentro do lago!

— Você está mentindo! — gritou o Persa.

Erik curvou a cabeça e disse:

— Eu não vim até aqui... para falar sobre o Conde Philippe. Mas sim para lhe dizer que... eu vou... morrer...

— Onde estão Raoul de Chagny e Christine Daaé?

— Eu vou morrer.

— Raoul de Chagny e Christine Daaé?

— De amor... *daroga*... estou morrendo... de amor. Eis como são as coisas... Eu a amava tanto! E ainda a amo... *daroga*, estou morrendo de amor por ela, eu... eu digo isso a você! Se você soubesse como ela estava bonita... quando ela permitiu que eu a beijasse... viva... Foi a primeira vez, *daroga*, a primeira... vez em que beijei uma mulher, na vida! Sim, viva... Eu beijei-a viva, e ela estava tão bela quanto se estivesse morta!

O Persa chacoalhou Erik pelo braço:

— Você vai me dizer se ela está viva ou morta.

— Por que você está me chacoalhando assim? — perguntou Erik, fazendo um esforço para falar de forma mais conectada. — Eu lhe digo que vou morrer... Sim, eu a beijei viva...

— E agora ela está morta?

— Eu lhe digo que a beijei bem assim, na testa... e ela não afastou a testa dos meus lábios! Oh, ela é uma boa moça! Quanto a ela estar morta, eu acho que não, mas isso não tem nada a ver comigo... Não, não, ela não está morta! E ninguém haverá de tocar em um fio de cabelo dela que seja! Ela é uma moça boa e honesta e ela salvou a sua vida, *daroga*, no momento em que eu não teria dado dois centavos por sua pele persa. Para falar a verdade, ninguém se importava com você. Por que você estava lá, com aquele camaradinha? Você teria morrido, assim como ele! Palavra que ela suplicava junto a mim pelo camaradinha dela! Mas eu disse a ela que, visto que ela havia girado o escorpião, ela havia, com isso mesmo, e por sua livre e espontânea vontade, tornado-se minha noiva e que ela não precisava de dois homens noivos dela, o que era bem verdade.

"Quanto a você, você não existia, você havia cessado de existir, eu lhe digo isso, e ia morrer junto com o outro! Só que, escute bem o que estou falando, *daroga*, quando você estava gritando como o diabo, por causa da água, Christine veio até mim com seus belos olhos azuis arregalados e jurou para mim, como se ela esperasse ser salva, que ela consentia em ser minha esposa viva! Até então, nas profundezas dos olhos dela, daroga, eu sempre tinha visto minha esposa morta; foi a primeira vez em que vi *minha esposa viva* ali. Ela foi sincera, visto que esperava ser salva. Ela não haveria de se matar. Era uma barganha... Meio minuto depois, toda a água estava de volta no lago, e eu tive um trabalhão com você, *daroga*, pois juro por minha honra, eu achei que você tinha morrido. Contudo, lá estava você! Eu entendi que tinha de levar vocês dois para a superfície da terra. Quando, por fim, desocupei o quarto Luís Filipe, voltei sozinho..."

— O que você fez com o Visconde de Chagny? — perguntou o Persa, interrompendo-o.

— Ah, está vendo, *daroga*, eu não tinha como levá-lo para cima daquele jeito, de imediato... Ele era um refém. Mas eu não podia mantê-lo na casa no lago, também, por causa de Christine, então eu o tranquei confortavelmente, acorrentei-o bem, pois uma borrifada do perfume de Mazenderan o havia deixado mole como um trapo, na masmorra dos comunistas. É a parte mais deserta e remota da Ópera, abaixo do quinto subsolo, aonde ninguém nunca vai e onde ninguém escuta você. Então eu voltei para Christine, e ela estava esperando por mim.

Neste momento, Erik ergueu-se solenemente. Então continuou a falar, mas, enquanto falava, ele foi sobrepujado por toda sua anterior emoção e começou a tremer como uma vara verde:

— Sim, ela estava esperando por mim... esperando por mim, de pé e viva, uma noiva de verdade, viva... pois ela esperava ser salva... E, quando eu... fui em sua direção, mais tímido do que... uma criancinha, ela não saiu correndo... não, não... ela ficou. Ela esperou por mim... eu até mesmo acredito, *daroga*... que ela ofereceu sua testa... um pouco... ah, não muito, tal como, um pouco... como uma noiva viva. E... e... eu... a beijei! Eu... Eu! E ela não morreu! Oh, que bom é isso, *daroga*, beijar alguém na testa... Você não sabe... Mas eu! Eu! Minha mãe, *daroga*, minha pobre e infeliz mãe nunca... deixava que eu a beijasse. Ela costumava fugir... e jogar minha máscara para mim... Nem nenhuma outra mulher... nunca, nunca! Ah, você pode entender; minha felicidade era tão grande que chorei. E caí aos pés dela, chorando... e beijei os pés dela... os pequenos pés dela... chorando. Você também está chorando, *daroga*... e ela também chorou... o anjo chorou...

Erik soluçava e chorava alto, e o próprio Persa não conseguira conter suas lágrimas na presença daquele homem mascarado que, com seus ombros tremendo e as mãos agarrando seu peito, gemia, alternando-se entre gemer por amor e por dor.

— Sim, *daroga*... Eu senti as lágrimas dela fluindo na minha testa... na minha, minha! Lágrimas suaves... doces! Lágrimas que escorriam por sob a minha máscara... mesclavam-se com as minhas lágrimas, em meus olhos... sim... fluíam entre os meus lábios... Escute, *daroga*, escute o que eu fiz... eu tirei a máscara para não perder nenhuma das lágrimas dela... e ela não fugiu! E ela não morreu! Ela continuou viva, chorando em cima de mim, comigo. Nós choramos juntos! Eu senti o gosto de toda a felicidade que o mundo pode oferecer!

E Erik caiu em uma cadeira, engasgando-se, tentando respirar:

— Ah, eu não vou morrer ainda... logo morrerei... mas me deixe chorar! Escute, *daroga*, escute isso... Enquanto eu estava aos pés dela... ouvi-a dizer: "Pobre e infeliz Erik!", *e ela pegou a minha mão!* Eu havia me tornado, sabe, não mais do que um pobre cão pronto a morrer por ela... Estou falando sério, *daroga!* Eu tinha na mão um anel, uma aliança de ouro que dera a ela... que ela havia perdido... e que eu tinha reencontrado. Uma aliança de casamento, sabe... Deslizei-a para a mãozinha dela e disse: "Pronto! Tome! Tome-a para você... e para ele! Será meu presente de casamento, um presente de seu pobre e infeliz Erik... Eu sei que você ama o rapaz... não chore mais!". Ela me perguntou, em um fiozinho de voz, o que eu queria dizer com isso... Então eu fiz com que ela entendesse que, em relação a ela, eu era apenas um pobre cão, pronto para morrer por ela... mas que ela deveria casar-se com o jovem homem quando bem entendesse, porque ela havia chorado junto comigo e mesclado suas lágrimas com as minhas...

A emoção de Erik era tão grande que ele teve de dizer ao Persa para não olhar para ele, pois estava se engasgando e precisava tirar a máscara. O *daroga* foi até a janela e a abriu. Seu coração estava cheio de piedade, mas ele tomou cuidado para manter os olhos fixos nas árvores dos jardins das Tulherias, para que não visse a face do monstro.

— Eu fui e soltei o jovem rapaz — continuou dizendo Erik —, e disse a ele para que viesse comigo até Christine. Eles se beijaram na minha frente, na sala Luís Filipe... Christine estava com a minha aliança... Eu fiz com que Christine jurasse para mim que iria voltar, uma noite, quando eu estivesse morto, cruzando o lago do lado da Rua Scribe, e que me enterraria no maior dos segredos, junto com a aliança de ouro, que ela deveria usar até aquele momento... Eu disse a ela onde ela haveria de encontrar o meu corpo e o que deveria fazer com ele... Então Christine me beijou, pela primeira vez, por ela mesma, aqui, na testa... não olhe, *daroga!* Aqui, na testa... na minha testa, minha... não olhe, *daroga!* E eles se foram, juntos... Christine havia parado de chorar. Só eu chorava... *Daroga, daroga,* se Christine mantiver sua promessa, ela haverá de voltar em breve!

O Persa não lhe fez nenhuma pergunta. Ele estava bem tranquilo quanto ao destino de Raoul de Chagny e Christine Daaé; ninguém poderia ter duvidado da palavra do Erik que chorava naquela noite.

O monstro recolocou sua máscara e reuniu suas forças para deixar o *daroga*. Ele lhe disse que, quando sentisse que seu fim estava próximo, haveria de enviar-lhe, por gratidão pela bondade que o Persa uma vez demonstrara para com ele, aquilo que ele mais estimava no mundo: todos os papéis de Christine Daaé, que ela havia escrito para Raoul e deixado com Erik, junto com uns poucos objetos que a ela pertenciam, como um par de luvas, uma fivela de sapato e dois lenços de bolso. Em resposta às perguntas do Persa, Erik disse a ele que os dois jovens, logo que se viram livres, haviam decidido ir procurar um padre em algum lugar solitário onde pudessem esconder sua felicidade e que, com esse objetivo em vista, haviam tomado "a estação ferroviária do norte do mundo". Por fim, Erik confiou ao Persa, tão logo este recebeu as prometidas relíquias e papéis, o dever de informar o jovem casal de sua morte e para anunciá-la no *Époque*.

Isso era tudo. O Persa acompanhou Erik até a porta de seu apartamento, e Darius ajudou-o a descer até a rua, onde um táxi esperava por ele. Erik entrou no táxi, e o Persa, que havia voltado para a janela, ouviu-o dizer ao motorista:

— Vá até a Ópera.

E o táxi saiu dirigindo noite adentro.

O Persa havia visto o pobre e desafortunado Erik pela última vez. Três semanas depois, o *Époque* publicou o seguinte anúncio:

"ERIK ESTÁ MORTO."

EPÍLOGO

Eu contei a vocês, agora, a singular, mas verídica, história do Fantasma da Ópera. Conforme declarei na primeira página desta obra, não é mais possível negar que Erik realmente tenha vivido. Existem hoje muitas provas da existência dele ao alcance de todos para que possamos acompanhar as ações de Erik logicamente em meio a toda a tragédia dos Chagnys.

Não há necessidade nenhuma de repetir o quão grandemente o caso agitou a capital. O sequestro da artista, a morte do Conde de Chagny sob condições tão excepcionais, o desaparecimento de seu irmão, o encarregado da iluminação na Ópera e seus dois assistentes que foram dopados: que tragédias, que paixões, que crimes cercaram o idílio de Raoul e da doce e encantadora Christine! O que havia acontecido com aquela maravilhosa e misteriosa artista de quem o mundo nunca, nunca mais, haveria de ouvir de novo? Ela fora representada como vítima de uma rivalidade entre os dois irmãos, e ninguém suspeitava do que realmente havia ocorrido, ninguém entendia que, visto que tanto Raoul quanto Christine haviam desaparecido, ambos haviam se retirado para longe do mundo para desfrutar de uma felicidade que eles não teriam gostado de tornar pública depois da morte inexplicável do Conde Philippe... Eles tomaram o trem, um dia, da "estação ferroviária do norte do mundo". Possivelmente eu também tomarei o trem naquela estação, um dia, e irei atrás de teus lagos, ó, Noruega, ó, silenciosa Escandinávia, em busca de, talvez, traços ainda vivos de Raoul, Christine e também da Mama Valerius, que desapareceu na mesma época! Possivelmente, algum dia, haverei de ouvir os ecos solitários do Norte repetindo o cantar dela, que conhecera o Anjo da Música...

Muito tempo depois de o caso ser estava arquivado pelo cuidado desinteligente do Juiz de Faure, os jornais fizeram esforços, de tempos em tempos, para tentar entender o mistério a fundo. Um único jornal noturno, que tinha conhecimento de toda a fofoca dos teatros, dissera:

"RECONHECEMOS A MÃO
DO FANTASMA DA ÓPERA NISSO."

E até mesmo isso foi escrito de forma irônica.

Somente o Persa conhecia a verdade toda e detinha as principais provas, que vieram até ele com as piedosas relíquias prometidas pelo fantasma. Coube a mim completar essas provas com a ajuda do próprio daroga. Dia após dia eu o mantinha informado sobre o progresso de minhas pesquisas, e ele as direcionava. Ele não havia ido à Ópera durante anos e anos, mas preservara a mais precisa lembrança do edifício, e não havia melhor guia possível do que ele para me ajudar a descobrir seus recantos mais secretos. Ele também disse onde haveria de reunir informações, a quem perguntar, e me levou a visitar o Sr. Poligny, em um momento em que o pobre homem estava quase dando seu último suspiro. Eu não fazia a mínima ideia de que ele estivesse tão doente e nunca haverei de esquecer o efeito que minhas perguntas sobre o fantasma produziram nele. Ele olhava para mim como se eu fosse o diabo e respondia somente em poucas e incoerentes frases, que mostravam, contudo, e isso era o principal, a extensão da perturbação que o F. da Ó., em sua época, trouxera para aquela vida já inquieta (pois o Sr. Poligny era o que as pessoas chamam de um "boa-vida").

Quando contei ao Persa sobre o pobre resultado de minha visita ao Sr. Poligny, o *daroga* abriu um fraco sorriso e disse:

— Poligny nunca soube o quão extraordinário patife e charlatão era Erik — a propósito, o Persa falava de Erik às vezes como se ele fosse um semideus e, às vezes, como se fosse a mais baixa das criaturas. — Poligny era supersticioso, e Erik sabia disso. Erik tinha conhecimento da maior parte das coisas em relação aos assuntos públicos e privados da Ópera. Quando o Sr. Poligny ouviu uma voz misteriosa lhe falar, no Camarote Cinco, sobre a forma como ele costumava passar seu tempo e abusar da confiança de seu sócio, ele não esperou para ouvir mais. Pensando, a princípio, tratar-se de uma voz do Céu, ele acreditava que estava amaldiçoado, e, então, quando a voz começou a pedir dinheiro, ele viu que estava sendo vítima de um esperto chantagista do qual o próprio Debienne tinha sido presa. Ambos já cansados da diretoria da Ópera por diversos motivos, foram embora sem tentar investigar a fundo a personalidade daquele curioso Fantasma da Ópera, que havia forçado tão singular livro de notas para cima deles. Eles deixaram o legado de todo o mistério para seus sucessores e suspiraram aliviados quando se livraram de um negócio que os havia intrigado sem os divertir nem um pouco que fosse.

Então eu falei dos dois sucessores e expressei minha surpresa com o fato de que, em suas *Memórias de um diretor*, o Sr. Moncharmin descrevesse o comportamento do Fantasma da Ópera tão extensivamente na primeira parte do livro e mal o mencionara na segunda. Em resposta a isso, o Persa, que conhecia as *Memórias* tão a fundo como se ele mesmo as tivesse escrito, observou que eu haveria de encontrar a explicação do negócio todo se eu simplesmente me lembrasse das poucas linhas que Moncharmin devota ao fantasma na segunda parte do referido livro. Eu cito essas linhas, que são particularmente interessantes porque descrevem a maneira muito simples como o famoso incidente dos vinte mil francos foi encerrado:

"Quanto ao F. da Ó., de cujos truques curiosos eu relatei alguns, na primeira parte das minhas memórias, só vou dizer que ele se redimiu por meio de uma espontânea e bela ação de toda a preocupação que havia causado a meu querido amigo e sócio e, devo dizer, a mim mesmo. Ele sentiu, sem sombra de dúvida, que havia limites quanto a uma piada, especialmente quando se trata de uma piada tão cara, e, quando o comissário de polícia foi informado disso, pois, no momento em

que nos encontrávamos com o Sr. Mifroid em nosso escritório para contar a ele a história toda, alguns dias depois do desaparecimento de Christine Daaé, encontramos, em cima da mesa do Richard, um grande envelope. Nele estava escrito, com tinta vermelha, 'Com os cumprimentos do F. da Ó.' O envelope continha uma grande soma de dinheiro que ele havia alegremente extraído, na época, da tesouraria. Richard imediatamente foi da opinião de que deveríamos nos contentar com isso e deixar o negócio de lado. Concordei com ele. Tudo está bem quando acaba bem. O que você diz, F. da Ó.?"

É claro que Moncharmin, especialmente depois que o dinheiro tinha sido devolvido, continuava a acreditar que ele tinha, por algum tempo, sido vítima de uma piada, do senso de humor de Richard, enquanto este, por sua vez, estava convencido de que Moncharmin havia se divertido inventando todo o negócio do Fantasma da Ópera para se vingar de algumas piadas dele.

Eu pedi ao Persa que me contasse por meio de que truque o fantasma tirou vinte mil francos do bolso de Richard, apesar do alfinete de segurança. Ele respondeu que não havia se ocupado desse pequeno detalhe, mas que, se eu mesmo fizesse uma investigação *in loco*, certamente que haveria de encontrar a solução para o enigma no escritório da diretoria, lembrando-me de que Erik não havia recebido o apelido de amante de alçapões à toa. Prometi ao Persa fazer isso tão logo tivesse tempo e posso muito bem dizer ao leitor de uma vez que os resultados da minha investigação foram perfeitamente satisfatórios e eu dificilmente acreditava que em algum momento eu haveria de descobrir tantas provas inegáveis da autenticidade dos feitos atribuídos ao fantasma.

O manuscrito do Persa, os papéis de Christine Daaé, as declarações feitas a mim por parte de pessoas que costumavam trabalhar sob o comando dos Srs. Richard e Moncharmin, da própria Meg (a valorosa Senhora Giry, lamento dizer, não está mais viva) e de Sorelli, que agora vive, aposentada, em Louveciennes: todos os documentos relacionados à existência do fantasma, que eu me proponho a depositar nos arquivos da Ópera, foram verificados e confirmados por diversas descobertas importantes das quais tenho muito orgulho. Não consegui encontrar a casa no lago, com Erik tendo bloqueado todas as entradas secretas.[1] Por outro lado, descobri a passagem secreta dos comunistas, cujo assoalho está caindo aos pedaços em algumas partes, e também o alçapão pelo qual Raoul e o Persa penetraram nos subsolos da casa de ópera. Na masmorra dos comunistas, notei diversas iniciais traçadas nas paredes pelas pessoas desafortunadas ali confinadas, e, entre elas, havia um "R" e um "C". R. C.: Raoul de Chagny. As letras permanecem lá até o dia de hoje.

Se o leitor visitar a Ópera em uma manhã dessas e pedir para passear onde desejar, sem ser acompanhado por um guia imbecil, vá até o Camarote Cinco e bata com seu punho cerrado ou com uma vara na imensa coluna que o separa do proscênio. Ele haverá de descobrir que a coluna soa oca. Depois disso, não fique pasmado com a sugestão de que ficava ocupado pela voz do fantasma: há lugar dentro da coluna para dois homens. Se ficar surpreso com o fato de, quando os diversos incidentes ocorreram, ninguém ter se voltado para olhar a coluna, deve se lembrar de que ela apresentava a aparência de mármore sólido e que a voz nela contida parecia vir do lado oposto, pois, como vimos, o fantasma era um ventríloquo habilidoso.

A coluna era entalhada de forma elaborada e decorada com o cinzel do escultor, e eu não perco a esperança de um dia descobrir o ornamento que poderia ser levantado ou abaixado de acordo com a vontade, de modo a admitir a misteriosa correspondência do fantasma com a Sra. Giry e de sua generosidade.

No entanto, todas as descobertas não são nada, para a minha mente, em comparação com aquilo que fui capaz de descobrir, na presença do diretor em exercício, no escritório da diretoria, a uns poucos centímetros da cadeira da escrivaninha do diretor. Era um alçapão, da largura de uma tábua no assoalho e não tendo mais do que a extensão do braço de um homem: um alçapão que vai para trás como a tampa de uma caixa, alçapão este por meio do qual posso ver a mão vindo com destreza tatear o bolso da casaca de Richard.

---

1. Ainda assim, estou convencido de que seria fácil chegar até ela se fosse feita a drenagem do lago, como repetidas vezes solicitei que fizesse o Ministério de Belas Artes. Eu estava falando sobre isso ao Sr. Dujardin-Beaumetz, o subsecretário de Belas Artes, apenas qua-renta e oito horas antes da publicação desse livro. Quem sabe não se poderia encontrar a partitura de *Don Juan Triunfante* na casa do lago?

Foi por ali que tinham ido os quarenta mil! E foi assim, também, por meio de um truque ou outro, que eles foram devolvidos.

Falando sobre isso com o Persa, eu disse:

— Então podemos assumir, visto que os quarenta mil francos foram devolvidos, que Erik estava simplesmente se divertindo com aquele livro de notas?

— Não creia em uma coisa dessas! — foi a resposta dele. — Erik queria dinheiro. Acreditando-se fora da humanidade, ele não ficava restringido por nenhum escrúpulo e empregava seus dons extraordinários de destreza e imaginação, que ele havia recebido por meio de compensação por sua extraordinária feiura, para explorar os homens. O motivo dele para devolver os quarenta mil francos, por livre e espontânea vontade, era porque ele não mais queria aquele dinheiro. Ele havia desistido de seu casamento com Christine Daaé. Havia aberto mão de tudo sobre a face da Terra.

De acordo com o relato do Persa, Erik nascera em uma cidadezinha não longe de Rouen. Ele era filho de um empreiteiro-chefe e fugira da casa do pai a uma tenra idade, onde sua feiura causava terror e horror a seus pais. Por um tempo, ele frequentou feiras, onde um empresário o exibia como o "cadáver vivo". Parece que ele cruzou a Europa toda, de feira em feira, e que completou sua estranha educação como artista e mágico na própria fonte de arte e magia, em meio aos ciganos. Um período da vida de Erik permanecia um tanto quanto obscuro. Ele foi visto na feira de Nijni-Novgorod, onde se exibia em toda sua glória hedionda. Ele já cantava como ninguém na face da Terra jamais cantara antes, praticava o ventriloquismo e dava exibições de prestidigitação tão extraordinárias que as caravanas que voltavam para a Ásia falavam disso durante toda a duração de suas jornadas. Desse jeito, a reputação dele penetrou nas muralhas do palácio em Mazenderan, onde a pequena sultana, a predileta do xainxá, estava mortalmente entediada. Um mercador de peles, voltando a Samarkand, vindo de Nijni-Novgorod, falou das maravilhas que vira serem realizadas na tenda de Erik. O mercador foi chamado ao palácio, e o *daroga* de Mazenderan foi encarregado de questioná-lo. Em seguida, o *daroga* foi instruído a ir atrás de Erik e encontrá-lo. Ele o levou até a Pérsia, onde, durante alguns meses, a vontade de Erik era a lei. Ele era culpado de não poucos horrores, pois parecia não saber a diferença entre o bem e o mal. Participou calmamente de diversos assassinatos políticos e usou seus diabólicos poderes inventivos contra o emir do Afeganistão, que estava em guerra com o império persa. O xá afeiçoou-se a ele.

Essa fora a época das horas róseas de Mazenderan, das quais a narrativa do *daroga* nos deu um vislumbre. Erik tinha ideias muito originais em relação à arquitetura e pensava em um palácio muito como um ilusionista imagina um cofre de combinações. O xá ordenou que ele construísse um edifício desse tipo, o que Erik fez, e o edifício parece ter sido tão engenhoso que sua majestade conseguia mover-se por ele sem ser visto e desaparecer sem a possibilidade de que o truque fosse descoberto. Quando o xainxá se viu em posse dessa pérola, ordenou que os olhos amarelos de Erik fossem cegados. No entanto, refletiu que, mesmo cego, Erik ainda seria capaz de construir uma casa tão notável para algum outro soberano, além de que, enquanto Erik estivesse vivo, alguém haveria de conhecer o segredo do maravilhoso palácio. Foi decidida a morte de Erik, junto com a de todos os operários que haviam trabalhado sob as ordens dele. A execução desse abominável decreto foi delegada ao *daroga* de Mazenderan. Erik havia lhe prestado alguns serviços e fizera com que risse muito, de coração. Ele salvou Erik, provendo-lhe os meios para fugir, mas quase pagou com a cabeça por essa indulgência generosa.

Felizmente para o *daroga*, um cadáver parcialmente comido por aves de rapina foi encontrado às margens do Mar Cáspio e foi tomado como sendo o corpo de Erik, porque os amigos do *daroga* haviam vestido os restos mortais roupas que pertenciam a Erik. O *daroga* foi dispensado, com a perda do favor imperial, de sua propriedade e com uma ordem de banimento perpétuo. Como membro da casa real, contudo, ele continuava a receber uma pensão mensal de uns poucos mil francos do tesouro persa e, com isso, ele foi morar em Paris.

Quanto a Erik, foi para a Ásia Menor e de lá para Constantinopla, onde começara a prestar serviços ao sultão. Como explicação dos serviços que ele foi capaz de prover a um monarca assombrado por terrores perpétuos, preciso apenas dizer que foi Erik que construiu todos os famosos alçapões, as famosas câmaras secretas e misteriosos cofres-fortes encontrados em Yildiz-Kiosk, depois da última revolução turca. Ele também inventou aqueles autômatos, vestidos como o sultão e que lembram o sultão em todos os aspectos,[11] que faziam com que as pessoas acreditassem que o Comandante dos Fiéis estava acordado em um lugar, quando, na verdade, dormia em outro.

É claro que ele teve de deixar os serviços do sultão pelos mesmos motivos que o fizeram fugir da Pérsia: ele sabia demais. Então, cansado de sua vida aventurosa, formidável e monstruosa, ele ansiava por ser alguém "como todos os outros". E ele se tornou um empreiteiro, como qualquer empreiteiro comum, construindo casas comuns com tijolos comuns. Ele assumiu um contrato para parte das fundações da Ópera. Quando se viu nos subterrâneos do imenso teatro, sua natureza artística, fantástica e mágica voltou à tona. Além disso, ele não continuava igualmente feio, como sempre fora? Erik sonhara em criar para seu próprio uso uma morada desconhecida do restante da Terra, onde poderia se esconder dos olhos dos homens para todo o sempre.

O leitor conhece e adivinha o resto, que está de acordo com esta incrível, ainda que verídica, história. Pobre e infeliz Erik! Devemos nos apiedar dele? Devemos amaldiçoá-lo? Ele pediu apenas para ser "alguém", como todo o resto das pessoas. Mas ele era feio demais! E ele tinha de esconder seu gênio ou *usá-lo para pregar peças*, quando, com um rosto comum, teria sido um dos mais distintos membros da humanidade! Ele tinha um coração que poderia ter contido o império do mundo e, no fim, teve de se contentar com um porão. Ah, sim, nós devemos nos apiedar do Fantasma da Ópera.

Eu rezei sobre os restos mortais dele, para que Deus possa lhe mostrar misericórdia, apesar de seus crimes. Sim, eu tenho certeza, tenho bem certeza de que rezei ao lado do corpo dele, no outro dia, quando eles o levaram do lugar onde estavam enterrando os registros fonográficos. Era o esqueleto dele. Eu não o reconheci pela feiura da cabeça, pois todos os homens são feios quando estão mortos há tanto tempo, mas sim pela aliança de ouro que usava e que Christine Daaé certamente colocara em seu dedo, quando viera enterrá-lo, de acordo com sua promessa.

---

11. Veja a entrevista do correspondente especial do Matin, com Mohammed-Ali Bey no dia seguinte à entrada das tropas de Tessalônica em Constantinopla.

O esqueleto estava perto do pequeno poço, no lugar onde o Anjo da Música segurara pela primeira vez uma desmaiada Christine Daaé em seus braços trêmulos, na noite em que ele a carregou lá para baixo, nos subterrâneos da casa de ópera.

E, agora, o que eles pretendem fazer com o esqueleto? Certamente não haverão de enterrá-lo em um túmulo comum... Eu digo que o lugar do esqueleto do Fantasma da Ópera é nos arquivos da Academia Nacional de Música. Não é um esqueleto qualquer.

FIM

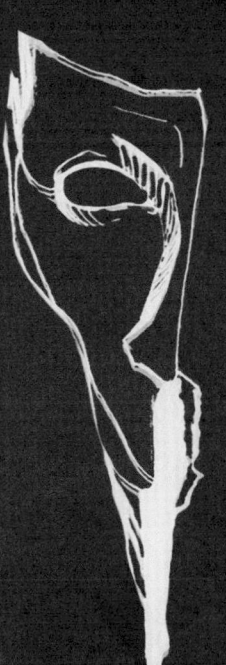

NOS BASTIDORES
DA ÓPERA

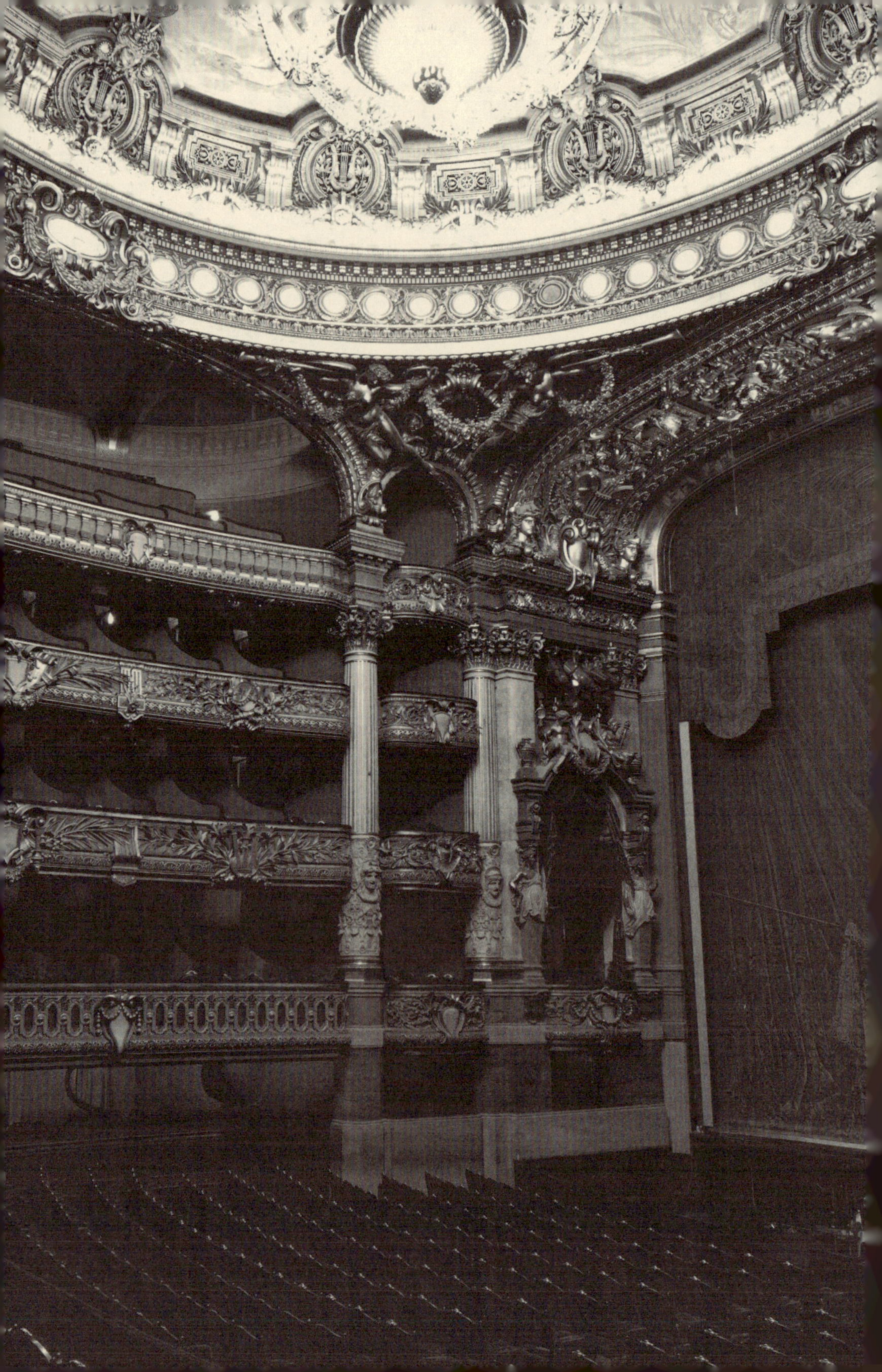

A CASA DE ÓPERA DE PARIS

O CENÁRIO DO ROMANCE DE GASTON LEROUX, *O FANTASMA DA ÓPERA*

◆

O fato de que o Sr. Leroux usou, para o cenário dessa história, a Casa de Ópera de Paris como ela realmente é e não um edifício de sua imaginação é mostrado por essa interessante descrição do edifício tirada de um artigo que apareceu na *Revista Scribner's*, em 1879, pouco tempo depois que o prédio foi finalizado:

"A nova casa de ópera, iniciada durante o Império e finalizada sob a República, é, do gênero, o edifício mais completo do mundo e, em muitos aspectos, o mais belo. Nenhuma capital tem uma casa de ópera tão abrangente em termos de planejamento e execução, e nenhuma pode se gabar de um edifício igualmente vasto e esplêndido.

"O local da casa de ópera foi escolhido em 1861. Foi determinado que suas fundações fossem excepcionalmente profundas e fortes. Sabiam que seria possível que se deparassem com água, mas era impossível prever a que profundidade e em que quantidade. A profundidade excepcional também se fazia necessária para os arranjos de palco admitirem um cenário com cerca de 15 metros de altura a ser baixado sobre sua estrutura. Portanto, era necessário criar uma fundação, em um solo cheio de água, sólida o bastante a ponto de sustentar um peso de dez mil quilos e, ao mesmo tempo, tinha de ser perfeitamente seca, visto que se pretendia que os subterrâneos fossem usados para armazenamento de cenários e utensílios. Enquanto as obras estavam em andamento, a escavação foi mantida livre de água por meio de oito bombas movidas a vapor, em operação ininterrupta, desde o dia dois de março até treze de outubro. O piso do porão foi coberto por uma camada de concreto, depois, com duas camadas de cimento, mais uma de concreto, e uma última de betume. A parede inclui uma parede externa construída como uma barragem, uma de tijolos, uma camada de cimento, e uma parede propriamente dita, com pouco mais de um metro de espessura. Depois de tudo isso, o conjunto como um todo foi enchido de água, de modo que o fluido, ao penetrar nos mais minúsculos interstícios, pudesse depositar um sedimento que os fecharia mais certa e perfeitamente do que seria possível fazer à mão. Doze anos se passaram antes que o prédio fosse finalizado e, durante esse tempo, foi demonstrado que as precauções tomadas garantiam total impermeabilidade e solidez.

"Os eventos de 1870 interromperam as obras logo quando estavam prestes a ser testadas mais vigorosamente, e a casa de ópera foi colocada em novos e inesperados usos. Durante o cerco, foi convertida em um vasto armazém

EXPLORAR

ACADEMIE NATIONALE DE MUSIQUE
♦ Visite virtualmente

O Google Arts & Culture, por iniciativa e colaboração com museus de diversos países, faz uso da tecnologia Street View, oferecendo visitas virtuais gratuitas a algumas das maiores galerias de arte do mundo. Uma delas é o "Opéra National de Paris". Aproveite para ver o lago do subterrâneo da Ópera!

https://artsandculture.google.com/partner/opera-national-de-paris

militar e enchida com uma massa heterogênea de suprimentos. Depois do cerco, o edifício caiu nas mãos da Comuna, e o telhado foi transformado em uma estação de balões. Os danos causados, porém, foram leves.

"A bela pedra empregada na construção foi trazida de poços de pedras da Suécia, Escócia, Itália, Argélia, Finlândia, Espanha, Bélgica e França. Enquanto as obras no exterior estavam em andamento, o edifício foi coberto por um invólucro de madeira e foi tornado transparente por meio de milhares de pequenos painéis de vidros. Em 1867, um grande agrupamento de homens com martelos e machados tirou os panos da casa e mostrou a grande estrutura em todo seu esplendor. Nenhuma foto consegue fazer jus às ricas cores do edifício ou ao harmonioso tom resultante do uso habilidoso de muitos materiais diversificados. O efeito da fachada é completado pela cúpula do auditório, em cujo topo há uma coroa de bronze adornada com uma fina camada de ouro. Mais adiante, nivelada com as torres da Catedral de Notre-Dame, fica a ponta do frontão do telhado do palco, um 'Pégaso', do Sr. Lequesne, erguendo-se em cada extremidade do telhado, e um conjunto de bronze do Sr. Millet, representando 'Apolo erguendo sua lira de ouro', dominando o pico. Apolo, já mencionado aqui, é útil, além de ser ornamental, pois sua lira tem uma ponta de metal que serve como para-raios, e conduz o fluido para o corpo, descendo pelas pernas do deus.

"O espectador, tendo subido dez degraus e virado à esquerda atrás dele por um portão, chega a um saguão em que há estátuas de Lully, Rameau, Gluck e Handel. Dez degraus de mármore sueco verde dão para um segundo saguão de vendedores de ingressos. Visitantes que entram pelo pavilhão reservado para carruagens passam por um corredor onde há cabines de vendas de ingressos. A maior parte do público, antes de entrar no auditório, cruza um grande saguão circular localizado exatamente abaixo deste. O teto dessa parte do edifício é sustentado por dezesseis colunas estriadas de pedra Jura, com brancos topos das colunas de mármore, formando um pórtico. Aqui, criados esperam seus mestres, e os espectadores podem ficar nesse local até que suas carruagens sejam chamadas. A terceira entrada, que é um tanto quanto distinta das outras, é reservada para o Executivo. A seção do edifício separada para o uso do Imperador Napoleão foi feita com a inclusão de uma antecâmara para os guarda-costas, um salão para os ajudantes de ordens, um grande salão e um menor para a imperatriz, chapelarias etc. Além do mais, deveria haver, bem próximos à entrada, estábulos para três carruagens, para os cavalos e para vinte e um cavaleiros que agiam como escolta, uma estação para um esquadrão de infantaria de trinta e um homens e dez cavaleiros da escolta de Napoleão, e um estábulo para esses últimos, e, além disso, um salão para quinze ou vinte criadas. Tais arranjos tinham de ser feitos de modo a acomodar, nessa parte do prédio, cerca de cem pessoas, cinquenta cavalos e meia dúzia de carruagens. A queda do Império sugeriu algumas mudanças, no entanto, ainda existe uma ampla provisão para emergências.

"Sua concepção nova, perfeita adequação e o raro esplendor de material fazem da grande escadaria um dos recursos mais notáveis do edifício. Ela apresenta ao espectador, que acabou de passar pelo pavilhão dos assinantes, um quadro lindo. Desse ponto, o espectador tem a vista do teto formado pelo patamar central; este e as colunas que o sustentam, feitas de pedras de mármore de Echaillon, são adornados por arabescos e cheios de ornamentos; os degraus são de mármore branco, e antigos balaústres de mármore vermelho descansam em soquetes de mármore verde e seguram uma balaustrada de ônix. À direita e à esquerda desse patamar encontram-se escadas que dão para o piso, em um plano com a primeira fileira de camarotes. No piso, há trinta colunas de monólito de mármore Sarrancolin, com bases e topos das colunas de mármore branco. Pilastras de pedra cor de pêssego e violeta encontram-se junto às paredes correspondentes. Mais de cinquenta blocos tiveram de ser extraídos do poço da pedreira para se encontrarem trinta monólitos perfeitos.

"O saguão da dança é de um interesse particular para os frequentadores regulares da Ópera. É um local de reunião ao qual assinantes de três apresentações por semana são admitidos entre os atos, de acordo com um uso estabelecido em 1870. Três imensos espelhos cobrem a parede de trás do saguão, e um candelabro com

crédito imagem: Treppenhaus in der Oper / Eyetronic / Adobe Stock

cento e sete acendedores fornece luz a ele. As pinturas incluem vinte medalhões ovais, em que são retratadas as vinte dançarinas mais célebres desde a existência da ópera na França, e quatro painéis feitos pelo Sr. Boulanger, apresentando 'A dança da guerra', 'A dança rústica', 'A dança do amor' e 'A dança báquica'. Enquanto as damas do balé recebem seus admiradores nesse saguão, podem praticar seus passos. Para essa finalidade, barras forradas com veludo foram presas em pontos convenientes, e o piso recebeu a mesma inclinação que a do palco, de modo que o trabalho feito possa ser completamente útil para a apresentação. O saguão dos cantores, no mesmo andar, é muito menos animado do que o da dança, visto que os vocalistas raramente deixam seus camarins, antes de serem chamados para o palco. Trinta painéis com retratos dos artistas de reputação nos anais da Ópera o adornam.

"Pode-se obter algumas estimativas, ficando sentado diante do porteiro durante mais ou menos uma hora antes de a apresentação começar. Primeiro aparecem os carpinteiros de palco, que sempre são setenta, e, às vezes, quando *A africana*, por exemplo, com sua cena do navio, é a ópera em questão, são cento e dez. Então vêm os estofadores de palco, cujo único dever é o de dispor os carpetes, pendurar cortinas etc.; os homens da iluminação e um esquadrão de bombeiros. A claque, os meninos de chamadas, contrarregras, figurinistas, cabelereiros, figurantes e artistas vêm em seguida. Os números de figurantes são por volta de uma centena, alguns são contratados por ano, masmas 'as massas' são geralmente operários que buscam ganhar um extra para acrescentar a seus parcos ganhos. Há cerca de cem coristas e por volta de oitenta músicos.

"Em seguida vemos cavalariços, cujos cavalos são erguidos em cima dos tablados por meio de um elevador; eletricistas que lidam com as baterias produtoras de luz; técnicos hidráulicos que cuidam do fornecimento de água em balés como *La Source*; artífices que preparam a conflagração em *O Profeta*; floristas que preparam o jardim de Margarida; e um grande número de funcionários menores. Esse pessoal é acomodado da seguinte maneira: oitenta camarins são reservados aos artistas, cada um deles incluindo uma pequena antecâmara, o camarim propriamente dito e um pequeno armário. Além desses apartamentos, a Ópera tem um camarim para sessenta coristas homens e outro para cinquenta coristas mulheres, um terceiro para trinta e quatro dançarinos, quatro camarins para vinte dançarinas de diferentes graus, um camarim para cento e noventa figurantes etc."

Os comentários do autor, ao visitar a casa de ópera foram de que "ela era tão estonteante quanto agradável". Escadarias gigantescas e corredores colossais, imensas pinturas a fresco e imensos espelhos, ouro e mármore, cetim e veludo, com tudo isso se deparavam os olhos em cada volta.

> Uns poucos números extraídos do artigo sugerem a imensa capacidade e a perfeita conveniência da casa.

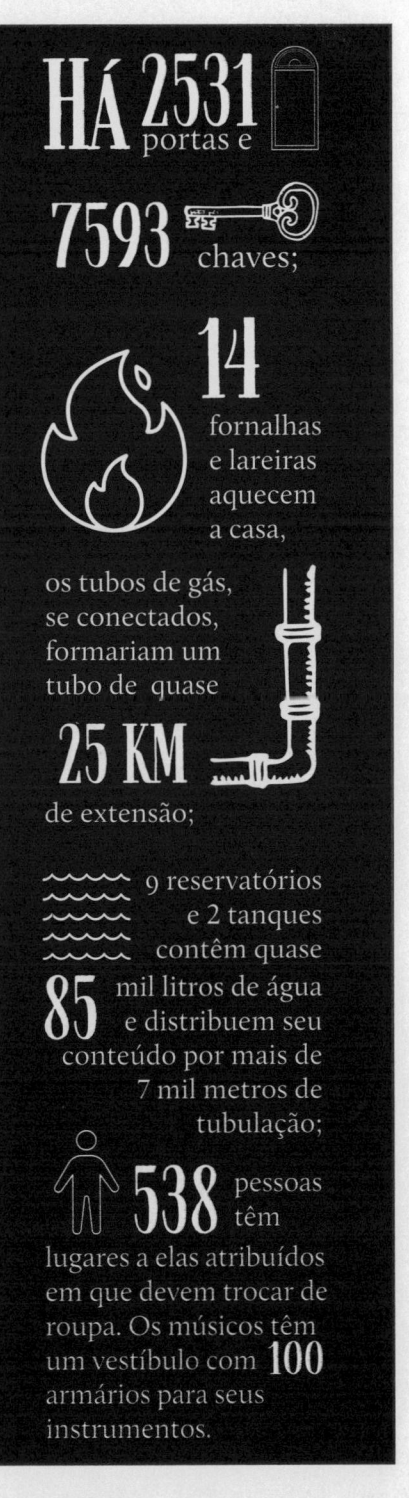

HÁ 2531 portas e 7593 chaves; 14 fornalhas e lareiras aquecem a casa, os tubos de gás, se conectados, formariam um tubo de quase 25 KM de extensão; 9 reservatórios e 2 tanques contêm quase 85 mil litros de água e distribuem seu conteúdo por mais de 7 mil metros de tubulação; 538 pessoas têm lugares a elas atribuídos em que devem trocar de roupa. Os músicos têm um vestíbulo com 100 armários para seus instrumentos.

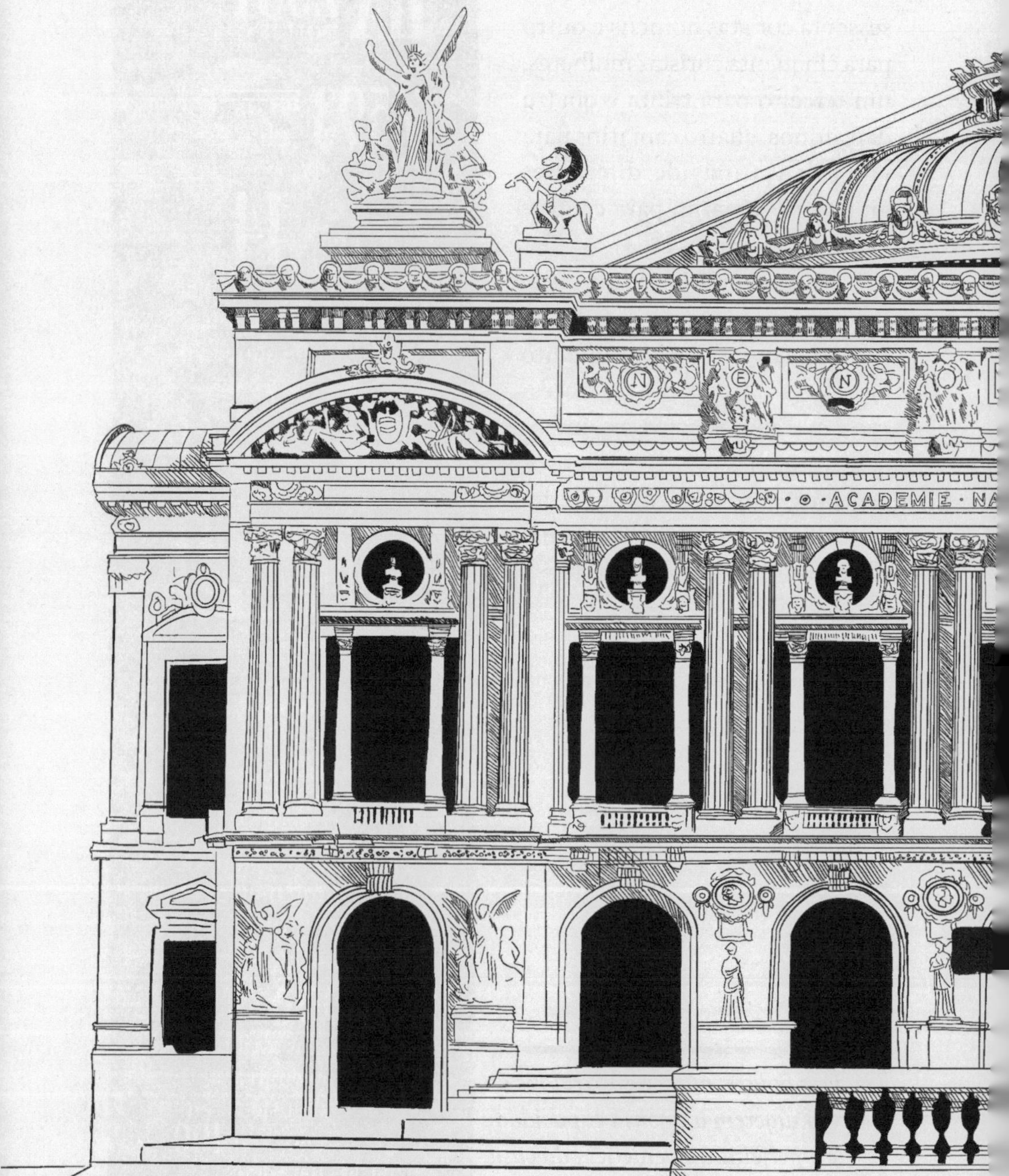
ACADEMIE

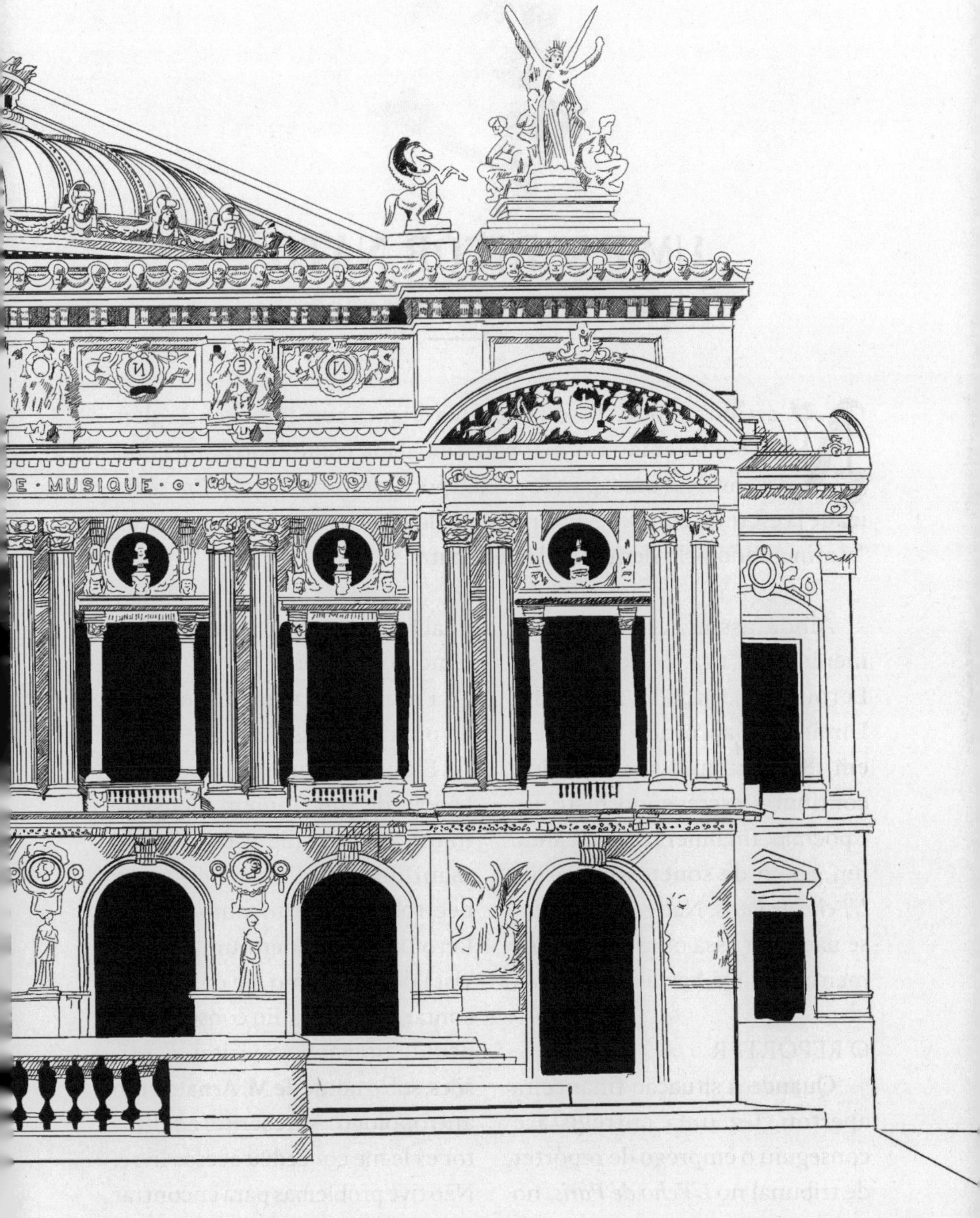
DE · MUSIQUE ·

UM ESCRITOR NATO
Gaston Louis Alfred Leroux

Nascido em 1868, Leroux era uma criança com inteligência além do considerado normal para sua idade e que cedo começou a desenvolver uma grande paixão por literatura e teatro. Em tenra idade já escrevia contos, e durante a faculdade estava, em suas palavras, "atormentado pelo demônio da literatura".

Ainda assim, como muitos meninos da alta classe francesa, Leroux foi forçado a estudar Direito. Foi aprovado na Ordem em 1889, durante seus estudos, continuou escrevendo histórias e poemas, finalmente publicando um grupo de sonetos no jornal *L'Echo de Paris*. Não recebeu quase nada por essa obra, mas o primeiro passo já havia sido dado.

O REPÓRTER

Quando a situação financeira apertou, fez uma entrevista e conseguiu o emprego de repórter de tribunal no *L'Echo de Paris*, no qual foi capaz de usar seu conhecimento sobre leis.

Em 1892, sua audácia o levou ao próximo passo em sua carreira. Ele estava convencido da inocência de um homem, acusado injustamente, que estava sendo mantido na solitária por causa de erros oficiais e incompetência. Leroux explicou em uma entrevista de 1925 como ele conseguiu contar a verdade: "Eu consegui um pedido oficial para visitar as prisões, sob o nome de M. Arnaud, um antropólogo. Apresentei ao diretor e ele me concedeu acesso livre. Não tive problemas para encontrar o homem que queria ver, e ele ficou muito feliz em me contar o que realmente aconteceu. Em meu artigo, coloquei o relatório completo que exonerou o prisioneiro, e o diretor da prisão foi mandado embora". A história catapultou Leroux para o estrelato: ele se tornou um dos principais jornalistas da França, um repórter que poderia combinar fatos detalhados com um senso de aventura e urgência. Logo ele estava trabalhando para o jornal internacional *Le Matin*.

Em 1907, rico e seguro de si, decidiu deixar de viajar como repórter e voltou ao seu primeiro amor: a Literatura. Com sua habilidade de escrita somada à experiência adquirida com as inúmeras viagens ao redor do mundo, se empenhou em se tornar um romancista. Seus primeiros quatro romances eram contos de aventura bastante comuns, recebido com apreço por um público que já conhecia e amava Leroux.

Mas seu quinto romance, *O mistério do quarto amarelo* (1907), não foi apenas um grande sucesso, foi também um romance inovador do gênero de mistério, o primeiro dos chamados "mistérios de sala fechada" – um subgênero da ficção policial em que um crime (quase sempre assassinato) é cometido sem nenhuma indicação de como o intruso poderia ter entrado ou saído do ambiente; o leitor normalmente é apresentado ao quebra-cabeça e é encorajado a resolver o mistério antes que a solução seja revelada em um clímax dramático.

E, como seu autor, as histórias sob a capa do estilo popular e seu charme típico do século 19, no entanto, permanecem terrivelmente sombrias e singulares. Não existe uma história leroussiana que não seja marcada pela errância, pela vingança, em uma palavra, pelo desespero em todas as suas formas. Todos os heróis, ou deveríamos dizer anti-heróis de Leroux (e obviamente excluiremos Rouletabille), estão condenados à destruição e à morte. Todos eles têm um destino comum irremediável e uma razão comum para que seja cumprido: o amor. Ou melhor, a rejeição de um amor exacerbado, obsessivo, cultivado em um coração e em uma alma que não leva a vê-lo florescer ali sem desvios.

A carreira de Leroux como romancista floresceu. Ele escreveu outros tantos romances de aventura, romance, e horror.

———

1 6

Le fantôme de l'opéra

Chapitre 1er

Où l'auteur de ce singulier ouvrage raconte au lecteur comment il fut conduit à acquérir la certitude que le fantôme de l'opéra a réellement existé.

Le fantôme de l'opéra a existé. Ce ne fut point comme on l'a crû longtemps une imagination d'artistes, une superstition de directeurs, la création falotte des cervelles excitées de ces demoiselles du corps de ballet, de leurs mères, des ouvreuses, des employés du vestiaire et de la concierge.

J'avais été frappé dès l'abord que je commençai de compulser les archives de l'Académie nationale de musique par la coïncidence surprenante des phénomènes attribués au fantôme et du plus extraordinaire, du plus fantastique des drames qui ait ému la haute société parisienne, et je devais bientôt être conduit à cette idée que l'on pouvait peut-être rationnellement expliquer celui-ci par celui-là. Les événements ne datent guère que d'une trentaine d'années et ~~[illegible]~~ il ne serait point difficile de trouver encore aujourd'hui, au foyer même de la danse, des ~~[illegible]~~ vieillards fort respectables, dont on ne saurait mettre la parole en doute, qui se souviennent, comme si la chose datait d'hier, des conditions mystérieuses et tragiques qui accompagnèrent l'enlèvement de ~~[illegible]~~ Christine Daaé, la disparition du vicomte de Chagny et la mort de son frère aîné le comte Philippe. Mais aucun ne ~~croit~~ croient jusqu'ici ~~[illegible]~~ devoir mêler à cette sombre histoire le personnage plutôt légendaire

ENFIM, O FANTASMA

Todos nós conhecemos a lenda do fantasma da Ópera Garnier, mas de onde ela surgiu e quem é esse famoso fantasma? Em seu romance, Gaston Leroux fala sobre o misterioso ocupante das passagens subterrâneas do Palais Garnier. Mas, longe de ter inventado a história, o autor inspirou-se em acontecimentos inexplicáveis que são, principalmente, atribuídos ao pianista de Ernest devorado pelas chamas.

Em 1911, durante uma de suas frequentes visitas à Ópera Garnier, Leroux começou a ouvir rumores de um fantasma que assombrava o edifício velho. Várias mortes inexplicáveis foram atribuídas a esse espectro, e as fofocas nos bastidores só alimentavam a história. Tudo começou em 28 de outubro de 1873, quando o um jovem pianista teve seu rosto queimado no incêndio do conservatório da Rua Le Peletier. Sua noiva, uma bailarina do mesmo conservatório, acabou perdendo a vida nesse acidente.

Inconsolável e desfigurado, ele encontrou refúgio nas passagens subterrâneas da Ópera Garnier, então em construção. Foi, portanto, dentro do Palais Garnier que o pianista escondeu-se até o dia de sua morte. Conta-se que morreu no porão, mas seu corpo nunca foi encontrado.

A Ópera Garnier já teve sua cota de acidentes misteriosos. Em 20 de maio de 1896, por exemplo, um contrapeso do lustre de sete toneladas caiu na plateia, matando uma concierge chamada Madame Chomette. Com seus instintos de repórter despertados, Leroux estudou a Ópera Garnier, explorando-a desde suas cavernas subterrâneas viscosas aos pináculos vertiginosos de seus telhados.

Posteriormente, uma série de estranhos fenômenos credencia a presença do fantasma: um maquinista é encontrado enforcado, do que se poderia ter concluído um suicídio, só que faltava a corda. E ainda, uma jovem cantora, Christine Daaé, soprano, relatou ter conhecido o famoso fantasma da Ópera e tido aulas de canto com ele.

Muitos rumores e mistérios emanaram dos labirintos da Ópera

Garnier, ou Palais Garnier, desde o início de sua construção sob Napoleão III até sua inauguração sob a Terceira República pelo presidente Mac Mahon, em 8 de janeiro de 1875. Histórias não faltam, das mais bizarras às, de fato, possíveis.

Leroux viu na Ópera Garnier um espelho da sociedade Belle Époque de sua época: bela, imponente e refinada por fora, mas logo abaixo da superfície, uma corrente escura de segredo e horror. Em três meses alucinantes, muitas vezes acordando no meio da noite para anotar o que via em seus sonhos, ele completou o que seria seu trabalho mais memorável.

A fachada principal do Palais Garnier
© Jean-Pierre Delagarde

A capa do *Le Progrès Illustré*, 31 de maio de 1896, retratando a queda fatal de um dos contrapesos do enorme lustre do Palais Garnier, um acidente que mais tarde inspirou a passagem do lustre na obra.

Cartaz do filme *O Fantasma da Ópera* de Rupert Julian. Morgan, 1925.

Lon Chaney, como Erik, The Phantom, em *O fantasma da ópera*, a versão muda da Universal Studios, de 1925.

PROJETO GRÁFICO

O texto de Leroux é repleto de riqueza e detalhes, tanto na descrição dos locais (maior parte da obra se passa dentro do teatro Ópera Garnier de Paris), quanto no perfil psicológico das personagens. Existe na história um triângulo de personagens principais: Christine Daaé, Raoul de Chagny, e Erik.

CHRISTINE

18 anos
Voz suave
Dócil
Meiga
Anjo de Luz
Calma
Paciente
Cantora soprano
Bailarina

RAOUL

20 anos
Respeitoso
Admirável
Jeito encantador
Marinheiro
Conde
Benfeitor

ERIK

Gênio da música
Construtor
Ventríloquo
Ilusionista
Especialista em forcas, canto e alçapões
Monstro
Letra infantil

INSTIGANTE
REBUSCADO
CONTRASTANTE

Três palavras chaves guiaram todo o processo criativo para montagem da capa e páginas: **Instigante**, trás o conceito que desperta interesse, provoca sentimentos e sensações, é expressivo e provocativo; **Rebuscado**, trouxe ao projeto o ar de sofisticação e detalhes; **Contrastante**, traduzido em dualidade, em claro e escuro, oposição.

POR QUE A CHRISTINE NA CAPA?

Christine é uma personagem vítima, que por sua bondade e inocência sofre. O amor do Fantasma e de Raoul pela moça a leva a viver situações que envolvem sofrimento, dor e angústia. Por ser parte central dos dois lados do amor, foi escolhida para ter o destaque na edição especial da editora Pandorga. Diferente do musical, a Christine descrita por Leroux é loira.

ILUSTRAÇÕES

Toda a história de Leroux se passa durante o século XIX, quando a escrita ainda era à pena e nanquim, e as cartas lacradas por selos eram o principal meio de comunicação. Entendendo que todos os registros eram deste modo realizados, por meio da tinta sobre o papel, o projeto gráfico desta edição conta com ilustrações feitas à mão por Rafaela Villela, de acordo com os costumes da época.

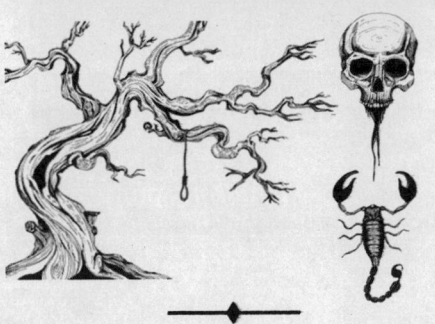

Rafaela Villela ilustrando com tinta nanquim.

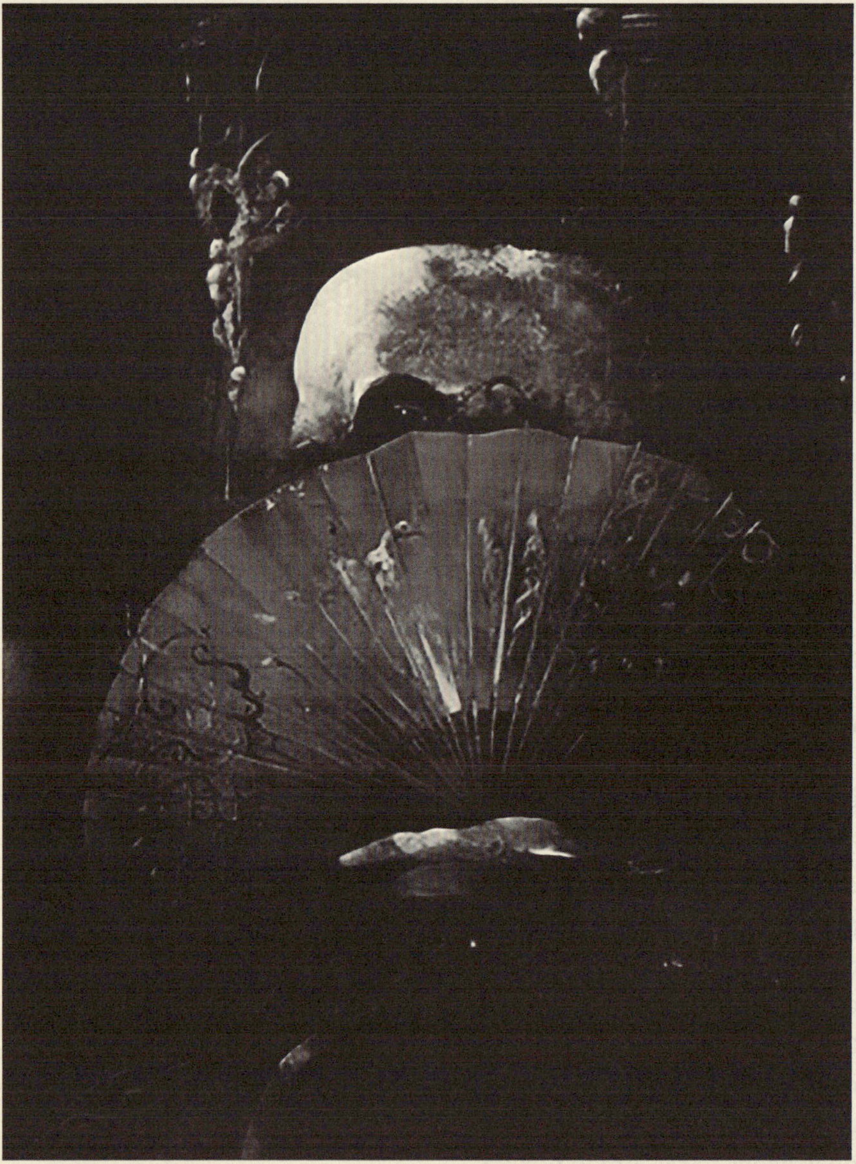

**Informações sobre nossas publicações
e nossos últimos lançamentos**

🌐 editorapandorga.com.br

📷 @pandorgaeditora

f /pandorgaeditora

✉ sac@editorapandorga.com.br

PandorgA